Flannery O'Connor

上升的一切必将汇合

［美］弗兰纳里·奥康纳 著
韩颖 译

Everything

That

Rises

Must

Converge

人民文学出版社

Flannery O'Connor
EVERYTHING THAT RISES MUST CONVERGE
根据 The Complete Stories of Flannery O'Connor, Farrar, Straus and Giroux 1971 年版译出。

图书在版编目（CIP）数据

上升的一切必将汇合 /（美）弗兰纳里·奥康纳著；韩颖译. —北京：人民文学出版社，2022
ISBN 978-7-02-015329-9

Ⅰ.①上… Ⅱ.①弗… ②韩… Ⅲ.①短篇小说—小说集—美国—现代 Ⅳ.①I712.45

中国版本图书馆 CIP 数据核字（2022）第 042490 号

责任编辑	张海香
装帧设计	李思安
责任印制	任　祎

出版发行　人民文学出版社
社　　址　北京市朝内大街166号
邮政编码　100705

印　　刷　三河市中晟雅豪印务有限公司
经　　销　全国新华书店等

字　　数　210千字
开　　本　880毫米×1230毫米　1/32
印　　张　9.25　插页1
印　　数　1—4000
版　　次　2022年6月北京第1版
印　　次　2022年6月第1次印刷

书　　号　978-7-02-015329-9
定　　价　65.00元

如有印装质量问题，请与本社图书销售中心调换。电话：010-65233595

作者像

弗兰纳里·奥康纳
(Flannery O'Connor)

美国作家。1925 年生于佐治亚州萨凡纳市，父母为天主教徒。1945 年毕业于佐治亚女子州立大学，而后进入艾奥瓦大学写作班，期间发表首篇短篇小说《天竺葵》。擅画漫画，曾在高中和大学的校报等处发表多幅作品。1950 年被诊断患有红斑狼疮，与母亲在安达卢西亚农场度过余生，酷爱养孔雀、雉等禽类。1964 年去世。

短暂的 39 年生命里，出版长篇小说《智血》和《暴力夺取》，短篇小说集《好人难寻》和《上升的一切必将汇合》，书信集《生存的习惯》等。1972 年，《弗兰纳里·奥康纳短篇小说全集》荣获美国国家图书奖。其作品探讨宗教主题和南方种族问题，主人公多与周遭格格不入，产生的反差效果彰显其写作风格——为使观念显而易见，作家得运用激烈手段，"遇听障人士，就大喊，遇视障人士，就把人物画得大而惊人"。

目录

Everything That Rises Must Converge

- 001　格林栎夫
- 029　郁林在望
- 055　未尽之寒
- 087　悠游我家
- 113　上升的一切必将汇合
- 133　鹧鸪镇的节日
- 163　瘸腿的先入席
- 209　外邦为什么争闹？
- 217　启示
- 245　帕克的背
- 271　审判日

格林栎夫

Greenleaf

玫太太的卧室朝东，窗户低矮。那只公牛就站在窗下，月光将之镀上了一层银辉。它抬着头，似在静听屋内的动静，如一位耐心的神祇，下凡向她求爱。窗内漆黑一片，柔柔娇喘无力传至窗外。密云遮月，黯淡了它的身影。幽冥黑幕下，树篱由它撕咬纷披。不一会儿，云过月出，它又现在原地，咀嚼不停，牛角尖挂着枝枝叶叶，那是它为自己从树篱上扯下的花冠。月亮再次隐入层云，只有持续的咀嚼声标记着它的所在。突然，粉色柔光点亮了窗户。百叶窗帘开启，一道道光柱滑过它的身体。它后退一步，头低垂，似欲展示牛角的花冠。

将近一分钟，屋内悄无声息，当它再次抬起花冠缠绕的头，一位女子的声音，似在斥责一条野狗，粗声粗气道："走开，先生！"接着又咕哝了一句，"哪个黑鬼的破牛。"

那畜生蹄子挠地，玫太太则站在百叶窗后，身子前倾，迅速闭了窗帘，以免牛受到光的刺激冲进灌木丛。她等了一会儿，保持着前倾的姿态，睡衣松垮垮地垂下颊肩。绿色橡胶发卷整齐列于额上，光滑的蛋白面膜凝在面颊，趁她睡眠时抚平皱纹。

刚才在睡梦中，她听到了有节奏的咀嚼声，好像有什么东西在啃她的墙壁。不论那是什么，她觉得自打她拥有了这地方，那东西就在啃，从她的篱笆一直啃到房子外墙，啃得干干净净，如今又在啃她的房子了，以同样平稳的节奏，静静地啃，它会啃穿房子，再啃她和男孩儿们，然后接着啃，除了格林栎夫一家，啃光所有，啃啊啃，直到只剩下格林栎夫一家独在小岛，而周围曾经是属于她的地盘。咀嚼声到肘边时，她一跃而起，彻底醒了，发觉自己站在屋子中央。她立刻辨认出了那个声音：是头奶牛在撕扯窗下的灌木。格林栎夫先生没关小路的门，牛群定是全在她的草坪上了。她打开昏暗的粉色台灯，走到窗前，打开百叶窗。那头长腿瘦削公牛就站在离她四英尺远的地方，平静地咀嚼着，如一介粗野的乡下求偶者。

她眯着眼，紧盯着那头牛，心想十五年了，那些懒汉总是由着他们的猪拱她的燕麦，由着他们的骡子在她的草地上打滚，由着他们的劣等公牛与她的母牛交配。若不把这头牛赶快关起来，天亮之前，它就会越过篱笆，毁了她的牛群——而格林栎夫先生却在半英里外佃户的房子里酣睡。要叫他过来，她得穿好衣服，驱车去叫醒他。他会来的，但他的表情，他的整个身体，他的每一次停顿都在说："照我看，你那俩小子，怎么也得来一个，就不该让老妈大半夜的开车到这儿来。要是我的孩子，他们会自己把牛关起来。"

公牛低下头，晃了几下，花环滑到牛角底部，如一顶带刺的王冠，望之不寒而栗。她已闭上了百叶窗；几秒钟后，她听到公牛踏着沉重的脚步离开了。

格林栎夫先生会说："要是我儿子，他们绝不会让他们的老妈大半夜的找佃户帮忙，他们自己就搞定了。"

思来想去，她决定不去麻烦格林栎夫先生。她回到床上，心想如果说格林栎夫的儿子们在这世上还有些出息，那也是拜她所赐，是她给了他们的父亲一份差事，别人都不愿用他。她雇了格林栎夫先生十五年，别人可是连五分钟都不愿意。就冲他的走路姿势，明眼人都看得出来他是个什么样的帮工。他总是耸着肩，慢吞吞的，从不走直线，就好像有个看不见的圆，他得绕上一圈。你若想正面看他，得绕到他面前。她没解雇他，是因为她老是怀疑自己找不到更好的帮手。他太懒，懒得出去另谋生路；他没有偷东西的欲望，让他干什么事，说上三四次，他也就干了；但若奶牛生了病，他总是很晚才告诉她，根本来不及请兽医。若是谷仓起火，他会先叫老婆看看火势，然后再扑火。至于他那老婆，她想都不愿想。和他老婆相比，格林栎夫先生真算得上贵族了。

"要是我儿子，"他会说，"他们就是砍断右臂，也不会让老妈……"

"你的孩子们要是有些自尊，格林栎夫先生，"有一天她要这样对他说，"很多事他们都不该**让**他们的老妈做。"

次日清晨，格林栎夫先生刚到后门，她就跟他说这儿有头走失的公牛，赶紧把它关起来。

"在这儿都三天了。"他看着自己的右脚说，他把脚往前伸了伸，微微转动，像是要看看鞋底。他站在后门三层台阶的最下层，她则从厨房门口探出身，瘦小的身材，浅淡而近视的眼睛，灰白的头发堆在头顶，如一只受惊的鸟儿竖起的羽冠。

"三天了！"她强压住尖叫，这种语调她已经习惯了。

格林栎夫先生的目光越过附近的草场，望向远方。他从衬衣兜里掏出一盒烟，倒在手里一支，把烟盒放回兜里，站在那儿看着手中那支烟。"我把它关进了牛棚，可它跑出去了，"他接着说，"从那以后就再没见到它。"他俯身点着烟，转头看了她一眼。他的脸上宽下窄，下巴细长，仿佛一只粗糙的圣杯。狐狸色的眼睛深陷，藏在灰毡帽下，帽子沿鼻梁的延长线斜扣在头上，身材没什么特色。

"格林栎夫先生，"她说，"今天上午先把那头牛关起来，再做别的事。你知道它会毁了配种计划的。把它关起来看好了，下次再有走失的牛跑到这儿来，马上告诉我。明白了吗？"

"您想把它关在哪儿？"格林栎夫先生问。

"我不管你把它关在哪儿，"她说，"你该知道怎么办。把它关在跑不出去的地方。它是谁的牛？"

格林栎夫先生似乎一时不知该沉默还是该回答。他仔细看了看左侧的空气，稍后才说："他定是**什么人**的牛。"

"是，定是！"她关上门，稍稍用了点力，带出精准的一声"砰"。

她走进餐厅，两个儿子正在吃早餐，她坐到桌首她的椅子上，只坐了个椅子边。她从不吃早餐，但会跟他们坐一会儿，看着他们吃饱喝足。"说实话！"她开始跟他们讲公牛的事，模仿着格林栎夫先生的腔调说，"它定是**什么人**的牛。"

韦斯利继续读餐盘旁折着的报纸，斯科菲尔德则吃吃停停，看着她笑。两个男孩儿对事情的反应总是不一样。用她的话说，他俩的不同犹如白昼与黑夜。他们唯一的共同点就是对这里发生的事漠不关心。斯科菲尔德是商人型，韦斯利则是个知识分子。

韦斯利是老二，七岁时得了风湿热，玫太太认为这就是为什么他会成为知识分子。斯科菲尔德这辈子就没生过病，他成了保险推销商。她并不介意他卖保险，只要险种好，可他卖的保险只有黑人才会买。他就是黑人们所说的"保险人"。他说卖给黑鬼的保险比其他险种都赚钱。在人前，他更是喊得响。他会大叫："妈妈不愿听我说，我可是本郡最棒的黑鬼保险推销商！"

斯科菲尔德三十六岁了，宽脸庞，总是带着令人愉悦的笑容，但还是单身。"是的，"玫太太会说，"如果你卖些体面的保险，就会有**好**姑娘愿意嫁你。哪个好姑娘愿意嫁给卖黑鬼保险的？你终究会醒悟，只是为时已晚。"

这时，斯科菲尔德就会拿腔拿调，唱歌似的说："好了，妈妈，你死了我才结婚呢，那时我要娶个胖胖的农家好姑娘，让她掌管此地！"有一次他还补充说："——一个像格林栎夫太太那样的温良淑女。"闻听此言，玫太太从椅子上站起来，背挺得像个耙子柄，回自己的房间去了。她在床边坐了好一会儿，小脸拉得老长，良久才轻声说："我辛苦干活，任劳任怨，就是要为他们守住这地方。我一死，他们就要把垃圾女人娶回来，把一切都毁掉。他们会娶了垃圾女人，毁掉我辛苦挣来的一切。"当时她就决心改遗嘱。第二天，她去见了她的律师，限定了财产继承人，这样，即便他们结了婚，也不能把财产留给妻子。

一想到他们中的一个可能会娶哪怕是有一丁点像格林栎夫太太那样的女人，她就会感到恶心。她忍了格林栎夫先生十五年，对他老婆，唯一能容忍的方式就是根本不见面。格林栎夫太太是个大块头儿，松松垮垮的。她那院子就像个垃圾场，五个女儿总是脏兮兮的，连最小的那个都会含唇烟。她不侍弄花草，也不洗衣服，整日就忙着她所谓的"祈祷疗法"。

她每天都要剪下报纸上那些毛骨悚然的报道——遭强奸的女人、逃跑的犯人、烧伤的孩子，要么就是火车脱轨、飞机失事，或者电影明星离了婚。她会把这些带到树林里，挖个洞埋了，然后趴在上面，咕哝呻吟约莫一小时的光景，粗大的胳膊压在身子下面，再抽出来，来来回回，最后直挺挺地趴着，玫太太怀疑她这是要睡在土里。

格林栎夫一家来了几个月后，她才发现这事儿。一天早晨，她去查看一片地，本来她打算在那片地里种黑麦，结果长出来的是苜蓿，格林栎夫先生在播种机里放错了种子。回来时她走的是那条将两块草场分开的林间小径。她一路走一路自言自语，手拿长棍有节奏地敲打着路面，以防遇到蛇，"格林栎夫先生啊，"她低声说，"你的错误我可承受不起。我是个穷女人，这地方就是我的一切。我有两个儿子要接受教育。我不能……"

不知何处传来一声呻吟，低沉而痛苦，"耶稣啊！耶稣！"又是一声，声调急切而恐怖，"耶稣啊！耶稣！"

玫太太停下脚步，一只手按住喉咙。那声音如此刺耳，她觉得好像有某种蛮力突破束缚，冲出大地，向她奔来。再一转念，则合理多了：有人在这儿受了伤，她将被起诉，失去所有。她没有保险。她向前跑去，沿着小径转过一道弯，看到格林栎夫太太手膝着地，趴在路边，垂着头。

"格林栎夫太太！"她尖叫一声，"出什么事了？"

格林栎夫太太抬起头。脸上又是土又是泪，豇豆色的小眼睛又红又肿，表情却如斗牛犬般平静。她双手双膝撑在地上，摆动着身体，呻吟着："耶稣，耶稣。"

玫太太后退几步。她觉得"耶稣"一词只能在教堂里用，就像有些词只能在卧室里用。她是个好基督徒，非常尊重宗教，当然，她并不相信基督教里有什么真实可言。"你怎么了？"她厉声问道。

"你打断了我治疗，"格林枥夫太太说，摆了摆手，"结束后我才能和你说话。"

玫太太站在那儿，身子前倾，张着嘴，举起了棍子，却不知该打什么。

"噢，耶稣啊，刺向我的心！"格林枥夫太太尖声喊道，"耶稣，刺向我的心！"她扑倒在地，人肉一堆，胳膊腿叉开，仿佛要把大地裹起来。

玫太太感到愤怒而无助，像被孩子侮辱了一番。"耶稣，"她边退边说，"会为你感到**羞耻**。他会叫你即刻站起来，回家给孩子们洗衣服去！"她转身迅速走开了。

每当想到格林枥夫的儿子们在这世上取得的一些成就，她就会想起格林枥夫太太毫无廉耻地趴在地上，自言自语道："哼，不管**走**多远，他们都是打那儿**来**的。"

她想在遗嘱里加上，待她去世后，韦斯利和斯科菲尔德不得继续雇用格林枥夫先生。她可以对付格林枥夫先生，他们可不行。格林枥夫先生曾对她说，她那俩儿子分不清干草和青贮饲料。她则对他说他们有别的才华，斯科菲尔德是成功的商人，韦斯利则是杰出的知识分子。格林枥夫先生没再说话，但一有机会，他就让她从他的表情和简单的动作看出来他对他们只有无尽的轻蔑。虽说格林栎夫一家是下等人，他却总是毫不迟疑地让她知晓他的俩孩子——O.T.和E.T.格林栎夫——若是有相似的条件，定会干得更好。

格林栎夫家的两个男孩儿比玫太太的儿子们要小两三岁。他们是双胞胎，跟他们说话时，根本分不清是O.T.还是E.T.。他们又很无礼，从来不会告诉你他是哪一个。他俩有着大长腿，干巴瘦，皮肤发红，像其父一样有着狐狸色的眼睛，闪着贪婪的光。这俩孩子令格林栎夫先生感到骄傲的第一件事就是他们是双胞胎。玫太太说，瞧他那样儿，就好像这是他们自己想出来的聪明点子。他们有活力，又勤奋，她跟任何人都会承认他们挺有出息——这要归功于第二次世界大战。

他俩都入伍了，穿上军装，也看不出他们和别人家的孩子有什么区别。当然，他们一开口，还是会露出差异，但他们很少开口。他们做的最聪明的事就是被派到了海外，还在那儿娶了法国妻子。他们娶的也不是什么法国垃圾，而是好姑娘。姑娘们自然听不出他们如何谋杀了皇家英语，也不知道格林栎夫家的人是什么货色。

韦斯利的心脏不好，不能为国效力，斯科菲尔德倒是当了两年兵。他不喜欢当兵，退伍时，也不过是个一等兵。格林栎夫家的俩孩子都是什么中士。那些日子，格林栎夫先生一有机会就要提他们的军衔。他俩都成功负了伤，现在都有抚恤金。而且一退役他们就上了大学的农学院——上学期间，他们的法国妻子由纳税人供养。他俩现在住在沿公路约两英里开外的地方，政府帮他们买地，政府给他们出资建了砖结构的联式平房。如果说战争成就了什么人，在玫太太看来，那就是成就了格林栎夫家的儿子们。他们各有三个孩子，都说格林栎夫式烂英语和法语。由于母亲的背景，几个孩子都会被送到修道院学校，成长为有教养的人。"过上二十年，"玫太太问斯科菲尔德和韦斯利，"你们知道那些人会成什么样吗？"

"**上流社会**。"她沉着脸说。

她对付格林栎夫先生已经十五年了，如今，应对他已成为她的第二天性。他在某天的情绪状况就如同天气一样决定了那一天她能做什么，不能做什么。她已学会察言观色，就像真正的乡下人会观察日出与日落。

她只是勉强算个乡下女人。已故的玫先生是商人，趁土地价格下跌时买了这片地，过世后能留给她的也就只有这片地了。男孩儿们不愿搬到乡下来，住在这破农场上，但她没有别的办法。格林栎夫先生回应了她的广告后，她就让人把农场上的木材砍了，用赚来的钱搞起了乳产业。"我看了你的广告，我会来，有两个男孩儿。"他在信里就说了这些。可第二天他到农场时，却是开着一辆破卡车，老婆和五个女儿席地坐在车斗里，他和两个男孩儿坐在驾驶室里。

在她的农场的这些年，格林栎夫先生和太太几乎没怎么变老，无忧无虑一身轻。他们就像地里的百合花[1]，靠着她辛苦施的肥料存活。等她累死了、愁死了，健健康康、精力充沛的格林栎夫一家正好可以压榨斯科菲尔德和韦斯利。

韦斯利说格林栎夫太太之所以不显老，是因为她在祈祷疗愈中释放

---

[1] 《新约·马太福音》第六章第二十八节："何必为衣裳忧虑呢？你想：野地里的百合花怎么长起来；它也不劳苦，也不纺线。"本书引用《圣经》章节均出自和合本；所有注释皆为译者注。

了所有情绪。"你该祈祷，亲爱的。"他说话的语气就好像他是禁不住拿出故意恶心人的腔调，可怜的孩子。

斯科菲尔德最多是激怒她，让她忍无可忍，真正焦虑的是韦斯利。他瘦削、秃顶、神经兮兮，知识分子这一身份对他的性情真是一种煎熬。她估计在她有生之年是看不到他结婚了，不过她肯定，待她死后，他一定会将某个不该娶的女人娶进门。好姑娘不喜欢斯科菲尔德，而韦斯利又不喜欢好姑娘。他什么都不喜欢。每天他要开二十英里去大学教课，晚上再开二十英里回来，他说他讨厌那二十英里路，讨厌那所二流大学，讨厌那群上大学的傻瓜。他讨厌乡下，讨厌他过的日子；他讨厌与母亲还有傻哥哥一起生活，讨厌听到关于该死的奶牛、该死的雇工、该死的破机器的话。可是尽管这么说，他却从未有过打算离开的举动。嘴上说着巴黎和罗马，却连亚特兰大都没去过。

"去那些地方，你会生病的，"玫太太会说，"在巴黎谁能保证你的饮食里没有盐？你要是娶了跟你约会的那些乱七八糟的女人，**她会给你做无盐饭菜**？不，她绝对不会！"提起这事儿，坐在椅子上的韦斯利就会猛地转过身去不再理她。有一次她唠叨得太久，韦斯利嚷道："唉，你怎么就不能做点实事儿，女人？你怎么就不能为我祈祷呢，就像格林栎夫太太那样？"

"我不喜欢听你们这俩小子拿宗教开玩笑，"她当时说，"你们要是去教堂就会遇到些好姑娘。"

但是，跟他们说什么都没用。现在她看着他俩，一左一右坐在桌边，谁都不在乎走失的公牛毁掉她的牛群——那可是他们的牛群，他们的未来——她看着他俩，一个低头看报纸，一个坐在椅子上摇来晃去，傻子似的冲着她笑。她想跳起来捶着桌子喊:"有一天你们会看到,你们会看到**现实**到底是怎样,到那时就太晚了!"

"妈妈,"斯科菲尔德说,"别激动,我来告诉你那是谁的牛。"他看着她,一脸坏相,把椅子向前一倒,站起身。他含着胸,双手抱头,蹑手蹑脚走到门口,退进门厅,拉上门,只留一条缝隙露出脸来。"你想知道吗,亲爱的?"他问。

玫太太冷冷地看着他。

"那是 O.T. 和 E.T. 的牛,"他说,"他们的黑鬼昨天跟我说,他们的牛丢了。"他冲她夸张地咧了咧嘴,露出一口牙来,悄无声息地消失了。

韦斯利抬起头,大笑。

玫太太转过头来,表情没有任何变化。"我是这里唯一的**成年人**。"她说。她向前探身,一把扯过对面韦斯利的餐盘旁的报纸。"我死了以后会怎样,你们明白吗?你俩就得对付他,"她开始了,"你们明白他为什么不知道那是谁的牛吗?因为那是他们的。你们明白我要忍受什么吗?你们明白吗,这些年,要不是我把脚踩在他的脖子上,你们这俩孩子恐怕每天早晨四点就得起来挤牛奶。"

韦斯利把报纸拽回到餐盘旁,直视着她的脸咕哝道:"就算能救你的灵魂出地狱,我也不会去挤牛奶。"

"我知道你不会。"她冷冷言道,向后一靠,拿起餐盘旁的刀,在手里飞速转着。"O.T. 和 E.T. 是好孩子,"她说,"他们应该是我的孩子。"这个想法太可怕了,一层泪水瞬间模糊了韦斯利的身影。她只看到他的黑色身影迅速从桌边站起。"而你们俩,"她喊道,"你们俩该是那女人的!"

他朝门口走去。

"等我死了,"她弱弱地说,"我不知道你们会变成什么样子。"

"你总在胡扯什么等你死了,"他边往外冲边对她喊,"我看你可是康健得很呀。"

她在那儿又坐了会儿,目光穿过房间,望向窗外灰灰绿绿一片朦胧。她舒展了一下脸部和颈部的肌肉,深吸口气,眼前的景物还是模糊成了水汪汪的一团灰。"他们不需要想我很快就要死了。"她喃喃地说。内心一个更为倔强的声音补充道:等我准备好,我会死的。

她拿起餐巾擦了擦眼睛,起身走到窗前,看着外面的风景。路两边,两块淡绿色草场上,牛群正在吃草,围住它们的是黑压压的一带树林,锯齿状林冠撑起冷漠的天空。草场足以让她平静。不论从房子的哪扇窗望出去,她都可以看到自己性格的映象。那些城里的朋友说她是他们见过的最了不起的女人,几乎身无分文,也无任何经验,她就能跑到一个破农场上,使它起死回生。"一切都跟你对着干,"她会说,"天气跟你对着干,泥土跟你对着干,雇工跟你对着干。他们都联手跟你对着干。别无他法,唯有铁腕!"

"看看妈妈的铁腕呀!"斯科菲尔德会大喊大叫地抓住她的胳膊举起来,她那柔弱的有着蓝色血管的小手仿佛一朵折断的百合花在手腕上晃荡。众人总是哄堂大笑。

黑白花奶牛群正在吃草,牛群上方,太阳缓缓移动,只比天空亮那么一点点。她朝下看,一个黑影在牛群间移动,与它在某种角度投下的自己的暗影相去无几。她尖叫一声,冲到房子外面。

格林栎夫先生正在青贮壕里,将草料装上手推车。她站在壕沟边,看着下面的他。"我跟你说了把那头牛关起来。现在它正在奶牛群里。"

"你不能同时干两件事。"格林栎夫先生说。

"我跟你说了先干那件事。"

他把车从壕沟的宽头推出去,推向谷仓,她紧跟在后面。"格林栎夫先生,"她说,"你别以为我不知道那是谁的牛,别以为我不知道你为什么没急着告诉我这儿来了头牛。给 O.T. 和 E.T. 的牛喂些草也没什么,反正我也得留着它在这儿毁我的牛群。"

格林栎夫先生停下车,转过头来。"是那俩小子的牛?"他似乎不敢相信。

她一声不吭,只是闭紧双唇看向一边。

"他们跟我说他们的牛跑了,但我可不知道就是那头牛。"他说。

"现在就给我把牛关起来,"她说,"我这就开车去 O.T. 和 E.T. 那儿,告诉他们今天就得把牛带走。牛在我这儿的这段时间得付给我钱——这样以后才不会再犯。"

"他们买牛也就花了七十五美元。"格林栎夫先生说。

"白给我都不要。"她说。

"他们买它就是为吃肉,"格林栎夫先生接着说,"可它挣脱了,一头撞上了他们的皮卡。它不喜欢汽车、卡车什么的。把它的角从挡泥板上弄下来可费了他们些工夫。总算把它松开,它却跑掉了,他们都累坏了,就没再追——我可真不知道这儿的就是那头牛。"

"知道对你也没好处啊,格林栎夫先生,"她说,"但你现在知道了。找匹马,抓住它。"

半小时后,她透过前窗看到了那头牛,松鼠色,臀部突出,长长的浅色牛角,它正沿着房前土路缓步走去。格林栎夫先生骑着马跟在后面。"一看就是格林栎夫家的牛。"她咕哝道。她走到门廊大喊:"把它关到它跑不出去的地方。"

"它喜欢往外冲,"格林栎夫先生说,眉眼中带着赞许,看着牛的臀部,"这位先生可是个运动健将。"

"那俩小子要是不来接它,它就会成为死健将,"她说,"我可警告你。"

他听到了,但没言声。

"我从没见过这么可怕的牛。"她又喊了一声,他已走远,没听见。

她把车开上 O.T. 和 E.T. 家的车道时,上午已过半。房子坐落在山丘上,光秃秃的没有一棵树,低矮的红色新砖房,看上去就像个带窗的仓库。阳光直射在白色屋顶上。现在大家都盖这样的房子,要不是刚停下车,就从房后蹿出三条狗来,也没什么能表明这是格林栎夫家的房子。那三条狗像是猎犬和狐狸犬的混血,还真是什么人养什么狗。她按了声喇叭。等人出来的工夫,她继续研究那房子。窗户都关得严严的,她寻思着难道政府还给这东西装了空调。没人出来,她又按了声喇叭。门开了,几个孩子出现在门口,站在那儿看她,并没有走上前的意思。她明白格林栎夫家的人就是这样——他们可以在门口看你几个小时。

"你们这些孩子,能不能过来一个?"她喊道。

一分钟后,他们都开始往这边走,慢吞吞的。他们都穿着背带裤,光着脚,倒是没她想象的那么脏。有两三个看起来尤其像格林栎夫家的人;另外几个不怎么像。最小的是个女孩儿,乱蓬蓬的黑头发。他们在离车六英尺的地方停下,站在那儿看着她。

"你真漂亮。"玫太太对最小的女孩儿说。

没有回应。他们似乎有着同样的面无表情。

"你们的妈妈在哪儿?"她问。

仍无回应。然后一个孩子用法语说了些什么。玫太太不会说法语。

"你们的爸爸在哪儿?"她问。

过了一会儿,一个男孩儿说:"他也不在。"

"啊——"玫太太说,好像什么事得到了印证,"黑人在哪儿?"

她等了等,确信没人会回答她。"猫咪叼走了六条小舌头,"她说,"你们想不想跟我回家,让我教你们怎么说话?"她大笑起来,笑声在沉默的空气中渐渐死去。她觉得自己像是在被审判,生死就掌握在格林栎夫陪审团的手中。"我去看看能不能找到那个黑人。"她说。

"想去就去吧。"一个男孩儿说。

"好吧,谢谢你。"她咕哝了一句,开车走了。

沿着房前小路走下去就是牲口棚。她以前没见过那个牲口棚,但格林栎夫先生很详细地向她描述过,那可是按照最新款式建造的。牲口棚就是挤奶间,从下面挤奶,牛奶顺着管道从机器流到奶房,根本用不着装桶,格林栎夫先生说了,不需要人工。"你什么时候也整一套?"他曾经问。

"格林栎夫先生,"她当时说,"我得自己干。政府可不会尽心尽力地帮我建。装一个挤奶间得花掉我两万美元。我现在也就是勉强维持。"

"是我的孩子们建的,"格林栎夫先生低声说,又加了一句——"当然,孩子和孩子可不一样。"

"的确不一样!"她说,"感谢上帝!"

"我的一切都要感谢上帝。"格林栎夫先生拉长声音说道。

令人紧张的沉默。你是得感谢上帝,玫太太心想,你什么事都没做过。

她在牲口棚旁停下,按了声喇叭,没人出现。她在车里坐了几分钟,观察周围的各种机器,琢磨着有几件是他们花了钱的。他们有一台草料收割机,一台旋转式干草压捆机。这两样她也有。既然没人,她决定下车看看那个挤奶间,看他们拾掇得是否干净。

打开挤奶间的门,她探进头去,刹那间,几乎无法呼吸。白色的房间水泥铺地,纤尘不染,两面墙上开着一排齐人高的窗户,阳光从那里射进来,满室生辉。金属栏杆锃光瓦亮,她得眯起眼才看得清。她赶紧缩回头,关上门靠在门上,皱起了眉头。外面的阳光并不那么刺眼,但她觉得阳光直射头顶,仿佛一颗银弹要射进她的大脑。

一个黑人提着一只黄色的牛犊饲料桶从机器棚拐角处转出,朝她走来。那是个肤色浅黄的男孩儿,穿着一件格林栎夫双胞胎淘汰的旧军装。他老远就停下脚步,将桶放在地上。

"O.T. 先生和 E.T. 先生在哪儿?"她问。

"O.T. 先生在城里,E.T. 先生在地里。"黑人说,他先是指了指左边,又指了指右边,好像在指两颗行星的位置。

"捎句话,记得住吗?"她一脸犹疑。

"没忘就记得住。"他略带不快地说。

"好吧,那我就写下来。"她说。她回到车里,从记事本上取下一根铅笔头,在空信封的背面写起来。"我是玫太太,"她边说边写,"他们的牛在我这儿,我希望它**今天**就能离开。你可以告诉他们我很生气。"

"那牛是礼拜六打这儿跑掉的,"黑人说,"我们谁都没再见过。我们不知道它在哪儿。"

"你现在知道了,"她说,"你可以告诉 O.T. 先生和 E.T. 先生,如果他们今天不把它弄走,明儿一大早头一件事,我就要让他们老爹一枪毙了它。我可不能让那头牛毁了我的牛群。"她把便条递给他。

"我可知道 O.T. 先生和 E.T. 先生,"他接过便条,"他们会说你杀好了。它毁了我们的卡车,我们很高兴再也见不到它了。"

她缩回头,看了他一眼,眼睛有些湿湿的。"他们想让我花时间,想让我的雇工杀死他们的牛?"她问,"他们不想要了,就听凭它乱跑,就指望别人来杀死它?它在吃我的燕麦,在毁我的牛群,我还得杀死它?"

"我想你是的,"他轻声说,"它已经毁了……"

她狠狠瞪了他一眼,说道:"得了,我并不感到奇怪。有些人就那德行。"稍后又问:"谁说了算,O.T. 先生还是 E.T. 先生?"她总是怀疑他俩私下里定是你争我夺。

"他们从不吵架,"男孩说,"就像一个人,有着两张皮。"

"哼,我想你只是从来没有听见过他们吵架。"

"别人也没听见过。"他看向一边,仿佛他的无礼是冲着别人。

"好吧,"她说,"我跟他们的父亲打了十五年交道,对格林栎夫家的人还是有点了解的。"

黑人突然看着她,似乎认出了她是谁。"你是我的保险人的母亲?"他问。

"我不知道你的保险人是谁,"她厉声说,"你把那便条给他们,跟他们说如果今天不把牛弄走,明天他们的父亲就得杀死它。"随后开车而去。

整整一下午,她都在家等着格林栎夫双胞胎领走那头牛。他们没来。我简直是在为他们工作,她愤愤地想。他们能使唤我就使唤我。晚餐时,她又把整件事对儿子们唠叨了一遍,为的是让他们看清楚O.T.和E.T.会怎么做。"他们不想要那头牛,"她说,"——递一下黄油——就把它放跑,让别人替他们操心该怎么处理。你们怎么看?我是受害者。我一向都是受害者。"

"给受害者递黄油。"韦斯利说。他今天的脾气比往常更差,因为从学校回来的路上,轮胎爆了一个。

斯科菲尔德将黄油递给她,说道:"唉,妈妈呀,那头牛也没干什么,不过是给你的牛群混进点劣等血统,你就要杀死一头老牛,你不感到惭愧吗?我宣布,"他说,"有你这么个妈妈,我能出落得这么好真是个奇迹!"

"你不是她儿子,小子。"韦斯利说。

她坐在椅子上,向后靠了靠,指尖搭在桌边。

"我只知道,"斯科菲尔德说,"看看我打哪儿来的,还能这么好,真不赖。"

他们逗她时就会用格林栎夫式英语,韦斯利还会加入自己那种特别的腔调,刀刃般锐利。"好吧,我来告诉你一件事,哥哥,"他向前探着身子,"你要是有点脑子老早就明白了。"

"什么事,老弟?"斯科菲尔德问,宽脸庞冲着对面的窄脸庞咧开了嘴笑。

"那就是，"韦斯利说，"你我都不是她儿子……"他突然住了嘴，她发出嘶哑的喘息，就像一匹老马突然挨了一鞭子。她猛然站起身，跑出房间。

"哦，上帝呀，"韦斯利吼道，"你招她干什么？"

"我可没招她，"斯科菲尔德说，"是你招她。"

"哈。"

"她不年轻了，受不了啦。"

"她是给人气受的，"韦斯利说，"我是受气的。"

他哥哥那笑嘻嘻的脸变了副模样，俩人露出属于这个家族的相似的丑陋。"没人同情你这讨厌的杂种。"说着他伸手就去抓桌子对面哥哥的衬衣前襟。

她在自己的房间听到了摔盘子的声音，赶忙穿过厨房回到餐厅。门厅的门开着，斯科菲尔德正往外走。韦斯利仰面躺在地上，像只大甲虫，桌子倒在他身上，将他一分为二，碎盘烂碟散落一身。她把桌子扶起来，拽住他的胳膊想要拉他起来，他却仓皇起身，恼怒地将她一把推开，随着哥哥冲出门去。

她几乎瘫倒，若不是后门突然传来的敲门声让她立直了身子。她猛地转过身，视线穿过厨房、后门廊，看到格林栎夫先生隔着纱门正好奇地张望。她立刻恢复了元气，好像但凡魔鬼出手挑衅，她就能即刻复元似的。"我听到砰的一声，"他叫道，"我以为石膏掉下来砸到你了。"

真到需要他时，得派人骑马去找。她穿过厨房、后门廊，站在纱门后说："没有，没什么事，就是桌子倒了。有条桌子腿儿松动了。"紧接着又说道,"男孩子们没来领牛,明天你得杀了它。"

红红紫紫的条纹划过天空,太阳缓缓西沉,如下悬梯。格林枥夫先生蹲在台阶上,背对着她,帽子与她的脚持平。"明天我给你把它赶回家。"他说。

"哦,不行,格林枥夫先生,"她嘲讽地说,"明天你把它赶回家,下个礼拜它又在这儿了。我没那么傻。"她以悲伤的口吻接着说:"我没想到 O.T. 和 E.T. 会这样对我。我以为他们会心怀感激。那俩孩子在这儿可是有过很开心的日子,是不是,格林枥夫先生?"

格林枥夫先生没说话。

"我想是的,"她说,"我想是的。但现在他们已经把我给他们的好处都忘了。我记得,他们穿过我的孩子们的旧衣服,玩过我的孩子们的旧玩具,用我的孩子们的旧猎枪打过猎。他们在我的池塘游泳,打我的鸟,在我的小溪里钓鱼,我从未忘记过他们的生日,圣诞节来来去去,过得真快。我没记错吧。他们现在还记得那些事吗?"她问。"不——记——得。"她说。

她盯着西沉的太阳看了几秒,格林枥夫先生则研究着自己的手掌。俄顷,就好像她才想起来似的,问道:"你知道他们不来领牛的真正原因吗?"

"不,不知道。"格林枥夫先生懊恼地说。

"他们不来是因为我是个女人,"她说,"跟女人打交道,你想怎样就怎样。如果这地方有个男人管……"

"你有两个儿子。他们知道这地方有两个男人。"格林枥夫先生抢着说,蛇击般迅速。

太阳已沉到了林线后。她低头看着那张黝黑而狡诈、仰望着她的脸、提防的眼神，帽檐阴影里明亮的眼睛。她等了一会儿，让他明白她受到了伤害，接着说道："有些人学会感激时已太晚，格林栎夫先生，有些人根本就学不会。"说完她转身离去，留他独自蹲坐在台阶上。

夜半时分，她在睡梦中听到了某种声音，仿佛一块大石头在她的大脑外壁上磨洞。脑壁内，她正走过连绵起伏的美丽丘陵，每走一步都先用棍子探探路。过了一会儿，她才意识到那声音是太阳要把树林烧穿。她停下来观望，她很清楚太阳做不到，像往常一样，太阳定会落到她的领地之外。她刚停下时，太阳还是个红肿的圆球，看着看着，太阳开始变窄，变浅，好像一枚子弹。突然，它突破林线，从山丘朝她俯冲而来。她惊醒了，手捂着嘴，耳中听到的仍是那个声音，没那么响了，却依然清晰可辨。是那头公牛在她的窗下大嚼特嚼。格林栎夫先生让他跑出来了。

它起身，在黑暗中走到窗前，透过拉开的百叶窗帘向外观看。公牛已离开树篱，起初她没看到它。之后，她看到稍远处一个庞大的身影似乎正停下来观察她。看着那黑铁似的影子在黑暗中走远，她心想，这是最后一晚，我决不能再容它。

次日上午，她一直等到十一点整，才开车去了牲口棚。格林栎夫先生正在清理牛奶罐。七只罐子在奶房外排成一排晒太阳。这是她两周前吩咐他做的事。"好了，格林栎夫先生，"她说，"去拿你的枪。我们去干掉那头牛。"

"我以为你想这些罐子……"

"去拿你的枪，格林栎夫先生。"她的声音和面容都不带任何情绪。

"那位先生昨晚跑出去了。"他遗憾地低声说，他的胳膊已在一只奶罐里，便继续弯腰清理。

"去拿你的枪，格林栎夫先生，"她依然像个胜利者似的淡淡说道，"那头牛在草场，和那些枯奶期奶牛在一起。我从楼上的窗户看到它了。我开车把你带过去，你可以把它赶到空草场上，在那儿结果了它。"

他慢慢放下奶罐。"谁也不能叫我去杀我儿子们的牛！"他的声音高亢而刺耳。他从后兜掏出一块破布，使劲擦了擦手，又擦了擦鼻子。

她转过身，好像没听见他说话似的。"我在车里等你。去拿你的枪。"

她坐在车里看着他怒冲冲地朝马具房走去，他在那儿放了杆枪。进屋后便传来一声响，好像他把什么东西从面前踢开了。不一会儿，他拿着枪出来，绕过车尾，用力拉开车门，一屁股坐在她旁边的位子上。他两膝夹着枪，双眼直视前方。他想杀死我，而不是牛，她心想。她把脸转了过去，不让他看到她的笑容。

上午的天气干燥而晴朗。她驱车穿过树林，开了约莫四分之一英里，来到一片开阔地，一条窄路将田野分在两侧。如愿以偿的兴奋使她对环境更为敏感。鸟儿四处尖声鸣叫，草地明亮得让人不敢直视，天空的蔚蓝甚至有种穿透力。"春天来了！"她很开心。格林栎夫先生嘴边某块肌肉微微一抬，好像他从未听过这么愚蠢的话。她在第二道草场门停下，他冲下车，重重地关上车门。然后打开草场门，让她开车通过，关上草场门，再次一屁股坐回车里，一言不发。她开车围着草场转，直到看见那头公牛。它几乎是在草场中间，和奶牛群一起平静地吃着草。

"那位先生等着你呢，"她狡黠地看了一眼他那张愤怒的脸，"把它赶到旁边的草场去，我会开车跟在你后面，我自己关草场门。"

他又一次冲下车，这次故意没关车门，她只能斜着身子拉上对侧车门。她坐在车里，微笑着看他穿过草场朝对面的大门走去。他每往前挪一步，好像都要向后退，似在召唤什么力量见证他是迫不得已。"好啦，"她大声说，好像他还在车里似的，"是你自己的孩子逼你这么做的，格林栎夫先生。"O.T.和E.T.恐怕正在笑他，笑得肚子都疼了。她好像听到他们用相同的鼻音说："逼着老爹替俺们杀牛。老爹不知道，以为他杀的就是头好牛。让老爹杀那头牛，可真是要了他的命！"

"如果那俩孩子对你有一丁点关心，格林栎夫先生，"她说，"他们都会来领那头牛的。真没想到。"

他先是绕了个圈，才打开草场门。那头公牛，黑乎乎地站在一群花斑奶牛之间，没动地方，只顾闷头吃草。格林栎夫先生打开门后，又绕了回来，从后面接近那头牛。距离牛大约十英尺远时，他张开双臂，拍打着体侧。公牛懒洋洋地抬起头，又垂下头继续吃。格林栎夫先生弯腰捡起了什么东西，朝它狠狠扔过去。她猜是块尖锐的石头，那牛一跃而起，飞奔而去，消失在山丘后面。格林栎夫先生慢悠悠地尾随其后。

"别以为牛要跟丢了！"她喊道，发动引擎，直接从草场上开了过去。这是片坡地，她开不快，等她到了草场门，格林栎夫先生和公牛都没了踪影。这片草场比上一片要小些，绿油油的一片竞技场，周围几乎都是树林。她下车关上草场门，四处张望，寻找格林栎夫先生，连个影儿都看不见。她立刻明白了，他的计划就是把牛赶到林子里去。最终，她会看到他从那圈树林的什么地方钻出来，一瘸一拐走向她，等他终于走到她跟前后，他会说："你要是能在那林子里找到那位先生，算你厉害。"

她会说:"格林栎夫先生,就算我得跟你走进那片树林,哪怕要待上一下午,我们都得找到那头牛,杀死它。就算我得替你扣扳机,你也得杀死它。"等他看到她是认真的,他就会自己转回去,迅速杀死那头牛。

她回到车里,开到草场中央。这样等他从林子里出来,走不了多远就能到她面前。此时此刻,她可以想象他坐在一截树桩上,拿着根棍儿在地上画线。她决定掐着表,就等十分钟,然后就按喇叭。她下了车,周围转了转,坐在前保险杠上,边歇边等。她很累,头向后靠在引擎盖上,闭上眼。她不明白,这才上午,她怎么这么累。透过闭着的双眼,她能感受到火辣辣的日头高悬在上空。她微微睁开眼,明晃晃的白光又迫使她闭上。

她靠着引擎盖休息片刻,昏昏沉沉地琢磨她为什么这么累。闭着眼,时间不再分为白昼与黑夜,而是过去与未来。她觉得她之所以这么累是因为她已不停歇地干了十五年。她认为她有权利觉得累,有权利在继续干活之前休息几分钟。不论是在什么样的审判席上,她都可以说:我工作过了,我没有虚度时光。此刻,当她回想这辈子的辛劳时,格林栎夫先生正在林子里闲逛,格林栎夫太太可能正趴在地上,压在那满满一洞的剪报上睡觉。这些年那女人越来越糟糕,玫太太相信她已经疯了。"恐怕宗教已令你太太走火入魔了,"有一回她委婉地对格林栎夫先生说,"要知道,一切都得适度。"

"她治好过一个男人,那男人的内脏一半都被虫子吃掉了。"格林栎夫先生说。她掉头就走,实在觉得恶心。可怜的人,她现在想,这么简单。她睡着了几秒钟。

等她坐起来看表时，十分钟已过。她一声枪响都没听到。她有了个新念头：也许格林枥夫先生朝那头牛扔石头激怒了它，那畜生会不会冲向他，把他顶在树上，用牛角挑了他？若是那样，就更具讽刺意味了：O.T. 和 E.T. 定会找个卑鄙的律师控告她。对于她和格林枥夫家的这十五年交道，这可真是个恰当的结局。想到这些，她几乎感到了些许愉悦，好像给朋友们讲着故事，灵光乍现，找到了完美的结尾。随后她又放弃了这个想法，格林枥夫先生有枪，她有保险。

她决定按喇叭，起身把手伸进车里，长按三声，又短按两三声，好让他知道她已等得不耐烦，然后转身再次坐在保险杠上。

过了几分钟，有什么东西从林带出来了，黑乎乎的沉重的身影，头摆了又摆，向前冲去。一秒钟后，她认出来是那头公牛。它越过草场，朝她慢慢跑来，挺愉快，几乎是兴高采烈，好像失而复得，有些欣喜若狂。她朝它身后看去，想看看格林枥夫先生是否也从林子里出来了，他没有。"它在这儿，格林枥夫先生！"她喊道，又看了看草场的另一边，也许他会从那里出来，也没看到。她回过头，但见那公牛低头朝她冲过来。她一动不动，不是出于恐惧，而是因为难以置信，呆住了。她盯着那凶猛的一条黑影向她狂奔而来，似乎已丧失一切距离感，似乎那时她无法判断它要干什么。不容她的表情有丝毫改变，那公牛已将头埋在了她的大腿上，如一个为爱痴狂的恋人。它的一只角刺进了她的心脏，另一只角环绕她的体侧，牢牢扣住了她。她还在盯着前方，眼前的景色却已彻底改变——林带如世界的一条深色伤口，那个世界只有天空——她的表情仿佛瞎子陡然复明，一时无法忍受那强光。

格林枥夫先生从旁举枪朝她奔来。她看到他跑过来了，虽然她没有朝他的方向看。她看到他在某个看不见的圈子外朝她跑来,他后面的林带张开了大嘴,他的脚下什么都没有。他朝公牛开了四枪,射穿了它的眼睛。她没听到枪声,却感到了那庞大身躯的震动。它向下一沉,她随之倒在它的头上。于是,当格林栎夫先生跑到她身边时,她的样子就像是趴在那畜生的耳畔向它低语她最后的发现。

郁林在望

A View

of

the Woods

上个礼拜,玛丽·福琼和老人每天上午都看着那机器把土挖出来,扔成堆。工程在新湖岸展开,就是老人卖掉的那几块地中的一块,那里要建钓鱼俱乐部。他和玛丽每天上午大约十点就开车到那儿,他把那辆破旧的桑葚色卡迪拉克停在堤岸上,下面就是工地。湖水荡漾着红色波纹,缓缓涌到距离工地不到五十英尺的地方,对岸一线黑压压的树林将湖围住,似乎正从两端淌过湖水,沿田地边缘走来。

他坐在保险杠上,玛丽·福琼骑在引擎盖上,他们就这样看着,有时一连看上几个小时,看那机器有条不紊地吃出一块红色方洞,那里曾经是牧牛的草场。芘茨只清理了一片草场的异味堆心菊,恰巧就是这片。老人卖掉草场时,芘茨几乎中风;在福琼先生看来,他要中风,随他便。

"我才不在乎那些因为一片牧牛草场,就阻碍发展的傻子呢。"他坐在保险杠上对玛丽·福琼说了好几遍,但孩子的眼里只有机器。她坐在引擎盖上,看着下面的红土坑,看着那没有身体的巨大食管吞食着泥土,又随着深沉持续的作呕声以及缓慢机械的呕吐声,转身吐出土块。

她那镜片后的浅色眼睛紧盯着机器不断重复的动作，她的脸——老人面容的小复制品——始终保持着专注。

除了老人自己，没人乐意见到玛丽·福琼的相貌随了外祖父。他倒觉得这一点给她增色不少。他认为她是他见过的最聪明、最漂亮的孩子。他还让他们都知晓如果，是说"如果"，他要把财产留给谁，就是留给玛丽·福琼。她现在九岁，像他一样个子不高，宽宽的，有着他那双极淡的蓝眼睛，他那突出的宽额，他那沉稳且带杀伤力的怒视，还有他那潮红的面色；她的性格竟也像他。很奇怪，她有着他的智力、他的坚强意志，还有他的冲劲儿和干劲儿。虽然他俩在年龄上相差七十岁，精神层面却没什么差距。在这个家里，她是他唯一尊敬的人。

她母亲是他的第三个要么就是第四个孩子（他从来记不清是哪一个），他指望不上她，虽然她自认为是她在照顾他。她认为——她小心翼翼地不说出口，只是表现出那个样子——是她在忍耐年老昏聩的他，他理应把这地方留给她。她嫁给了一个叫苉茨的傻瓜，生了七个孩子，都是一般地傻，除了最小的，玛丽·福琼，像他。苉茨是那种手里握不住钱的人，十年前，福琼先生允许他们搬到他这里，在农场上干活。苉茨赚的钱归苉茨所有，但土地属于福琼，他会刻意提醒他们这件事。井干了，他不许苉茨打深井，而是坚持引泉水。他不想付打井钱，而且他知道如果他让苉茨付了钱，那么以后只要他对苉茨说："你是在我的土地上。"苉茨就会回敬他："那你喝的水可是用我的泵抽上来的。"

住了十年，苉茨一家肯定觉得他们好像拥有了这片土地。他女儿是在这片土地上出生长大，但老人觉得她嫁给苉茨，就表明她更喜欢苉茨而不是家；她回到这里，跟其他租户没什么两样，不过他不要他们交租金，这跟他不许他们打井出于同一个原因。人过六十都不会觉得安稳，除非手握大权。他不时卖掉一块地，就是要给芘茨家一个实实在在的教训。最令芘茨恼火的就是看着他把地卖给外人，因为芘茨自己想买。

芘茨瘦瘦的，长下巴，易怒而阴郁，总是闷闷不乐，他妻子是那种以责任为骄傲的人：我有责任待在这里照顾爸爸。我若不做，还有谁会做？我很清楚做了没好处，那我也会做。我做是因为职责所在。

这种话，老人一分钟都没信过。他知道他们等那一天已经等得不耐烦了，就想把他埋在地下八英尺的洞里，盖上土。到那时，即便他不把这片地留给他们，他们认为他们也能买下来。他已悄悄立下遗嘱，把一切都留给玛丽·福琼，并指定他的律师，而不是芘茨来做执行人。等他死了，玛丽·福琼会让他们大吃一惊，他从不怀疑她有这个能力。

十年前他们宣称若生下儿子，就以他的名字给孩子取名，叫马克·福琼·芘茨，他立刻跟他们说若把他的名字和芘茨连在一起，他就撵他们走。孩子出生了，是个女孩儿，即便她只有一天大，他也看得出她分明长得像他，他不再拒绝，自己建议给她取名玛丽·福琼，那是他亲爱的母亲的名字。七十九年前[1]，母亲把他带到这个世界时死去了。

福琼的地在乡间一条土路旁，离公路十五英里。若不是开发乡下，他的地可卖不出去。进步总是对他有利。他不像那些阻碍进步的老家伙，任何新生事物都反对，一点改变就吓得不行。他想看到房前铺好公路，新式汽车在路上来回穿梭，他想看到路那边正对他家门口建起超市，他想看到不远处就有加油站、汽车旅馆、汽车影院。进步让这一切

---

1 原文为"七十年前"，似与前后文不符。

都开始实现。电力公司在河上建了水坝，周围大片土地被淹形成湖泊，沿湖半英里都是他的地。每个汤姆、迪克和哈里，每只阿猫阿狗都想搞块湖边地。有传闻说他们要装电话线了。有传闻说福琼家门口要修公路了。还有传闻说他们这里最终要建成镇子。他认为这个镇子应该叫佐治亚州福琼镇。他是个有远见的人，尽管已经七十九了。

昨天挖土的机器停下了。今天，他们正看着两台巨大的黄色推土机把坑填平。在他开始卖地前，他的地足有八百英亩。他卖掉了后面的五块二十英亩的地，每卖一块，芘茨的血压就升高二十点。"芘茨家的人会因为一块牧牛草场阻碍发展，"他对玛丽·福琼说，"你我可不是那种人。"他总是很有风度地忽略玛丽·福琼也是芘茨家的人这件事，就好像那是种病，孩子没责任。他喜欢把她当作他的血脉，彻头彻尾。他坐在保险杠上，她坐在引擎盖上，两只光脚丫放在他的肩头。一台推土机开到了他们下面，铲着他们停车的这侧堤岸。若他把脚向外挪几英寸，可就悬在堤岸外了。

"你要是不看着他，"玛丽·福琼大喊，盖过了机器的噪音，"他就铲到你的地了！"

"那边有桩子，"他喊道，"他还没到桩子呢。"

"还——没到。"她吼道。

推土机从他们下面开过，到远处去了。"你好好看着，"他说，"睁大眼睛，他要是撞到桩子，我就去拦着他。芘茨家的人是那种因为一片牧牛场，或牧骡场，或是一排豆子就要阻碍发展的人。"他接着说，"像你我这样肩上长脑袋的人明白，不能为了头奶牛妨碍时代的脚步……"

"他在晃那边的桩子！"她尖叫一声，不等老人阻拦，就从引擎盖上跳下，沿着堤岸跑去，小黄裙被风吹得鼓鼓的。

"别跑得太靠边。"他喊道，但她已然跑到桩子旁，蹲下来查看松动了多少。她将身子探出堤岸，朝着推土机里的人挥舞着拳头。他冲她摆了摆手，继续干他的活儿。她的一根小手指比那帮人脑袋里的东西加在一起还要有智慧，老人心想，骄傲地看着她往回跑。

她有一头柔顺浓密的沙色头发——跟他有头发时的头发一模一样——她的头发直直的，齐着眼睛剪成刘海儿，两侧的头发沿脸颊到耳垂，好像一道门，露出中间的面部。她的眼镜跟他的一样，都是银框的。她的走路姿势甚至也跟他一样，挺着肚子，一副小心翼翼的莽撞态，半是摇晃，半拖着脚。她走得太靠边了，右脚外层就卡着边儿。

"跟你说了别走得太靠边，"他叫道，"你要是从那儿摔下去，就看不到这地方建成的那一天了。"他总是小心看护她，不让她有任何危险。他从不允许她坐在有蛇出没的地方，或是把手放在有可能藏着大黄蜂的灌木丛上。

她丝毫没往里挪。跟他的习惯一样，只要不想听，就听不见。这是他教给她的小伎俩，他也就只能欣赏她是如何贯彻执行了。他预见到等她老了，这个伎俩会对她很有用。她回到车旁，二话不说爬上引擎盖，跟先前一样把脚搭在他的肩上，仿佛他不过是车的一部分。她的注意力又回到了远处的推土机。

"记住你要是不小心，什么东西就会是你得不到的。"她的外公说。

他是个纪律严明的人，但从未鞭打过她。他认为有些孩子，比如皮茨家的前六个，就该每礼拜挨顿鞭子，形成惯例。而要掌控聪慧的孩子，则需另辟蹊径，他从未对玛丽·福琼动过粗。他也从不允许她母亲或是哥哥姐姐扇她耳光。老芘茨另当别论。

他脾气乖戾，心怀怨毒。每次看到他从桌边自己的位置上站起来——不是桌首，福琼先生坐桌首，他坐在桌侧——福琼先生就会心跳加速。老芘茨虽是慢慢起身，却总是很突然，没有原因，没有解释，头猛地转向玛丽·福琼，说声"跟我来"便朝屋外走，边走边解皮带。一种全然陌生的表情便会出现在孩子的脸上。老人不知该如何解读那表情，只是感到愤怒。那表情有恐惧，有尊重，还有些别的，很像是合作。她的脸上会现出这副表情，她会起身跟着芘茨出去。他们会上他的卡车，沿路开出去一段，到别人听不见的地方，他会打她。

福琼先生知道他打她，他开车跟踪过他们，亲眼所见。他躲在一块大石头后面，大概一百英尺远，看到那孩子抱着棵松树，芘茨用皮带抽打着她的脚踝，颇有章法，似在用柴刀劈打灌木丛。而她只是上蹿下跳，如站在火炉上一般，发出狗遭痛打时的哀鸣。芘茨打了大概三分钟，然后一言不发转身离去，上了卡车，留她在那里。她跌坐在树下，抱着双脚，前后摇晃。老人已经蹑手蹑脚向前挪了几步。她的脸拧成一团，仿佛一组小红块凑成的拼图，一把鼻涕一把泪。他突然冲上前，语无伦次地说："为什么不还手？你的精神头哪儿去了？你觉得我会容许他打我吗？"

她跳起来，向后退，翘着下巴，"没人打我。"她说。

"难道我这双眼睛没看见？"他发怒了。

"这儿没别人，没人打我，"她说，"我这辈子就没挨过打，有人打我，我就杀了他。你自己看，这儿没有人。"

"你是在说我是个骗子，还是个瞎子！"他嚷道，"我亲眼看到了他，你什么都没做,任凭他打,你只会抱着那棵树上蹿下跳,哭哭啼啼,要是我,我会抡起拳头揍他的脸……"

"这儿没有人,没人打我,有人打我,我就杀了他!"她喊叫着,转身冲出了树林。

"我还是一只波兰瓷猪呢,黑就是白呢!"他冲着她怒吼,坐在树下一块小石上,愤懑恼恨。芘茨这是在报复他。就好像芘茨是开车把他带到这儿打了一顿,就好像是他被打得服服帖帖。他本以为如果他说,他要打她,他就把他们赶走,就能阻止他。可听他这么讲,芘茨却说:"赶走了我,也就赶走了她。你赶呀。她是我的,只要我高兴,就天天揍她。"

但凡有机会打击芘茨,他是不会放过的。现在他心里就有个小计划,一定能给芘茨一记重拳。当他跟玛丽·福琼说记住她要是不小心,什么东西就会是她得不到时,他正兴奋地琢磨着那个计划。没等她回答,他就接着说他可能要再卖掉一块地,如果卖掉了,他可能会给她些好处,不过如果她对他无礼,那就不给了。他常跟她拌嘴,不过就像一场游戏,给公鸡竖面镜子,看着他跟自己的影子打架。

"我不想要好处。"玛丽·福琼说。

"我从来没见你拒绝过。"

"你也从没见我要过好处。"她说。

"你存多少钱了?"他问。

"不关你的事,"她用双脚踩了踩他的肩膀,"别管我的事。"

"我猜你把钱缝在你的床垫里了,"他说,"像个黑鬼老太太。你该存银行。完成这笔交易,我就给你在银行开个账户。除了你和我别人都查不了的账户。"

推土机又到了他们下面，淹没了他后面还想说的话。他闭嘴等待，噪音好不容易才过去，他可等不了了。"我要卖的就是我们房前那块地，建个加油站，"他说，"这样我们就用不着开车出去加油了，跨出前门就能加。"

福琼的房子距离公路大约二百英尺远，他想卖的就是这二百英尺地。他女儿轻率地称之为"草坪"，尽管不过是片杂草地。

"你是指，"玛丽·福琼过了一会儿才说，"草坪？"

"是的，夫人！"他说，"我是指草坪。"他拍了下膝盖。

她什么都没说，他转身向上看着她。头发框住的小四边形里，他的脸也在看他，却不是他现在的表情，而是他不开心时的那张阴沉的脸。"那是我们玩儿的地方。"她咕哝道。

"行了，你们还有很多地方可以玩儿。"她没什么热情，这让他恼怒。

"我们就看不到路那边的树林了。"她说。

老人盯着她。"路那边的树林？"他重复道。

"我们就看不到风景了。"她说。

"风景？"他重复道。

"树林，"她说，"我们在门廊就看不到树林了。"

"在门廊看树林？"他重复道。

这时她说："我爸爸的小牛群在那块地上吃草。"

老人震惊了，连愤怒都迟来了片刻，随后他爆出一声怒吼，跳起来，转身用拳头砸着引擎盖。"他可以在别的地方放他的牛！"

"你要是摔下堤岸可就该后悔了。"她说。

他从车头转到车身，一直死死盯着她。"你以为我在乎他在哪儿放他的牛犊子吗！你以为我会让只牛犊子妨碍我的事吗？你以为我在乎那傻瓜在什么地方放他那些该死的牛犊子吗？"

她坐在那儿，脸红红的，比头发的颜色还要沉郁，现在和他的表情一模一样了。"凡骂弟兄是傻瓜的，难免地狱的火。"[I] 她说。

"你们不要论断人，"他喊道，"免得你们不被论断！"[II] 他的脸色比她的还要发紫。"你！"他说，"你任凭他对你想打就打，除了哭哭啼啼，上蹿下跳，什么都不做！"

"他没有，谁都没碰过我，"她以死寂的语调一字一句地说，"没人打过我，有人打我，我就杀了他。"

"黑就是白，"老人高声说，"黑夜就是白昼！"

推土机又到了他们下面。两人的脸相距一英尺，表情一模一样，等着噪音消减。然后老人说道："自己走回家吧。我不搭载耶洗别[III]！"

"我还拒绝和巴比伦婊子[IV]同乘呢。"说着她从车的那一边滑下去，穿过草场走了。

"婊子是女的！"他吼道，"你知道的可真多！"可她都不屑转身

I 《新约·马太福音》第五章第二十二节。"凡骂弟兄是魔利的，难免地狱的火。""魔利"意为愚蠢。
II 《新约·马太福音》第七章第一节。"你们不要论断人，免得你们被论断。"老人因愤怒错引了经文，多加了个"不"字。
III 《旧约·列王纪》中亚哈王的妻子，性情狠毒。
IV 《新约·启示录》第十七章第五节："在她额上有名写着说：'奥秘哉！大巴比伦，做世上的淫妇和一切可憎之物的母。'"

再回他几句。看着那个健壮的小身形气势汹汹地穿过散落着片片黄斑的草场，他对她的骄傲之情好像不由自主地回来了，仿佛新湖泛起的柔波——但也有股潜流在往回撤，因她不肯反抗芘茨。如果他能教会她反抗芘茨，就像她反抗他那样，她就会是一个完美的孩子，就像人人所希望的那样无惧而坚毅，可她就是有这么一点性格缺陷。就这一点，她不像他。他转身看向湖对岸的树林，对自己说五年后，那里就不再是树林，而是房子、商店和停车场，这主要归功于他。

他打算以身作则教给孩子那种精神。既已下定决心，那天吃午饭时，他就宣布他正在跟一个叫蒂尔曼的人协商卖掉房前那块地，建一个加油站。

他女儿坐在桌尾，一脸倦容，呒唧了一声，好像一把钝刀正在慢慢剜割她的胸口。"你是指那片草坪！"她呻吟着向后靠在椅背上，以几乎听不到的声音重复着，"他是指那片草坪。"

另外六个芘茨家的孩子吵嚷开来："那是我们玩儿的地方！""别让他那么做，爸爸！""我们就看不到路了！"等等傻话。玛丽·福琼什么都没说，一脸的固执沉静，似在盘算自己的事。芘茨不再吃饭，盯着前方。他的餐盘堆得挺满，两只拳头如两块黑色石英石静静地放在餐盘两侧。他的目光扫过一个又一个孩子，似乎在寻找谁。最后，他的目光停在了坐在外祖父身旁的玛丽·福琼身上。"这都是因为你。"他咕哝道。

"我没有。"她说，声音却不肯定，只是轻轻一颤，那种孩子被吓坏的声音。

芘茨站起身说："跟我来。"转身向外走，边走边解皮带。令老人彻底失望的是，她从椅子上滑下，跟着他，几乎是小跑着跟他出了门，随他上了卡车，他们开走了。

福琼先生觉得怯懦的似乎是他自己，这让他在生理上感到难受。"他殴打无辜的孩子，"他对仍瘫在桌尾的女儿说，"你们谁都不拦着他。"

"你也没拦他呀。"一个男孩儿低声说，那群青蛙都叽咕起来。

"我年纪大了，心脏不好，"他说，"我可拦不住那头牛。"

"是她让你那么做的，"他女儿有气无力地懒懒说道，头靠在椅背上左右摇晃，"都是她指使你的。"

"从来没有哪个孩子指使我做什么事！"他喊道，"你不像个当妈的！该感到羞耻！那孩子是天使！是圣人！"他高声叫嚷，嗓子都喊破了，赶紧匆匆离开房间。

那天下午，他不得不一直卧床。每当得知那孩子挨了打，他的心脏就感觉在膨胀，盛放心脏的空间似乎有些不够用。不过他现在更是铁了心要看着房前建起加油站，如果芘茨因此中风，那更好。如果他中风了，瘫痪了，那是他活该，此后他就再也不能打她了。

玛丽·福琼从来不会跟他置气太久，或真生他的气。那天他没再见到她，不过等他第二天早晨醒来时，她正骑在他的胸口，催促他快一些，不要错过混凝土搅拌机。

他们赶到时，工人们在给钓鱼俱乐部打地基，搅拌机已开始工作。大小颜色跟马戏团大象差不多；他们在那儿站了约莫半小时，看着它搅拌。老人约了蒂尔曼十一点半谈生意，他们得走了。他没告诉玛丽·福琼要去哪儿，只说他要见个人。

沿公路往下开五英里就是蒂尔曼经营的乡村杂货店，还有加油站、废金属回收站、旧车场以及舞厅。公路连接着福琼家门前的土路。土路很快就要铺沥青了,他想选个好地方,也建个类似的点。他是个有前途的人——某种程度上,福琼心想,他不仅能适应进步,而且一向先行一步,等进步来临时,他早已恭候。沿途上上下下的标识宣告蒂尔曼店只有五英里远、只有四英里、只有三、只有两、只有一英里;"留意蒂尔曼店,拐弯就是!"终于,醒目的大红字宣告,"就是这儿了,朋友们,蒂尔曼店!"

蒂尔曼店的两侧都是旧车场,给无药可医的汽车准备的某种病房。他也卖户外饰品,如石头鹤、石头鸡、瓮、大花盆、旋转木马等。为了不让光临舞厅的客人感到压抑,他把一排墓碑和纪念碑摆在了离公路较远些的位置。生意大多在户外进行,所以他并没在店面本身多费银钱。店面是一间木结构的屋子,后面加盖了一间铁皮长厅,用来跳舞。长厅被分隔成两间,分别给白人和黑人,每间都有一台投币式自动点唱机。他有烧烤炉,出售烧烤三明治和软饮料。

他们开到了蒂尔曼店的凉棚下,老人看了看孩子,她的两只脚放在座位上,下巴靠在膝头。他不知道她是否记得他是要把地卖给蒂尔曼。

"你来这里做什么?"她突然问,那表情好像嗅到了什么敌人。

"不关你的事,"他说,"你就坐在车里,我出来时给你带点东西。"

"你别给我带东西,"她沉着脸说,"我不会在这儿等。"

"哈!"他说,"你已经来了,就只能等。"随后他下了车,不再理她,走进那家黑乎乎的商店,蒂尔曼在等着他。

半小时后他出来了,她不在车里。肯定是藏起来了,他想。他绕到商店后面找她,又看了看两间舞厅的门内,再转到墓碑旁。他环视了一周那压抑的废车场意识到,二百辆车,她可能在任何一辆车里,或车后。他绕回到店前。一个黑人男孩儿正坐在地上喝一种紫色饮料,背靠着凝结着水珠的冰柜。

"那小姑娘去哪儿了,孩子?"他问。

"我没见到什么小姑娘。"男孩儿说。

老人不耐烦地从兜里掏出一枚五分硬币说道:"一个穿黄色棉布裙的漂亮小姑娘。"

"如果你说的是那个像你一样壮实的孩子,"男孩儿说,"她坐着一个白人的卡车走了。"

"什么样的卡车,什么样的白人?"他嚷道。

"一辆绿色皮卡,"男孩儿边说边咂巴嘴,"她管他叫'爸爸'的白人。他们沿那条路走了有一会儿了。"

老人哆嗦着上车,回了家。他忽而觉得愤怒,忽而觉得羞耻。她从未抛下过他,更不曾为了芘茨抛下他。是芘茨命令她上车,她不敢不上。得出这个结论后,他却感到从未有过的恼恨。她是怎么回事,怎么就不能反抗芘茨?他把她调教得方方面面都那么好,怎么就有这么一点性格缺陷?真是件烦人的怪事。

他到家了,爬上前门台阶。她就坐在秋千上,一脸悲哀,看着面前他要卖掉的那块地。她的眼睛又红又肿,他倒是没见她腿上有红色伤痕。他挨着她坐在秋千上。他想以一种严厉的口吻跟她说话,可他的声音仿佛被击垮了一般,如求爱者企盼重归于好。

"你为什么抛下我?你从未抛下过我。"他说。

"因为我想抛下你。"她直勾勾地看着前方。

"你从未这么想过,"他说,"是他逼你的。"

"我跟你说了我要走,我就走了,"她说得缓慢而坚定,不睬他一眼,"现在你走吧,别管我。"她的声音中有种决绝,这是以前他俩吵架时未曾有过的。她的视线越过只有大片粉色、黄色、紫色杂草的草地,越过红土路,盯着那一带黑色松林线,只有树冠是绿色的。林线后面是一条窄窄的灰蓝,那是更远处的树林,再过去,就只有天空,空荡荡的,<u>丝丝缕缕</u>飘着一两线流云。她望着这景色,仿佛那是个人,她更愿与之交流,而不是他。

"这是我的地,不对吗?"他问,"我卖我的地,你生哪门子气?"

"因为那是草坪。"说着她鼻涕眼泪俱下,流到舌头够得着的地方,就迅速舔掉,脸却一动不动。"我们就看不到路那边了。"她说。

老人看了看路那边,再次确认那边没什么可看的。"我从未见过你这个样子,"他简直不敢相信,"那边除了树什么都没有。"

"我们就看不到它们了,"她说,"而且那是**草坪**,我爸爸在那儿放他的小牛犊。"

听到这句话,老人站了起来。"你像芘茨,不像福琼。"他说。他还从没有对她说过这么难听的话,话一出口他就后悔了。他比她受到的伤害更大。他转身进屋上楼去了自己的房间。

那天下午,他几次下床看着窗外,目光越过"草坪",看向她说他们再也看不到的那带树林。每次他看到的都一样:树林——不是山,不是瀑布,不是栽种的任何一种灌木或花,就是树。下午的那个钟点,阳光穿过林间,每一棵细细的松树干都赤裸裸地凸现出来。松树干就是松树干,他自言自语,在这地方,谁要想看松树干,都用不着走太远。他每次起身向外望,都再次确信卖掉这块地是明智之举。给芘茨带来的不快将是永久性的，至于玛丽·福琼，他可以给她买些东西作为补偿。对成年人来说，一条路要么通往天堂，要么通往地狱，但对孩子，沿途总是有好几站，一点小事就能转移他们的注意力。

他第三次起来看树林时几乎六点半了，夕阳隐藏在树林后，几乎看不见，瘦削的树干似乎矗立在夕阳喷射出的一摊红光中。老人盯着看了一会儿，有那么一刻，时间似乎凝滞了，一种令他不安、不曾理解的神秘力量控制了他，将他从导向未来的日常琐碎中抽离。在幻觉中，他看到树林后好像有人受了伤，树木都沐浴在血泊中。几分钟后，芘茨的皮卡摩擦着路面停在了窗下，打破了这令他不快的幻象。他回到床上，闭上眼，紧闭的眼帘上，地狱之火般的红色树干矗立在黑林中。

吃晚饭时，没人与他说话，玛丽·福琼也没有。他迅速吃完饭，又回到自己的房间，一晚上都在跟自己说，将来附近有家蒂尔曼这样的店会带来多少好处。他们不用跑路就可以加油。什么时候需要面包了，只需跨出他家的前门，走进蒂尔曼的后门。他们可以把牛奶卖给蒂尔曼。蒂尔曼是个可爱的家伙。蒂尔曼还会带来别的生意。公路很快就会铺好。全国的旅行者都会在蒂尔曼的店里停留。他女儿若是觉得她比蒂尔曼强，打压一下她的气焰也不错。上帝创造的每个人都是自由而平等的。当脑子里响起这句话时，他的爱国情绪高涨，他意识到他有责任卖这块地，他必须对未来负责。他看着窗外，路那边，月上林梢。他听了会儿蟋蟀和雨蛙的嗡鸣，喧闹声中，他能听到未来福琼镇的脉动。

他睡觉去了，心想早晨醒来时，他定会像往常一样看到一面秀发框住的小红镜。她会彻底忘记这桩买卖。早餐后，他们就开车去镇上，到县政府取那些法律文件。回来的路上，他会在蒂尔曼那儿停一下，完成交易。

　　清晨他睁开眼,看到的是空空的天花板。他坐起来,环顾房间,她不在。他坐在床边,探身看床底,她也不在。他起身穿好衣服走出房门。她坐在门廊的秋千上,跟昨天一模一样,视线越过草坪,望着树林。老人很生气。自打她会爬,每天早晨老人醒来时她要么是在他的床上,要么是在他的床下。很显然,今天早晨,她更愿意看林景。他决定暂且不理会她的行为,等她消了气再提这事儿。他挨着她在秋千上坐下,但她仍然看着林景。"我在想,你跟我一起去镇上新开的那家船舶店看看船去。"他说。

　　她没转头,只是怀疑地大声问:"你还要做什么?"

　　"没别的了。"他说。

　　她顿了顿说:"如果就这些,那我去。"她还是不看他。

　　"好吧,穿鞋,"他说,"我可不跟光脚女人进城。"对这句玩笑,她也不屑一笑。

　　天气如她的情绪般无所谓,不像要下雨,也不像不下雨。天空是令人不悦的灰色,太阳都不屑于出来。一路上,她一直坐在那儿看着自己伸出去的双脚,脚上穿着一双笨重的棕色学生鞋。老人以前悄悄走近她时,常发现她独自一人对脚说话。他认为现在她定是在默默地与脚倾诉。她的双唇不时动一下,对他却没有只言片语,对他说的话也只当没听见。他知道要想让她高兴起来,得花一大笔钱了。最好是买艘船,反正他也想要。自从水漫到他的地头,她就总提船的事。他们先去了船舶店。"给我们看看穷人买得起的游艇!"一进门他就兴致勃勃地对店员喊。

"这些都是给穷人的！"店员说，"买了船你就穷了！"他是个结实的小伙子，穿着黄衬衫，蓝裤子，反应机敏。他们你一言我一语连珠炮似的相互调侃了几句。福琼先生看了看玛丽·福琼，看她的脸色是否明快了些。她站在那儿，目光越过一艘尾挂机艇的船身，心不在焉地盯着对面的墙。

"小姐对船不感兴趣？"店员问。

她转身走上人行道回到车里。老人惊讶地看着她，不敢相信像她这样聪明的孩子会因为卖一块地而如此行事。"我想她定是病了，"他说，"我们会回来的。"他回到了车里。

"我们去买个冰激凌甜筒吧。"他关切地看着她。

"我不想要冰激凌甜筒。"她说。

其实他是要去县政府，但他不想明说。"我要去办点事，你去小卖铺逛逛怎么样？"他问，"我给你二十五美分，你可以给自己买点东西。"

"我不想去小卖铺，"她说，"我不想要你的美分。"

他应该料到的，如果她对船没兴趣，对二十五美分也不会有兴趣，他怪自己怎么这么蠢。"好啦，你怎么了，小妹妹？"他温和地问，"不舒服吗？"

她转过身，直勾勾地盯着他，一字一句恶狠狠地说："草坪。我爸爸在那里放他的小牛犊。我们再也看不到树林了。"

老人一直在尽量压制心中的怒火。"他打你！"他吼道，"你却担心他要去哪里放他的牛犊子！"

"我这辈子就没挨过打，"她说，"有人打我，我就杀了他。"

一个七十九岁的男人不能被个九岁孩子打败。他脸上的表情就像她的一样坚定。"你是个福琼,"他问,"还是个苊茨?你来定。"

她的声音洪亮、坚定而好斗。"我是玛丽——福琼——苊茨。"她说。

"我可是,"他喊道,"彻头彻尾的福琼!"

她的表情似在说对此她无言以答。有那么一刻,她像是被彻底击败了,老人不安地看到,那显然是苊茨家的表情。他看到的就是苊茨家的表情,纯粹、简单、明了,他感觉自己像是被污染了,好像那表情是在他的脸上。他厌恶地转过头去,倒车,径直向县政府开去。

县政府是座红白相间、熠熠生辉的建筑,坐落在广场中央,广场上的草大多已被踏没了。他把车停在县政府前,蛮横地说:"在这儿等着。"随后下车,使劲带上车门。

他花了半小时才拿到地契,起草了交易文书。他回到车里,她坐在后座角落里。他能看到的她那部分脸露出冷漠不祥之色。天空也更阴沉了,车里的空气闷热迟滞,似乎龙卷风即将来临。

"我们得赶紧走,不要赶上暴风雨,"随后又坚定地补了一句,"回家途中我还要停一下。"他没有得到任何回应,就好像他是载着一具小尸体同行。

去蒂尔曼店的路上,他再次回顾了促使他做这件事的种种合理原因,挑不出任何毛病。他决定要对她保持永久性的失望,虽说她的这种态度不会持久,等她回心转意时,她必须道歉;而且他不会给她买船。他慢慢意识到,他之所以跟她起冲突,就是因为他对她从未表现出足够的坚定。他一向太过宽容。心里想着这些事,他都没留意距离蒂尔曼店还有多少英里的路标,直到最后一个路标突然欢快地蹦到他面前:"就是这儿了,朋友们,蒂尔曼店!"他把车停在凉棚下。

他没怎么看玛丽·福琼就下了车,走进阴暗的商店。蒂尔曼倚在柜台上等他,后面是三层的架子,摆着罐装货品。

蒂尔曼话不多,行动力强。他习惯性地双臂交叠着放在柜台上,肩膀上那颗不起眼的头颅蛇似的摇来晃去。他的脸呈三角形,下巴尖尖的,头皮上满是雀斑,一双小小的绿眼睛,舌头总是从半张的嘴里露出来。他已备好支票本,马上他们就谈起了生意。蒂尔曼没花太多时间看地契,很快签了合同。福琼先生随后也签了字,隔着柜台和蒂尔曼握了握手。

握着蒂尔曼的手,福琼先生感到如释重负。他觉得,既然木已成舟,就不用再跟她或是跟他自己争论了。他觉得他坚持了原则,未来有了保障。

他们的手刚一松开,蒂尔曼的脸色陡然一变,消失在柜台下面,没了踪影,就像有人拽了他的双脚。一只瓶子砸向架子上的瓶瓶罐罐,就在他刚才所站之地的后面。老人旋即转身。玛丽·福琼站在门口,脸红红的,一副疯狂的样子,手里举着另一只瓶子正准备扔出去。他头一缩,瓶子砸在他身后的柜台上。她又从箱子里抓起一只瓶子。他冲向她,她飞跑到商店另一边,尖叫着,也不知在喊些什么,随手抄起东西就扔。老人再次冲向她,这回抓住了她的裙角,把她拖到店门外。他牢牢抓着她,举了起来,离他的车就几英尺。她在他的臂弯里呼哧喘着气,哭哭啼啼,突然身子一软。他勉强打开车门,把她扔进车里,马上跑到另一边,坐进车,迅速开走了。

他觉得他的心脏跟这辆车一样大,带着他飞速向前,还从来没有这么快，将他带向某个躲不开的目的地。头五分钟，他什么都没想，只是全速向前开，像是飞驰在怒火中，无法自控。渐渐地，他又可以思考了。玛丽·福琼在座位上缩成了一个球，抽泣着，身体一起一伏。

他这辈子还没见过哪个孩子这么干。不论是他自己的孩子，还是别人的孩子，都没有当着他的面发过这么大的脾气，他须臾未曾想过这个他自己训练出的孩子，这个陪伴了他九年的孩子，会这样让他出丑。这个他从未打过的孩子！

此刻他猛然如梦方醒，这是他的错。这种觉悟有时会迟到。

她尊重芘茨，因为他打她，哪怕没有正当理由；如果他现在有正当理由都不打她，那么她成了个捣蛋鬼，也怨不得旁人，只能怪他自己。他明白是时候了，他必须打她。他把车开下公路，转到回家的土路上，对自己言道，揍她一顿，她就再也不扔瓶子了。

他沿土路疾驰，到了他的地界，转到一条小径上，只够一辆车开过。他在林中颠簸了半英里，停下车。就是在这儿，他看到芘茨抽她。小径在那里变宽了些，可以容两辆车开过，或是一辆车掉头。一块光秃秃的、丑陋的红土地，周围环绕着细高的松树，似在围观那块空地上可能发生的任何事。几块石头凸起在地表。

"下车。"他伸手越过她打开了车门。

她下了车，没看他，也没问他们要做什么。他从他这一边下了车，绕过车头。

"现在我要抽你！"他的声音格外响亮、空洞，带着回声，似乎被高高抬起，穿透了松树顶。"快点，靠在树上。"说着便开始解皮带，他可不想在抽她时赶上暴雨。

她很久才反应过来他要做什么,似乎这件事得穿过她脑子里的重重迷雾。她没动,但迷惑的表情渐渐消失了。几秒钟前,她的脸还是红红的,五官扭曲,乱七八糟,现在那些纹路都不见了,只剩下一种确定的表情,那是经过深思熟虑、断然无疑的表情,不再只是下个决心。"没人打过我,"她说,"如果有人想试试,我就杀了他。"

"别没礼貌。"他说着朝她走去。他的双膝感觉很不稳,像是要向前屈或向后挺。

她只向后退了一步,死死盯着他,摘掉眼镜扔在一块小石头后面,就在那棵他让她靠着的树旁。"摘下你的眼镜。"她说。

"别给我下命令!"他高声叫道,用皮带笨拙地抽了一下她的脚踝。

她扑上来的速度如此之快,他都想不起来是哪里先感到了撞击,是她那结实身体的重量,还是她双脚的踢打,或是拳头砸在他的胸口。他手中的皮带在空中挥舞,不知该往哪儿打,只想把她从身上弄下去,才好决定怎么抓住她。

"起开!"他喊道,"跟你说起开!"但她好像到处是,从各个方向同时向他打将过来。进攻他的似乎不是一个孩子,而是一群小魔鬼,都穿着结实的棕色学生鞋,有着石头似的小拳头。他的眼镜飞到了一边。

"我跟你说了摘下眼镜。"她吼着,片刻不停。

他抓着自己的一只膝盖,单脚跳着,拳头雨点般砸在他的腹部。他感到五只爪子钩住了他大臂上的肉,她挂在了他的大臂上,双脚机械地猛踢他的膝盖,另一只手握成拳一遍又一遍捶打着他的胸口。之后他恐惧地看到她的脸升起在他面前,龇着牙,咬住了他的一侧下巴,他像牛似的大吼一声，似乎看见自己的脸从几个方向同时来咬他，但他顾不得了，一阵猛踢袭向他的腹部，随后是他的胯部。他突然倒地滚动，仿佛身上着了火。她马上扑到他身上，跟他一起滚，仍在踢打，空出来的双拳击打着他的胸。

"我是个老人！"他高声叫道，"放开我！"她没停，对他的下巴展开了新一轮攻击。

"住手，住手！"他呼哧喘着气，"我是你外祖父啊！"

她停下来，脸就在他的脸上方。浅色的眼睛看着同样浅色的眼睛。"你够了吗？"她问。

老人向上看着自己的形象，一张趾高气扬、充满敌意的脸。"你被抽了，"它说，"被我。"之后它一字一顿地补充道，"我是个彻头彻尾的芘茨。"

趁她松开手的空当儿，他抓住她的咽喉，猛地一努劲，翻转过来，颠倒了他们的位置，他向下看着他自己的那张脸，那张脸居然敢称其为芘茨。他的双手紧紧钳住她的脖子，抬起她的头，重重地磕在恰巧在下方的石块上，又是两下。他看着那张脸，那张脸上的眼睛慢慢向上翻起，似乎一点都不在乎他。他说："我的身体里没有一丁点的芘茨。"

他继续盯着自己那张被征服的脸，终于意识到，尽管它一声不出，却毫无悔过之意。眼睛已经翻了回来，却是呆呆的，并没有看着他。"给你点颜色看看。"他说，声音里似有种犹疑。

他忍着疼，艰难地站起来，被踢的双腿颤颤巍巍。他试着走了两步，可他的心脏在车里时就开始扩张，现在还在持续。他转头久久地看着身后那个一动不动的小身影，头在石块上。

之后他向后倒下，无助地沿着光秃秃的树干向上看着松树冠，他的心脏一阵痉挛，再次扩张。心脏扩张得如此之快，老人觉得他像是被拖在心脏后面，穿过树林。他似乎在竭尽全力与那些丑陋的松树一起奔向湖边。他以为那里会有一小片开阔地，逃到那里，他就可以甩开树林。他已经能看到远处那一小片开阔地了，那里，湖水倒映着白色的天空。他朝那儿跑去，那片地越来越开阔，直到整面湖水突然出现在他面前，层层细浪庄严地涌向他的脚边。他突然想起他不会游泳，他也没买船。他看到两侧瘦削的树干变粗了，排成黑压压的神秘纵队，跨过水面，向远处行进。他绝望地环顾四周，希望有人能够救他，但四周空无一人，只有一只巨大的黄色怪物坐在旁边，像他一样动也不动，只是大口大口吃着土。

未尽之寒

The
Enduring
Chill

火车停下了,阿斯伯里下车的地方恰好是母亲迎他之处。母亲站在下面,灿烂的笑容绽开在戴着眼镜的瘦削的脸上。看到乘务员身后强撑身体的他,母亲的笑容骤然消失了。那笑容消失得如此突兀,取而代之的讶异之色如此彻底,他这才意识到自己的病定是无可遁形。天空是寒冷的灰色,白金色的太阳耀眼夺目,正从环绕廷柏博罗的黑森林后升起,如来自东方的神秘君王。唯一一片砖木平房区被太阳镀上了一层奇异之光。阿斯伯里觉得他即将见证一场庄严变形,那些平坦的屋顶随时可能化为某座异域神殿的高塔,敬拜他所不知晓的神灵。幻觉须臾之间便没了踪迹,他的注意力重新回到母亲身上。

　　母亲轻叫一声,一脸惊恐。她立刻在他的脸上看到了死亡,这令他满意。他的母亲,到了六十岁的年纪,将被迫面对现实。他认为如果这次经历没有要了她的命,则必定有助于她的成长。他走下台阶与她打招呼。

　　"你看起来不太好。"她说,像个医生似的久久注视着他。

　　"我不想说话,"他说,"旅途不顺。"

福克斯太太注意到他的左眼布满血丝，脸浮肿而苍白。虽只有二十五岁，他的发际线却已悲惨地向后退却了，头顶剩下薄薄一层红发，状如楔形，尖端直指鼻子，他的鼻子看起来更长了，也让他看上去心烦意乱，倒与他说话的语气甚是匹配。"北方一定很冷，"她说，"你为什么不把外套脱了？这里不冷。"

"你不必告诉我气温！"他高声说，"我不是小孩子，知道什么时候该脱外套！"他身后，火车默默地滑走了，留下两爿一模一样的破败商店。他目送着那铝皮斑点消失在树林中，似乎他与那广阔世界的最后一点联系也随之永远消亡了。他转身沮丧地看着母亲，为有那么一瞬间居然允许自己在这颓废的乡下枢纽看到神庙而颇感恼怒。他已完全习惯了死亡这个念头，但还没有习惯死在**这里**这个念头。

他自觉大限将至已有近四个月了。一天深夜，在他那冰冷的公寓里，他独自蜷缩在两层毯子和大衣下面，中间还夹着三层《纽约时报》，他突然感到一阵寒意，之后大汗淋漓，床单都湿透了，他那时就对自己真实的身体状况有了彻底清醒的认识。此前，他已感到日渐无力，隐隐伴随时断时续的周身疼和头痛。他好几天都没去书店上班，这份零工也丢了。此后他一直靠积蓄活着，勉强存活而已。积蓄日渐减少，最后只够回家的路费了。现在他一文不名。他回来了。

"车在哪儿？"他咕哝了一句。

"在那边，"母亲说，"你姐姐在后座上睡觉，我不想这么一大早独自出门。没必要叫醒她。"

"对，"他说，"不要叫醒睡着的狗，自找麻烦。"他提起他那两只鼓鼓囊囊的手提箱，向马路对面走去。

箱子对他来说太沉了，走到车旁时，母亲看出来他已筋疲力尽。他以前回家从未拿过两只箱子。自从上了大学，他每次回家只带两周的必需品，以及一副呆呆的无可奈何的表情，似乎在说他打算只忍耐十四天。"你比以前带的行李多。"她注意到了，但他没有回答。

他打开车门，费力地提起两只箱子放到他姐姐翘起的脚旁。他厌恶地看了看那双熟悉的脚——穿着女童子军鞋——又看了看她整个人。她身着一套黑衣，头上裹着块白布，边缘支棱出几只金属发卷，闭着眼，张着嘴。他跟她长得很像，只是比她小一号。她大他八岁，是县小学校长。他轻轻关上车门，以免吵醒她，随后转到另一侧，坐在前排座位上，合上了眼。母亲把车倒至路上，几分钟后，他感到车一个急转，上了公路。他睁开眼，道路两侧是两片开阔地，长满黄色异味堆心菊。

"你觉得廷柏博罗比以前好吗？"母亲问。这是她的标准问题，必须回答。

"还是老地方，不是吗？"他没好气地说。

"有两家店铺新装了门面，"她说，之后语气突转严肃，"你做得对，该回家，这儿有好医生！我今天下午就带你去找布洛克大夫。"

"我不去找布洛克大夫，"他尽量不让声音颤抖，"今天下午不去，哪天都不去。你不觉得我要是想看医生，在那边就看了吗，那儿才有好医生。你不知道纽约有更好的医生吗？"

"他认识你，更关心你，"她说，"那边的医生都不在乎你。"

"我不想他关心我。"一分钟的沉默，他盯着外面朦胧一片的紫色田野，"我的病布洛克治不了。"他的声音渐趋断续，几成呜咽。

他无法像他的朋友戈茨建议的那样，把一切当作梦幻泡影，不论是先前的事，还是他最后的这几周。戈茨确信死亡什么都不是。戈茨的脸上总带着紫色污迹，以及成千上万的愤怒。他在日本待了六个月，回来后脸还是那么脏，却像佛陀一样释然了。听到阿斯伯里行将死去的消息，他很平静，无所谓，引用了一句不知谁的话，"菩萨度众生入涅槃，实无菩萨度，亦无众生得灭度。"不过为他着想，戈茨还是花了四个半美元带他去听了一场吠檀多讲座。这笔钱真是打了水漂。戈茨全神贯注地听着讲台上那个皮肤黝黑的小个儿男人的教导，阿斯伯里却无聊地打量起观众来。他的视线扫过几个穿着纱丽的姑娘，扫过一个日本年轻人，一个穿藏青色衣服、戴土耳其帽的男人，还有几位貌似秘书的女子。最终，他的视线落在了这一排的最后一个座位上，一个瘦瘦的、戴眼镜的黑衣男子，神父。神父的表情虽然恭敬，却不信服。看到他那沉默而清高的样子，阿斯伯里立刻明白他俩有着同感。讲座结束后，几个学生在戈茨的公寓里聚了聚，神父也去了，还是不太参与。他听他们谈论阿斯伯里即将迎来的死亡，彬彬有礼，话却很少。一个穿纱丽的女孩儿说自我成就是不可能的，因为那意味着拯救，而这个词没有意义。"拯救，"戈茨引用道，"是对一种简单偏见的毁灭，没有人获救。"

"您怎么看这事？"阿斯伯里问神父，隔着众多脑袋，回应他那内敛的微笑。那微笑的边缘似乎碰触到了某种冰冷的澄明。

神父说："成为'新人'确有可能，需要帮助。"接着又干脆地加了一句，"当然，要靠三位一体的第三位格[1]。"

"可笑！"纱丽女孩儿说，但神父只是对她微微一笑，现在他有了

---

[1] 基督教的三位一体指圣父、圣子、圣灵，其中第三位格指圣灵。

些兴趣。

神父起身离去时，默默地递给了阿斯伯里一张小卡片，他在上面写下了他的名字，伊格内修斯·沃格尔，耶稣会士，还有地址。此时此刻阿斯伯里心想，或许他该用那张名片，他觉得那神父貌似深谙世事之人，像是能懂得他的死亡这一独特悲剧的人。他们周围那群叽叽喳喳的人是无法理解他的死亡的意义的。布洛克更是无从理解。"我的病，"他重复道，"布洛克治不了。"

母亲立刻明白了他是什么意思：他是说他要精神崩溃了。她一个字都没说。她没有说她本想告诉他的正是此事。当人们自以为聪明时——甚至当他们的确聪明时——旁人说什么也无法使他们看清事物的本质。至于阿斯伯里，他的问题是除了聪明，他还有着艺术家的性情。她不知道他这是遗传的谁，他的父亲是律师、商人、农民、政客融为一体，绝对是个脚踏实地的人；她当然也一向务实。在他死后，她独自一人将他俩拉扯大，供他们上大学，甚至接受更高的教育，但她发现他们读的书越多，会干的事越少。他们的父亲上学时，不同年级的孩子都在一间教室里，他就这样读到了八年级，什么都会干。

她本可以告诉阿斯伯里什么可以帮到他。她本可以说："如果你出去晒晒太阳，或者在奶牛场干上一个月，你就会彻底改变！"不过她很清楚这个建议会引起什么样的反应。他在奶牛场会是个麻烦，不过如果他愿意，她会让他在那儿干活的。去年他回家写剧本时，她就许可他在那儿干活。当时他在写一部关于黑人的剧本（她无法理解怎么会有人想写关于黑人的剧本），他说他想跟他们一起在奶牛场干活，以便了解他们的喜好。他们的喜好就是尽可能少干活，她本可以这样告诉他，可他谁的话都听不进去。黑人们只好忍受他。他学会了怎么放挤奶器,有一次他把所有的罐子都洗了,她记得他还拌了一次草料。后来有头奶牛踢了他,他就再也不去牲口棚了。她知道如果他现在愿意去那儿干活,或是在外面修篱笆,或是做任何一种工作——真正的工作,不是写作——可能他就不会精神崩溃了。"你写的那部关于黑人的剧本怎么样了?"她问。

"我不写剧本了,"他说,"你记清楚:我不去奶牛场干活。我不到外面晒太阳。我病了。我发烧、打寒战、头晕,我只想让你做一件事,别管我。"

"你要是真病了,就该去找布洛克大夫。"

"我不去找布洛克大夫。"他说完了,深深陷入椅中,直勾勾地瞪着前方。

她转到自家车道上,一段红色土路,四分之一英里长,穿过门前的两片草场。枯奶期的奶牛在一片草场上,产奶期的奶牛在另一片上。她先是减速,随后完全停了下来,一头乳房溃烂的奶牛引起了她的注意。"他们没给它治,"她说,"看那乳房!"

阿斯伯里猛地将头转向另一边,可那边一只凸眼睛的格恩西小奶牛正盯着他,它似乎感觉到他们之间有某种联系。"天啊!"他痛苦地喊道,"我们能继续走吗?现在是早上六点!"

"好的,好的。"母亲说,马上发动了车。

"刚才那声惨叫是怎么回事?"姐姐在后座拉长了声音,"哦,是你。"她说,"好了,好了,艺术家又来到我们中间了。真是绝了!"她说话带着重重的鼻音。

他没理她,也没转头。这一点他是学会了。绝不要搭理她。

"玛丽·乔治!"母亲厉声说,"阿斯伯里病了。别招他。"

"他怎么了?"玛丽·乔治问。

"到家了!"母亲说,好像除了她,他们都是瞎子。房子坐落在山丘顶部——一栋白色两层农舍,门廊宽敞,有着漂亮的柱子。每次走近这房子,她便感到自豪。她不止一次地对阿斯伯里说:"你在这儿有家,北边一半的人拼了老命都想住在这样的地方呢!"

她去过一次他在纽约住的那破地儿。他们上了五段黑乎乎的石头台阶,每上一段,都要路过敞开的垃圾桶,最后进了两间潮湿的房间,有一个带马桶的盥洗室。"你在家可不会住这种地方。"她喃喃地说。

"不会!"他面露狂喜,"那是不可能的!"

在她看来,真正的原因是她根本无法理解敏感是怎么回事,也无法理解作为艺术家,有什么特别。他姐姐说他不是艺术家,他没有才华,这就是他的问题所在;但玛丽·乔治自己也不是个快活的姑娘。阿斯伯里说她假装是什么知识分子,但她的智商不可能超过七十五,她真正感兴趣的就是嫁人,可明智的男人看都不想看她一眼。她曾试图跟他解释玛丽·乔治若是花些心思,可以很有魅力,他却说那对她压力太大,她会崩溃。他说,她要是有半点魅力,现在也不会是什么县小学校长,而玛丽·乔治则说阿斯伯里要是有半点才华,现在总该发表了些什么。他都发表过什么呢?她想知道,她还想知道,他都写了些什么?

福克斯太太指出他才二十五岁,玛丽·乔治则说大多数人发表作品的年龄是二十一,他已晚了整整四年。福克斯太太不太懂这些事,她只是说或许他在写一本很长的书。很长的书,在她看来,玛丽·乔治说,他能写出首诗来就很不错了。福克斯太太希望他完成的不仅仅是一首诗。

她把车开上边道,一群珠鸡呼啦啦飞到空中,围着房子尖叫。"回家啦,回家啦,蹦蹦又跳跳!"她说。

"天哪。"阿斯伯里呻吟了一声。

"艺术家来到了毒气室。"玛丽·乔治用她的鼻音说。

他倚着车门下了车,忘了他的箱子,晕晕乎乎,径直朝房前走去。姐姐下车,站在车门旁,眯着眼睛看着他那弓腰蹒跚的身影。她看着他走上房前的台阶,惊愕得张大了嘴。"哎呀,"她说,"他还**真**是不太好。看起来得有一百岁了。"

"我不是告诉你了吗?"母亲气愤地低声说,"现在你别说话,别管他。"

他走进房里,在门厅稍稍停顿,一眼瞥到穿衣镜里他那张苍白而憔悴的脸正盯着自己。他扶着栏杆,吃力地走上陡峭的楼梯,转过平台,一段稍短些的楼梯,进到自己的房间,那是间通风良好的宽敞的大房间,铺着已褪色的蓝色地毯,挂着白色窗帘,那是为迎接他的到来新挂上的。他什么都没看,一头趴到自己的床上,一张窄窄的老式雕花床,床头老高,雕着盛满水果的花篮。

他在纽约时就给母亲写了封信,写了满满两个笔记本。死之前,他不打算给她看。那封信类似卡夫卡写给他父亲的信。阿斯伯里的父亲二十年前就去世了,他认为这真是一件幸事。他肯定那老头儿是县政府黑帮的一员,乡村一霸,每块蛋糕都要伸出脏手抓一把,他知道他是无法容忍他的。他读过他的一些书信,其愚蠢令他惊诧。

他当然知道,这封信母亲不会一看就懂。她头脑简单,需要些时日才能发现信的意义,但他认为她会明白他原谅了她对他做的一切。而且他认为只有通过这封信,她才会意识到她都对他做了些什么。他不认为她现在对此有任何理解。她几乎察觉不到她的自我满足感,但这封信可能会让她痛苦地意识到这恐怕是他留给她的唯一有价值的东西。

如果说她读这封信是痛苦的,那么写这封信对他来说时常难以忍受——因为要面对她,他就不得不面对他自己。"我到这儿来,是为了逃避家中的奴役环境,"他是这样写的,"是为了寻找自由,解放我的想象力,如放鹰隼出牢笼,使之'盘桓入不断扩大的螺旋'(叶芝),我找到了什么?它飞不起来。它是一只被你驯化的家禽,愠怒地坐在它的笼子里,拒绝出去!"下面这段划了两道下划线,"我没有想象力。我没有才华。我不能创造。我只有对这些的渴望。你为什么不把那渴望也杀死?女人,你为何剪掉我的羽翼?"

写这封信时,他陷入了绝望的谷底。他觉得读到这封信时,她至少会开始明白他的悲剧,以及她在其中扮演的角色。她并没有强迫他做什么。从来没那个必要。她的行为方式就是他呼吸的空气,当他终于找到其他空气后,却发现无法生存其中。他觉得即便她无法立刻明了,这封信也会让她感到寒意侵袭,萦绕不去,或许假以时日,终究会使她看清她自己是什么样的人。

除了这封信,他已销毁他写的所有东西——两部没有生命力的小说,六部停滞不前的剧本、散文诗,还有短篇小说的构思——他只保留了写着这封信的那两个笔记本。笔记本在那只黑色手提箱里,他姐姐正呼哧带喘地拖上第二层台阶。母亲提着那只小一点的包,走在前面。她进房间时,他翻了个身。

"我把包打开,把你的东西拿出来,"她说,"你就直接上床吧,过几分钟,我就把早餐给你端来。"

他坐起来,烦躁地说:"我不想吃什么早餐,我可以自己打开箱子。别管了。"

姐姐到了门口,一脸好奇,由着那黑箱子重重地掉在门槛上。之后她用一只脚推着箱子向前走,直到能够看清他。"要是我的气色像你这样糟,"她说,"我就去医院。"

母亲狠狠瞪了她一眼,姐姐离开了房间。福克斯太太随后关上房门,走到床边,在他身旁坐下。"我想让你这次多待些日子,好好歇一歇。"

"这次回来,"他说,"我就不走了。"

"太好了!"她叫道,"你可以在你的房间里弄个小工作室,上午你可以写剧本,下午你可以去奶牛场帮忙!"

他转过头,一张苍白木讷的脸看着她。"关上百叶窗,让我睡觉吧。"他说。

她走之后,他躺了一阵子,盯着灰墙上的水印。从房顶的装饰线开始,渗水刻画出一道道长长的冰凌形,在他的床正上方的天花板上,另一片渗水则刻画出一只展翼猛禽。它口衔一道冰凌,与喙成直角,翅膀和尾翼上也挂着些小冰凌。自他孩提时起,它就在那儿了,他看到它就觉心烦,有时还感到恐怖。他常有种幻觉,好像它会动,行将诡谲地飞下,将冰凌放在他的头上。他闭上眼睛想:看不了多少日子了。接着便沉沉睡去。

下午醒来时，一张粉红色脸悬在他的上方，张着嘴，脸的两侧那两只熟悉的大耳朵上挂着布洛克的黑色听诊器，听诊器管向下延伸到他敞开的胸部。看到他醒了，医生做了个中国佬似的鬼脸，眼珠几乎翻到了脑门外，叫道："说啊——！"

孩子们是无法抵挡布洛克的魅力的。方圆几英里，他们又是呕吐，又是发烧，只为布洛克能来看他们。福克斯太太站在他身后，笑得一脸灿烂。"布洛克大夫来了！"她那语气就好像是在屋顶上逮住了这位天使，带他来见她的宝贝孩子。

"让他出去。"阿斯伯里咕哝道。他似乎是从一个黑洞的底部看着那张愚蠢的脸。

医生凑得更近了，晃了晃耳朵。布洛克秃顶，长着一张婴儿的无知圆脸，浑身上下似乎毫无智慧可言，除了双眼。无论他在看什么，两只冷冷的镍币色眼睛都一动不动地悬在那儿，充满好奇。"你看起来真的很糟，阿兹白里[1]，"他嘀咕着摘下听诊器，丢进包里，"我这辈子都没见过你这个年纪的人能看起来这么可怜。你对自己做了什么？"

阿斯伯里的后脑怦怦的跳动声持续不断，好像他的心脏被困在那里，挣扎着要冲出来。"我没请你来。"他说。

布洛克把手放在那张愤怒的脸上，扒开下眼睑仔细查看。"你在北方一定是流浪来着。"他说。他开始按压阿斯伯里的后腰。"我也去过那儿，"他说，"真真切切地看到了那里有多匮乏，立刻打道回府。张开嘴。"

---

[1] 即阿斯伯里，布洛克医生的发音方式。

阿斯伯里不假思索地张开嘴,钻头般的目光左右看了看,钻了进去。他猛地闭上嘴,呼哧带喘地说:"我要是想看医生,就待在北方了,那里有好医生!"

"阿斯伯里!"他母亲说。

"你的嗓子疼多久了?"布洛克问。

"是她请你来的!"阿斯伯里说,"她可以回答你。"

"阿斯伯里!"他母亲说。

布洛克弯腰从袋子里拉出一条橡胶管,把阿斯伯里的袖子撸上去,将管子绑在他的大臂上。之后取出一支注射器,找静脉,边把针头往里插,边哼着赞美诗。他的血液的隐私被这笨蛋侵犯了,而阿斯伯里只能怒冲冲地躺在床上,直勾勾地看着。"主啊,从容不迫而坚定。"注射器满了,布洛克拔出了针头。"血液不会撒谎。"他说。他把血液倒进一只瓶子,盖好盖子,放进包里。"阿兹白里,"他开始发问,"多久……"

阿斯伯里坐起来,怦怦直跳的脑袋探向前方,"我没请你来。我不回答你的问题。你不是我的医生。我的问题你解决不了。"

"大多数问题我都解决不了,"布洛克说,"还没有什么事是我完全明白的。"他叹了口气,站起身。他的眼睛似乎是在很远的地方冲着阿斯伯里发光。

"若不是真的病了,"福克斯太太解释道,"他是不会这般失礼的。我希望您能天天来,直到他痊愈。"

阿斯伯里的眼睛冒着怒火,呈现出恶狠狠的紫罗兰色。"我的问题你解决不了。"他重复了一遍,躺下,闭眼,直到布洛克和他母亲离开房间。

之后几天，虽然他的身体迅速恶化，脑子却异常清醒。面临死亡，他发现自己处于一种觉悟状态，这与他不得不听的母亲的絮叨完全不相称。母亲的絮叨大多是关于那些叫黛西或贝茜·布顿的奶牛，以及它们那些隐秘的身体机能——它们的乳腺炎，它们的螺旋蛆，以及它们的流产。母亲执意要他白天去门廊上坐坐，"欣赏美景"，他没有力气反抗，只好将自己拖出去，蔫头耷脑地僵坐着，一条阿富汗毛毯裹着双脚，双手握紧扶手，似乎准备跃入蓝得耀眼的瓷一般的天空。草坪向下延展四分之一英亩，一道铁丝栅栏将其与前面的牧场隔开。白天，枯奶期的奶牛在那里的一排枫香树下休息。路那边是两座小山，中间有方池塘，母亲坐在门廊上，可以看着牛群走过水坝，到路那边的小山上去。一道树墙环绕着整片风景。白天他被迫坐在那里时，树墙呈现出水洗蓝色，让他悲哀地想起黑人们穿的褪色工服。

他不耐烦地听着母亲细数雇工的不是。"那俩可不笨，"她说，"他们知道怎么照顾自己。"

"他们是得知道啊。"他咕哝道，但和她争论没什么意义。去年他在写一部关于黑人的剧本，便想和他们多相处，了解他们关于自身处境的真实想法，但给她干活的那两位这么多年下来，所有进取心早已消弭殆尽。他们不说话。叫摩根的那位肤色浅褐，有些印第安血统；另一位年纪稍长，叫兰德尔，很黑很胖。他们每次跟他说话，就好像是在对着他所在之处的右边或左边的某个隐形的影子讲话。跟他们一起干了两天活，他觉得并没有和他们建立起关系，于是决定尝试一下比交谈更为大胆的举动。一天下午，他站在兰德尔身旁，看着他调整挤奶器。他默默地掏出香烟点燃了一支。黑人停下手里的活儿，看着他。等阿斯伯里吸了两口后，他说："她不让在这儿吸烟。"

另一个走过来，站在那儿笑。

"我知道。"阿斯伯里说，刻意停顿了一下，摇了摇烟盒，先递给兰德尔，他取了一支，又递给摩根，他也取了一支。他亲自给他们点着烟，三个人站在那儿一起抽。静悄悄的，只有两台挤奶器咔嗒咔嗒有节奏地响着，以及偶尔牛尾甩在牛身上的声音。这是那种共享同参的时刻，黑白间的隔阂化为乌有。

第二天，两罐牛奶被乳品厂退了回来，因为沾染了烟草味儿。他揽下罪责，跟母亲说抽烟的是他，不是黑人。"如果你抽了，他们也抽了，"她说，"你以为我不了解他们？"她无法相信他们是无辜的；不过这次经历让他很兴奋，他已决定要换种方式再来一次。

第二天下午，他和兰德尔在奶房把鲜奶装入罐中，他捡起一只黑人喝光的果冻杯，突发奇想，给自己倒了杯热奶，一饮而尽。兰德尔不再倒奶，弓腰停在奶罐上方，看着他。"她不让，"他说，"她不让干**那事**。"

阿斯伯里又倒了一杯递给他。

"她不让。"他重复了一遍。

"听着，"阿斯伯里哑着嗓子说，"世界在变。没理由管你先喝我后喝，或我先喝你后喝！"

"她不让喝，我们谁都不让喝这儿的奶。"兰德尔说。

阿斯伯里仍然伸着胳膊给他递杯子，"烟都拿了，"他说，"拿着奶。每天损失一两杯，对我母亲不算什么。我们要想自由地生活，就得自由地思想！"

另一个走了过来，站在门口。

"不想喝那奶。"兰德尔说。

阿斯伯里转过身，把杯子递给摩根。"来吧，小伙子，喝杯奶。"他说。

摩根盯着他；随后脸上现出心意已决的狡诈之色。"我还没见你喝那奶。"他说。

阿斯伯里不喜欢喝牛奶。第一杯热奶已经让他的胃不舒服了。他喝了半杯手中的奶，剩下的递给那黑人。黑人接过奶，往杯子里看了看，似乎里面藏着什么大秘密，然后把杯子放在冷却器旁的地板上。

"不喜欢牛奶吗？"阿斯伯里问。

"我喜欢，只是不喝那个奶。"

"为什么？"

"她不让。"摩根说。

"上帝呀！"阿斯伯里爆发了，"她她她！"第二天、第三天、第四天，他接着试，但就是无法让他们喝那里的牛奶。几天后的下午，他正要进奶房，听到摩根问："你咋天天都让他喝那个奶？"

"他做是他的事，"兰德尔说，"我做是我的事。"

"他对他妈说话咋恁难听？"

"小时候她抽他抽得不够。"兰德尔说。

在家的日子让他忍无可忍，于是他提前两天回到了纽约。对他而言，他的生命在那里已然结束，现在的问题是他还要在这里苟延残喘多少时日。他可以加速他的死亡，但自杀不能算作胜利。死亡正合法地向他走来，是正当的，是生命给予他的礼物。那是他最伟大的胜利。还有那些德高品优的邻居,在他们眼里,儿子自杀意味着母亲失败,虽说这是实情,他还是不想让母亲在众人面前难堪的。至于她将在信上读到的,那是私密的启示。他把笔记本封在了一只马尼拉信封里,信封上写着:"只在阿斯伯里·波特·福克斯死后开启。"他把信封放在他的房间的书桌抽屉里,上了锁,钥匙揣进睡衣口袋,他还没想好最终要把钥匙放在哪儿。

上午他们坐在门廊时,母亲觉得有时得聊些他感兴趣的事。第三天上午,她开始聊他的写作。"等你身体好了,"她说,"我觉得你可以写写这儿,写写南方还是挺不错的。我们需要另一本像《飘》这样的好书。"

他可以感到胃里的肌肉开始收紧。

"加上战争,"她建议说,"那样书就可以写得长。"

他轻轻把头向后一靠,好像怕它会裂开似的。过了一会儿,他说:"我什么书都不写了。"

"好吧,"她说,"你要是不想写书,就写诗吧。挺好。"她意识到他需要跟有知识的人交谈,可她认识的文化人只有玛丽·乔治,而他不愿跟她讲话。她还想到了布什先生,他是卫理公会的退休牧师,她还没跟他提过这件事,现在想冒险一试。"我想请布什博士来看看你,"她夸大了布什先生的头衔,"你会喜欢他的。他收集稀有钱币。"

他的反应出乎她的意料。他开始浑身颤抖,发出阵阵狂笑,像是喘不上气来。一分钟后,渐渐平息,变成了咳嗽。"你要是认为我的死亡需要精神救援,"他说,"那可就大错特错了。那头蠢驴布什更是帮不了我。上帝呀!"

"我完全不是那个意思,"她说,"他还有克里奥佩特拉时期的钱币呢。"

"行啊,你要是请他来这儿,我就跟他说见鬼去吧,"他说,"布什!没有比他更糟的了!"

"很高兴还有事情能让你开心。"她尖酸地说道。

他们默默地坐了一会儿。母亲抬起头。他再次前倾身体坐着,对她微笑。他的脸色越来越灿烂,似乎刚刚想到一个绝好的主意。她盯着他。"我来告诉你我想让谁来。"他说。自从回到家,他头一次露出愉悦的表情;虽然,她觉得那表情透出一种狡诈。

"你想让谁来?"她怀疑地问。

"我想见神父。"他宣布。

"神父?"母亲不解地问。

"最好是耶稣会的,"他的笑容越发明媚了,"是的,必须是耶稣会的。城里有。你可以打电话请一位来。"

"你是怎么回事?"母亲问。

"虽说神父大多受过良好教育,"他说,"耶稣会更为保险,断不会有傻瓜。耶稣会神父可以聊聊别的,而不是只聊天气。"他想起了耶稣会士伊格内修斯·沃格尔,就可以想象这位神父会是什么样子。或许稍许世故,稍许愤世嫉俗。有他们那个古老机构做保护,神父们可以是愤世嫉俗的,执于两端,对抗中间。在他死前,他可以与一位有文化的人交谈——哪怕是在这片荒漠中!何况,还有什么事能更激起母亲的愤怒吗?他不明白怎么早没想到这个主意。

"你不是那个教会的,"福克斯太太简短地说,"二十英里路呢,他们不会派神父来。"她希望这件事能就此了结。

他向后靠了靠,沉浸在这个念头中,决心要逼迫她打电话。只要他坚持,她总会照他的意思做。"我要死了,"他说,"就求你这么一件事,你还拒绝。"

"你**没有**要死了。"

"等你明白,"他说,"就晚了。"

又是一段令人不悦的沉默。母亲继而说:"现在的医生们不会**允许**年轻人死去。他们给他们吃那些新药。"她坚定地晃动着脚,令人心烦意乱,"人们不像以前那么容易死了。"

"母亲,"他说,"你该做好准备。我觉得就连布洛克都知道,他只是还没告诉你。"自从首次造访后,布洛克每次来都沉着脸,不再说笑话,做鬼脸,只是默默地给他抽血,镍币色的眼睛也不太友好。他理应是死亡的敌人,现在他似乎明白了自己真的是在与死亡角力。他说没搞清楚病因,他是不会开药的。阿斯伯里当着他的面就笑起来。"母亲,"他说,"我**就是**要死了。"他说得斩钉截铁,想让每个字都似锤子般砸在她头上。

她的脸色变得微微苍白,眼睛一眨不眨。"难道你以为,"她生气地说,"我会坐在这里,任你去死?想都别想。"她的两只眼睛坚定如远处两道亘古的山脊。头一次,他清楚地感到了一丝疑虑。

"你是这么想的吗?"她严肃地问。

"我不认为这跟你有什么关系。"他的声音颤抖。

"哼。"她起身离开了门廊,似乎再也无法容忍这种愚蠢。

他把耶稣会抛在一旁,迅速在脑子里过了一遍自己的症状:他烧得更高了,还不时地打寒战;他几乎没有力气把自己拖到门廊;他厌恶食物;布洛克无法给她哪怕是一点点安慰。哪怕是在门廊坐着时,他都能感到新一轮寒战要开始了,似乎死亡已在拨弄他的骨头。他把阿富汗毛毯从脚上拽下来,披在肩上,摇摇晃晃走上楼梯上了床。

他的状况越来越糟。接下来的几天,他变得愈发虚弱,没完没了地拿耶稣会的事烦她。终于,她绝望了,决定满足他的蠢念头。她打了电话,用冷冷的语气解释说她儿子病了,也许有点昏了头,希望能和神父聊聊。阿斯伯里赤着脚,裹着阿富汗毛毯,俯身倚着楼梯扶手听她打电话。母亲挂断了电话,他朝楼下喊,问神父什么时候来。

"明天什么时候。"母亲不耐烦地说。

她打电话了,由此他看得出来她的信心已动摇。每次她请布洛克来,或送他出去,他们总要在楼下门厅里低语一阵。那天晚上,他听到她和玛丽·乔治在客厅低声交谈。他觉得听到了自己的名字,就起身蹑手蹑脚地走到过道,下了三级台阶,好听得清楚些。

"我只能请神父来,"母亲正在说,"我担心这次真的很严重。我以为只是精神崩溃,现在看来是真病了。布洛克大夫也认为是真病了,不论是什么病,都已恶化,他这么虚弱。"

"别幼稚了,妈妈,"玛丽·乔治说,"我以前跟你说过,现在再跟你说一遍:他的毛病纯粹是心病。"不论什么事,她都是专家。

"不,"母亲说,"是真病了,大夫说的。"他好像听到她的声音哽咽了一下。

"布洛克是个傻瓜,"玛丽·乔治说,"你必须面对事实:阿斯伯里写不出东西来,于是就病了。他将会成为一个病人,而不是艺术家。你知道他需要什么吗?"

"不知道。"母亲说。

"两三次电击治疗,"玛丽·乔治说,"把艺术家的事从他脑子里赶出去,一了百了。"

母亲轻叫一声,他抓住了扶手。

"记住我的话,"姐姐继续说,"接下来这五十年,他在这里也就是件摆设。"

他回到床上。在某种意义上,她是对的。他让他的神祇——"艺术",失望了,不过他是个忠实的仆人,而"艺术"带给他的却是死亡。他一开始就清楚这一点,也不知道是为什么。他去睡了,心里想着家族墓地里那块静谧之地,很快他将躺在那儿。过了一会儿,他看到他的尸体被慢慢抬到那里,母亲和玛丽·乔治兴味索然地坐在门廊椅子上看着。棺材架被抬过水坝时,她们可以抬头看到水池里送葬队伍的倒影。一个瘦长的带着罗马领的黑影跟随其后。他有一张神秘而严肃的脸,微妙地将禁欲与腐败融为一体。阿斯伯里被放置在山坡上的一处浅墓里,送葬的人们面目模糊,静静地站了会儿,便在暮色愈深的草地上散开了。耶稣会神父退到一棵枯树下抽烟冥想。月亮升起,阿斯伯里感到有什么东西向他俯下身来,他那冰冷的脸感到了温柔的暖意。他知道这是"艺术"来唤他苏醒,他坐起身,睁开眼。山那边,母亲的房子灯火通明。黑黑的池塘里散落着点点镍币色的繁星。耶稣会神父已经消失了。在他四周,只有散开的牛群在月光下吃草。一只硕大的白牛,身上甩着些狂乱的斑点,正在舔他的脑袋,好像那是个盐块。他惊醒了,夜间盗汗湿透了被褥。他坐在黑暗里,瑟瑟发抖,意识到时日无多。他向下凝视死亡的火山口,昏沉沉倒在了枕头上。

第二天,母亲注意到他那张憔悴不堪的脸似有种出尘超凡的感觉,好似濒临死亡的孩子必须提前过圣诞。他坐在床上,叫人重新摆放几把椅子,移走一幅画,画中是位绑在岩石上的少女,他知道这幅画会让耶稣会神父发笑的。他还让人拿走了那把舒服的摇椅。待他指挥完毕,他的房间,配上墙上脏兮兮的污迹,真如牢房一般。他觉得来访者可能会为之倾倒。

他等了一上午,不时焦躁地抬头看着房顶那只口衔冰凌的大鸟,它似乎停在半空,也在静候;时近黄昏,神父才到。母亲一开门,楼下客厅就传来巨大的声响,却听不清在说些什么。阿斯伯里的心脏疯狂地跳动着。楼梯上旋即响起沉重的脚步声,吱嘎吱嘎。几乎同时,母亲一脸肃然地走进来,后面跟着一位身形庞大的老人,他几步跨过房间,抄起床边的椅子,塞到屁股下面。

"我是费恩神父——来自婆枷拓厉[1]。"他朗声说道。他长着一张大红脸,头发灰白硬挺,一只眼瞎了,那只好眼却是湛蓝清澈,目光炯炯地盯着阿斯伯里。他的马甲上有块油污。"这么说你想和神父聊聊?"他说,"很明智。我们谁都不知道我们的主会在何时召唤我们。"说完,他抬起好眼看着阿斯伯里的母亲,说道:"谢谢,现在您可以离开了。"

福克斯太太身子一僵,并没有动。

"我想与费恩神父单独聊聊。"阿斯伯里说,突然感觉自己在这儿有了盟友,尽管他想象中的神父可不是这个样子。母亲厌恶地看了他一

---

[1] 即 Purrgatory,与炼狱(Purgatory)拼读相似。

眼,走出房间。他知道她不会走远,最多走到门外。

"您能来真是太好了,"阿斯伯里说,"这地方实在无聊至极。有智识的人在这儿根本找不到可交流之人。我想知道您怎么看乔伊斯,神父?"

神父抬起椅子往前挪了挪。"你得大声嚷才行,"他说,"一只眼瞎,一只耳聋。"

"您怎么看乔伊斯?"阿斯伯里提高了声音。

"乔伊斯?哪个乔伊斯?"神父问。

"詹姆斯·乔伊斯。"阿斯伯里大笑。

神父的大手在空中一挥,仿佛要赶走讨厌的蚊虫。"我没见过他,"他说,"好了。你每天都做早祷和晚祷吗?"

阿斯伯里似乎糊涂了。"乔伊斯是位伟大的作家。"他咕哝道,忘了要嚷才行。

"你不做,嗯?"神父说,"只有按时祷告,你才能成为好人。不跟祂说话,就无法爱耶稣。"

"我一直想了解受难耶稣的奥秘。"阿斯伯里嚷道,但神父似乎没听见。

"你对纯洁是不是有什么问题?"他问,阿斯伯里的脸色变得煞白,神父没等他回答接着说,"我们都有问题,你必须向圣灵祷告才能得到答案。精神、心灵和肉体。没有祷告,什么都无法战胜。和你的家人一起祈祷。你和家人一起祈祷吗?"

"上帝不许,"阿斯伯里喃喃道,"我母亲没时间祷告,我姐姐是无神论者。"他大声嚷道。

"可耻呀！"神父说，"那你必须为她们祈祷。"

"艺术家通过创作祈祷。"阿斯伯里试探着说。

"不够！"神父打断了他，"如果你不每天祈祷，你就是在忽略你那不朽的灵魂。你知道你的教义问答吗？"

"当然不知道。"阿斯伯里咕哝道。

"谁创造了你？"神父严厉地问。

"关于这事儿，不同的人相信不同的说法。"阿斯伯里说。

"上帝创造了你，"神父简短地说，"谁是上帝？"

"上帝是人创造的一个念头。"阿斯伯里说，他感觉自己正大步前行，这个问题他俩可以好好探讨一番。

"上帝是无限完美的灵，"神父说，"你是个极其无知的男孩儿。上帝为什么创造你？"

"上帝没有……"

"上帝创造你是为了让你认识祂，爱祂，在这个世界侍奉祂，并在下一个世界与祂共享福祉！"老神父放了一通连珠炮，"如果不学习教义问答，你又怎能知道该如何拯救你那不朽的灵魂？"

阿斯伯里意识到自己犯了一个错误，是时候摆脱这个老傻瓜了。"听着，"他说，"我不是天主教徒。"

"为不祈祷找的烂借口！"老人哼了一声。

阿斯伯里躺在床上，身子微微一沉。"我要死了。"他嚷道。

"但你还没死！"神父说，"你从来没有和上帝说过话，如何指望与祂面对面？如何指望得到你从来没要求过的东西？上帝不会向那些从未请求过的人派去圣灵。请祂派圣灵来。"

"圣灵?"阿斯伯里说。

"你不会无知到根本没听说过圣灵吧?"神父问。

"我当然听说过圣灵,"阿斯伯里怒气冲冲地说,"圣灵是我最不想要的!"

"那么恐怕你最得不到的就是祂,"神父说,那只严厉的眼睛冒着怒火,"你想要你的灵魂永遭诅咒吗?你想与上帝永远疏离吗?你想忍受最可怕的痛苦吗?比火焚还要痛苦,失去之痛?你想要永远承受失去之痛吗?"

阿斯伯里无助地晃动着胳膊腿,好像被那只可怕的眼睛钉在了床上。

"你的灵魂盛满垃圾,圣灵如何进入?"神父吼道,"当你认清自己时,圣灵才会莅临,你就是个懒惰、无知、自负的年轻人!"说着他一拳砸在了小小的床头柜上。

福克斯太太闯了进来。"够了!"她喊道,"你怎么敢这样对一个生病的可怜孩子说话?你让他心烦意乱。你必须离开。"

"可怜的孩子连教义问答都不知道,"神父说着站起身,"我认为你应当教会他每天祈祷。你没有尽到母亲的职责。"他又转向床,温和地说:"我会为你祈福,今后,你务必每天祈祷。"说着他把手放在阿斯伯里的头上,用拉丁语咕哝了些什么。"随时给我打电话,"他说,"我们可以再聊聊。"之后便跟随背挺得笔直的福克斯太太走出了房间。阿斯伯里听到他说的最后一句话是:"他内心是个好孩子,但非常无知。"

母亲赶走神父后,迅速回到楼上,本想对他说早就跟他说过,但看到他那苍白、疲惫、憔悴的样子,呆坐在床上,一双受了惊吓的幼稚的大眼睛盯着前方，实在于心不忍，赶紧走了出去。

次日清晨，他虚弱极了，她下定决心要送他去医院。"我不去什么医院，"他不断重复，摇晃着咚咚直跳的脑袋，似乎要将之甩离身体，"只要我还有意识，哪家医院都不去。"他痛苦地想着一旦他失去意识，她就可以把他拖到医院去，给他输满血，使他悲惨地活上好几天。他相信大限即将来临，就在今天。想到一生碌碌，他备受折磨。他觉得自己像个空壳，应被填充，可又不知该被什么填充。他开始用心记下房间里的一切，仿佛这是最后一次——可笑的古董家具，地毯上的图案，母亲换上的傻兮兮的画。他甚至看了看那只口衔冰凌的凶鸟，觉得它在那里有什么意义，只是他不明白。

他在寻找什么，觉得必须拥有什么才罢休，某种终极的有意义的巅峰体验，在他死之前他必须让自己得到——通过他自己的智慧得到。他一向依赖自己，从不曾因为什么莫名其妙的东西哭哭啼啼。

玛丽·乔治十三岁，他五岁那年，她曾许诺要给他一个礼物，却没说是什么。她引他进了一个挤满人的大帐篷，他倒退着被她拖到台前，一个穿蓝色西装，戴红白领带的男人站在那儿。"来吧，"她大声说，"我已得救了，你可以拯救他。他可真是个讨厌鬼，而且狂妄得很。"他挣脱她的手，像只小野狗似的蹿了出去。后来他管她要礼物，她说："你本可以得到拯救，但你那么干，就什么也得不到！"

日子一天天过去，他越来越焦躁，担心自己还没找到什么有意义的终极体验就死掉了。母亲忧心忡忡地坐在床边。她已给布洛克打了两次电话，都没能找到他。他认为即便到了现在，母亲也没意识到他就要死了，更不用说他的时间也就剩下个把小时了。

屋子里的光线开始变得诡异，几乎要现出形来。黯淡的光线进到屋里，便静候一旁。外面，它似乎也就挪到了褪色的林线边，他能够看到那林线在窗台上方露出了几英寸。突然，他记起了那次在奶场和黑人们一起抽烟的共同经历，兴奋地颤抖。他们可以最后抽一次烟。

稍后，他在枕头上转过脸说："母亲，我想跟黑人们道别。"

母亲脸色变得苍白。有那么一瞬，她的脸好像要分崩离析了，接着嘴角的纹路变得僵硬；眉头拧在了一起。"道别？"她淡淡地说，"你要去哪儿？"

他只是看着她，几秒钟后才开口："我以为你知道。找他们来。我的时间不多了。"

"真是荒唐。"她咕哝道，但还是起身匆匆离开了。他听到她走出房门前又给布洛克打了次电话。在这样的时刻，她如此依赖布洛克，令他动容，也令他悲哀。他等待着，做好了准备，好像一个信徒准备最后一次领圣餐。很快，他听到了楼梯上的脚步声。

"兰德尔和摩根来了，"母亲说，将他们引进屋，"他们来跟你打招呼。"

他俩笑着走进来，拖着脚到了床边。他们站在那儿，兰德尔在前，摩根在后。"您看起来真的很不错，"兰德尔说，"您看起来很不错。"

"您看起来很不错，"另一个说，"是的先生，您看起来挺好。"

"我从来没见您看起来这么好过。"兰德尔说。

"是的，他是不是看起来很好？"母亲说，"我觉得他看起来挺好。"

"是的先生，"兰德尔说，"我以为您根本没病。"

"母亲，"阿斯伯里无可奈何地说，"我想和他们单独聊聊。"

母亲的身子一僵；之后大步走了出去。她穿过走廊，到对面房间里坐下。透过打开的房门，他可以看到她不时地微微摇晃。那俩黑人的样子就像是他们最后的保护伞被撤走了一般。

阿斯伯里的头沉得很，他想不起来他在做什么。"我要死了。"他说。

两个人的笑容都冻住了。"您看起来挺好。"兰德尔说。

"我要死了。"阿斯伯里重复道。然后他松了口气，想起来他们是要一起抽烟的。他拿起桌上的烟盒，递给兰德尔，忘了抖出烟来。

黑人接过烟盒，装进兜里。"我谢谢您，"他说，"我真的非常感谢。"

阿斯伯里盯着他，好像又忘了要干什么。过了一会儿，他才注意到另一个黑人的脸色变得悲伤极了；再一转念他意识到那不是悲伤，而是生气。他在抽屉里摸索了一下，拿出一包未打开的烟，一把推给摩根。

"我谢谢您，阿斯伯里先生，"摩根说，脸色变得明亮起来，"您看起来的确很不错。"

"我要死了。"阿斯伯里烦躁地说。

"您看起来挺好。"兰德尔说。

"过几天您就能起来走动了。"摩根预言道。两个人似乎都不知道该将目光如何安置。阿斯伯里肆无忌惮地看了看走廊那边，母亲把摇椅转了个方向，背对着他。显然，她无意替他将他们赶走。

"我想您可能是有点感冒。"过了一会儿兰德尔说。

"我感冒时就吃一点松节油加糖。"摩根说。

"闭嘴。"兰德尔转向摩根。

"闭上你的嘴，"摩根说，"我知道我吃的是什么。"

"他不吃你吃的东西。"兰德尔吼道。

"母亲！"阿斯伯里用颤抖的声音喊。

母亲站了起来。"阿斯伯里会客的时间太长了，"她喊道，"你俩可以明天来。"

"我们这就走，"兰德尔说，"您看起来真的挺好。"

"真的。"摩根说。

他们排着队出去了，互相附和着他看起来有多好。没等他们到走廊，阿斯伯里的视线就模糊了。一时间，他看到母亲如影子般出现在门口，随即跟他们下了楼梯。他听到她又给布洛克打了次电话，但他没兴趣听了。他感到天旋地转。现在他明白在他死前，是不会有什么有意义的体验了。都了了，只剩下把抽屉钥匙交给她，信封在抽屉里，然后等死。

他沉入了深深的睡眠，大约五点他醒了，看到她那张苍白的脸，非常之小，仿佛他是从暗井深处向上看。他从睡衣兜里掏出钥匙，递给她，喃喃道抽屉里有封信，等他死后再打开，但她好像不明白。她把钥匙撂在床头柜上就不管了，他则继续做梦，梦中有两块大石头在他的脑袋里打转。

刚过六点，他醒了，听到布洛克的车停在了下面的车道上。那声音如召唤般，迅速将他从睡梦中带出，头脑清醒了。他突然有种可怕的预感，等待他的命运将比他所能想到的更加残酷。他一动不动地躺着，就像动物在地震前一刻般安静。

布洛克和他母亲边上楼边交谈，但他听不清他们在说什么。医生扮着鬼脸进了房门；母亲在微笑。"猜猜你得了什么病，小甜饼！"她喊道。她的声音如一声枪响打断了他的思绪。

"老布洛克找到那条老虫子了。"布洛克说着便坐在了床边的椅子上。他双手举过头,仿佛是赢得了什么胜利奖项,又将手重重地落在大腿上,似已筋疲力尽。之后他掏出一条搞笑用的红色班丹纳大手帕,把脸擦了个遍,每次脸从手帕后面露出来都带着不同的表情。

"你的聪明才智真是毫无保留地全使出来了!"福克斯太太说。"阿斯伯里,"她说,"你得的是波状热。这种病会复发,但你死不了!"她的笑容就像电灯泡般灿烂炽烈得没有一丝阴影。"我的心可是放下了。"她说。

阿斯伯里慢慢坐起来,面无表情;之后又倒了下去。

布洛克俯下身来,微笑着。"你不会死的。"他心满意足地说。

除了眼睛,阿斯伯里浑身上下一动不动。表面上,他的眼睛也没动,但在模糊不清的眼睛深处,似乎有着几乎无法察觉的动作,好像什么东西在虚弱地挣扎。布洛克的目光如钢钉般投下来,不论什么都被它钉得牢牢的,直到生命消失。"波状热没那么可怕,阿兹白里,"他轻声说,"就跟奶牛得的布鲁氏菌病一样。"

男孩儿低低叹息一声,随后安静下来。

"他一定是在北边喝了未消毒的牛奶。"母亲轻声说,之后俩人蹑手蹑脚出了房门,似乎认为他要睡了。

等到听不见脚步声了,阿斯伯里再次坐了起来。他转过头,几乎是偷偷摸摸地向旁边的床头柜看了一眼,他给母亲的钥匙就在那儿。他猛地伸出手,一把抓住钥匙,又揣进兜里。他看了看屋子另一侧的椭圆形小梳妆镜。镜中回望他的眼睛还是他每天看到的那双眼睛,只是更苍白些。那双眼睛似乎彻底惊呆了,好像要看到即将发生在他身上的某种恐怖景象。他哆嗦了一下，迅速扭头看向另一边的窗外。一团紫云下方，炫目的金红色太阳平静地移动。再往下，猩红色天空映衬下的黑色林线形成一道脆弱的墙，站在那里，仿佛他在脑中构筑的虚弱的防御工事，使他免受即将来临之事的侵害。男孩儿躺倒在枕头上，盯着天花板。他的四肢被高烧和寒战折磨了几个礼拜，现在已然麻木。体内的往昔生命已经枯竭。他在等待新生命的到来。就在那时，他感到一阵寒冷，很特别的寒冷，轻微如冻海寒渊处传来的一线温暖的涟漪。他的呼吸开始急促。那只在他童年时代，以及在他生病的这段时日里，一直悬在头顶，神神秘秘等待着的恶鸟，此时似乎突然动了起来。阿斯伯里脸色煞白，似有一阵旋风吹去了他眼前最后一层迷雾。他看到了他的余生，羸弱而痛苦，没有尽头，他将生活在涤污荡垢的恐惧中。他发出一声微弱的呼喊，做最后的无力抵抗。但圣灵，以寒冰而非以火为纹饰的圣灵，不管不顾地持续降下来。

悠游我家

The Comforts

of

Home

托马斯退到窗侧,头藏在窗帘与墙之间,看着下面的车道,车已停下了。母亲和那小荡妇正在下车。母亲慢慢从车上下来,古板而笨拙,随后小荡妇那略微罗圈的长腿滑了出来,裙子拉到膝盖上方。她尖声笑着,跑向迎接她的狗,那狗因狂喜而颤抖,欢蹦乱跳。愤怒从托马斯的庞大身躯的各个角落聚集起来,如一群暴徒的集会,无声、紧张、不祥。

现在,该他打点行装去旅店了,直到房子重归清净。

他不知道行李箱在哪儿,不喜欢收拾行李,他需要他的书籍,他的打字机不是便携的,他习惯了电热毯,他无法忍受在餐馆吃饭。他那有着一颗莽撞善心的母亲,即将打破这栋房子的安宁。

后门重重地关上了,姑娘的笑声从厨房蹿起,穿过后面的过道,直冲上楼梯井,闯入他的房间,如一道闪电向他扑来。他跳到一旁,站在那里,怒视四周。早上他已把话挑明:"如果你把那姑娘带回这栋房子,我就走。你选吧——她还是我。"

她已做出选择。一阵剧痛扼住他的喉咙。三十五年来,这还是头一遭……他突然感到眼睛后面一阵火辣辣的湿润。他稳住了自己，怒火中烧。不是这样的：她并没有做什么选择。她是在指望他对电热毯的依恋。必须给她点颜色看。

姑娘的笑声再次蹿上来，托马斯眉头一蹙。他又看到了前一晚她的样子。她入侵了他的房间。他醒来时发现门开着，她在屋里。她转身朝向他，走廊里的光线足够让他看清她的样子。那是一张音乐喜剧里滑稽女演员的脸——尖下巴，苹果似的双颊，猫一般空洞的眼睛。他从床上一跃而起，抄起一把直背椅，将她倒逼出房门。他把椅子挡在身前，仿佛驯兽师赶走一只危险的猫。他一言不发，赶着她走在过道里，到母亲房前，他停下来砸门，姑娘倒抽一口气，转身逃进了客房。

稍后，母亲打开房门，焦虑地朝外看。不知她晚间涂了些什么，脸上油腻腻的，框在粉红色橡胶发卷里。她朝走廊看了看，姑娘已然消失。托马斯站在她面前，仍然举着椅子，好像准备制服另一头野兽。"她想进我的房间，"他咬牙切齿地说，不由分说便走进母亲屋内，"我醒来时，看到她正要进我的房间。"他将门关在身后，愤怒使他提高了声调，"我受不了这些了！一天都不能忍！"

母亲被他倒逼至床边，坐在床沿上。她的身体沉重，却顶着一个瘦削出奇的脑袋，极不相称。

"我最后再跟你说一遍，"托马斯说，"我一天都不能忍。"母亲的所有行为都有一种明显倾向，那就是带着世上最大的善意，使美德变得可笑。她不假思索地热切追求美德，每个卷入其中的人都因之成了傻瓜，美德本身也成了件荒唐事。"一天都不能忍。"他重复道。

母亲重重地摇着头，眼睛仍盯着房门。

托马斯把椅子放在她面前,坐下。他身子前倾,似乎是要给一个智障的孩子解释什么事情。

"这不过又是她的一种不幸。"母亲说。"太可怕了,太可怕了。她跟我说了名字,但是我忘了,她也无能为力,天生如此。托马斯,"她用手托住下巴,"假如是你呢?"

恼怒堵住了他的气管。"我怎么就不能让你明白,"他哑着嗓子说,"如果她自己都无能为力,你也帮不了她。"

母亲的眼神亲切而遥远,如日落后天边的那道蓝。"美男狂。"她咕哝道。

"是慕男狂,"他狠狠地说,"她不必跟你说什么花哨名词。她就是个道德白痴,你知道这点就够了。天生没有道德机能——就像有些人生来就少一只肾或一条腿。明白吗?"

"我总是想如果是你呢,"她的手仍然托着下巴,"如果是你,如果没人收留你,你觉得我会是什么感觉?如果你是个美男狂,而不是什么才华横溢的聪明人,如果你身不由己做了什么事……"

托马斯的内心涌起对自己的深深厌恶,令他无法忍受,他似乎正慢慢变成那个姑娘。

"她穿着什么衣服?"她突然问,眯着眼睛。

"什么都没穿!"他吼道,"现在你可以把她从这儿赶出去了吗?"

"我怎么能在这大冷天把她赶出去?"她说,"今天早晨她又说要自杀!"

"送她回监狱。"托马斯说。

"我是不会把**你**送回监狱的,托马斯。"她说。

趁着还能控制自己的情绪，他起身抓起椅子，逃离了房间。

托马斯爱他的母亲。他爱她因为他天性如此，但也有些时候，他受不了她对他的爱。那种爱有时纯属莫名其妙的愚痴，他能感觉到他周遭的力量，他无法掌控的无形暗流。她总是从最陈词滥调的考虑出发——这是件**好事**——最终却与魔鬼签订最为莽撞的协议。当然，她从来认不出那是魔鬼。

托马斯用魔鬼一词只是打个比方，不过用来描述母亲陷入的境遇，倒也十分恰当。但凡她有些智识，他便可用早期基督教历史向她证明美德过度并非正义，适度的善产生相应适度的恶。他还可以说若是埃及的圣安东尼[1]待在家里照顾妹妹，也不会招惹上魔鬼。

托马斯并非愤世嫉俗之人，也不反对美德，相反，他视美德为秩序之原则，唯有美德使生命可堪容忍。他能忍受自己的生命，正有赖于母亲那较为明智的美德——她将房子管理得井井有条，还有她做的美食。但当她的美德失控时，比如现在，他就会有种群魔毕现的感觉，倒不是说他自己或老太太有什么精神怪癖，那群魔鬼本就寓于性格之中，只是看不到而已，却随时可能尖声厉叫或搞出什么事端。

一个月前，姑娘因开空头支票被关进了县监狱，母亲在报纸上看到了她的照片。吃早餐时，她久久盯着那张照片，然后从咖啡壶上方将报纸递给他。"想想看，"她说，"只有十九岁，在那个肮脏的监狱里。她看起来不像是个坏姑娘。"

---

[1] 圣安东尼（约251—356），又称大安东尼，生于埃及，年轻时即信奉基督教，受魔鬼引诱，不为所动，后成为基督教隐修苦行的开创者。

托马斯瞟了一眼照片。一张狡诈的脏兮兮的脸。他注意到犯罪的平均年龄正逐步降低。

"她看起来像个正派姑娘。"母亲说。

"正派人不开空头支票。"托马斯说。

"你可不知道手头紧时会做出什么。"

"我不会开空头支票。"托马斯说。

"我想,"他母亲说,"我要给她带盒糖果。"

如果彼时彼地他一跺脚了断此事,后面这些就不会发生了。他的父亲若还在世,当时就会做个了断。带盒糖果是她最喜欢做的好事。在她的社交范围内,无论谁搬到了镇上,她都会打电话送盒糖果;但凡她的朋友的孩子产子或是得了什么奖项,她也会打电话送盒糖果;若有老人摔断胯骨,她还是会带着一盒糖果守在床边。想到她要带盒糖果去监狱,他曾觉得好笑。

如今,他站在自己的房间里,姑娘的笑声在他的脑中蹿入九霄,他诅咒着他所谓的好笑。

母亲探监归来,没敲门就闯进他的书房,一屁股倒在他的沙发里,抬起她那肿胀的小脚放到沙发扶手上。过了一会儿,她缓过来一些,坐起来在脚下垫了张报纸,又倒下去。"我们不知道另一半人是如何生活的。"她说。

托马斯知道虽然她说的话不是陈词滥调就是老生常谈,其背后倒是有着真实的经历。与其说他为那姑娘入狱感到悲哀,不如说他是为母亲不得不在那里看到她感到悲哀。他本可以使她免受种种不悦的景象。"好了,"他把笔记放到一边,"现在你最好忘了那些事。那姑娘入狱一点都不冤枉。"

"你无法想象她都经历了些什么,"她再次坐起来,"听着。"那可怜的姑娘,斯塔尔,由继母带大,继母自己有三个孩子,其中一个几乎是已成年的男孩儿,占她的便宜,极其卑劣,她只能逃跑,去找她的生母。找到了生母,生母为摆脱她,把她送到一个又一个寄宿学校。在每个寄宿学校,她都遇到了变态或虐待狂,只能一次又一次地出逃,他们的暴行真是无法描述。托马斯看得出母亲知道许多细节,只是不忍对他说。有时当她闪烁其词时,她的声音会颤抖,托马斯知道她是记起了一些听到的极为详尽的恐怖画面。他曾希望过几天,所有这一切都会被淡忘,但是没有。第二天,她带着舒洁纸巾和润肤霜又去了监狱。几天后,她宣布她已咨询了律师。

这种时候,托马斯会真正怀念起他那过世的父亲,虽然父亲在世时,他无法忍受。老爷子是不会容忍这种愚蠢的。无用的同情打动不了他,他会(瞒着她)给他的密友,当地的治安官打招呼,那姑娘会被送往州监狱服刑。他总是被卷入一些暴行,直到一天早晨(当时他怒气冲冲地看了妻子一眼,仿佛一切都怪她),他倒在餐桌旁死掉了。托马斯继承了父亲的理性,却没有他的冷酷,继承了母亲的善心,却不会像她一样践行。他对所有实际行动的计划就是静观其变。

律师发现姑娘所说的一次次暴力大多子虚乌有。他跟托马斯的母亲解释说姑娘有心理问题,但还没疯狂到要进精神病院的地步,罪行也不至于进监狱,情绪不稳又融入不了社会,听闻此言,托马斯的母亲对姑娘产生了从未有过的同情。姑娘很快承认她讲的故事是编的,因为她天生就是个说谎者;她声称,她撒谎是因为没有安全感。几位心理医生接手过她,他们为她的教育增添了最后几笔。她知道她没有希望。面对这样的苦难,托马斯的母亲似乎被某种神秘苦楚压弯了腰,只有加倍努力,才堪忍受。令他烦闷的是,她看**他**也是同情的眼光,好像她那浑浑噩噩的善心已辨不出人来。

几天后,她冲进房门说,律师已将姑娘保释出来了——由她负责。

托马斯从他的莫里斯椅上站了起来,撂下正在读的书评。他那张乏味的大脸皱在一起,似乎预感到了痛苦。"你不会,"他说,"要把那姑娘带到这儿来吧!"

"不,不,"她说,"镇定,托马斯。"她费尽周折地为姑娘在镇上的一家宠物店找了份工作,还在她认识的一位坏脾气老太太那儿为她找到了住处。人们不太友善,不会设身处地为斯塔尔这样总走霉运的人考虑。

托马斯重新落座,又拿起了书评。他似乎刚刚躲过一劫,其中凶险他自己也不想搞明白。"谁的话你都听不进去,"他说,"过不了几天,把你的好处占尽后,那姑娘就会离开镇子。再也不和你联系。"

两天后的晚上,他回到家,一打开客厅门,就被一阵尖厉、轻浮的笑声刺着了。母亲和姑娘坐在壁炉前,燃气木烧得正旺。姑娘给人的第一印象是身体畸形。她的发式剪得像狗或精灵的毛发,穿着时尚。她先是久久地注视他,双目放光,像熟人似的,接着莞尔一笑,亲热有加。

"托马斯,"母亲语气坚决,不容他逃走,"这就是我常跟你提起的斯塔尔。斯塔尔要和我们共进晚餐。"

姑娘自称是斯塔尔·德雷克。律师发现她的真名是撒拉·含。

托马斯没有动,也没说话,只是呆站在门口,一副粗鲁而困惑的样子。终于,他说:"你好,撒拉。"他的语气充满嫌恶,把自己都吓了一跳。他的脸红了,觉得对这么一个可怜人流露出轻蔑之情,实在有失身份。他走进房门,重重地坐在一张直背椅上,决心至少要做到得体,有礼貌。

"托马斯写历史,"母亲以一种威胁的眼神看着他,"他是地方历史协会本年度的会长。"

姑娘向前欠了欠身,看托马斯的眼神更加犀利了。"太棒了!"她的嗓音低哑。

"托马斯正在写一本有关县里的早期定居者的书。"母亲说。

"太棒了!"姑娘重复道。

托马斯靠意志勉强使自己貌似旁若无人。

"嘿,你知道他看起来像谁吧?"斯塔尔问,头歪向一边,斜着眼打量他。

"哦,一个相当与众不同的人!"母亲故意调皮地说。

"我昨晚看的那部电影里的警察。"斯塔尔说。

"斯塔尔,"母亲说,"我觉得看什么样的电影,你得慎重。我觉得你应该只看最好的影片。我不认为警匪片对你有好处。"

"哦,这是一部犯罪没好处的电影,"斯塔尔说,"我发誓那警察看起来跟他一模一样。他们总是愚弄他。他那样子就好像再多一分钟就能气炸了。他是个有趣的家伙。而且长得不赖。"她对托马斯抛了个媚眼。

"斯塔尔,"母亲说,"我觉得你要是能试着欣赏一下音乐就太好了。"

托马斯叹了口气。母亲继续唠唠叨叨,姑娘对她毫不在意,兀自上上下下打量他。她的目光让他觉得她的手似乎忽而在他膝头,忽而在他颈上。她的眼神里有种嘲讽的光。他知道她很清楚他不愿见到她。他很明白他面对的正是堕落本尊，但这种堕落无可指摘，因为其后没有为之负责的机体。在他眼前的是最让人难以忍受的无辜。他心不在焉，自问上帝会以何种态度面对此事，如有可能，就采取上帝的态度吧。

从头至尾，母亲在饭桌上表现得愚蠢至极，他简直不忍看她，更不愿看撒拉·含，只好以不满和厌恶的目光盯着房间一侧的那排橱柜。姑娘每说一句话，母亲都表现出要认真对待的样子。关于斯塔尔该如何利用闲暇时间，母亲给出了几种方案。撒拉·含就好像是在听一只鹦鹉给出的建议。托马斯无意中朝她看了一眼，她挤了挤眼睛。他咽下最后一勺甜品，立刻起身喃喃道："我得走了，有个会。"

"托马斯，"母亲说，"我想让你顺便送斯塔尔回家。我不想让她晚上自己坐出租车。"

托马斯恼怒地沉默片刻，转身离开房间。很快，他回来了，脸上有种不易察觉的坚定之色。姑娘已准备好，在客厅门口静静地等他。她以欣赏而自信的目光大大方方地看了他一眼。尽管托马斯没主动，她还是挽起了他的胳膊，走出房间，下了台阶，仿佛依偎着一块奇迹般移动着的纪念碑。

"听话啊！"母亲喊道。

撒拉·含窃笑一声，捅了捅他的侧肋。

他在穿外套时就已决定，他要用这个时机告诉那姑娘不要再做他母亲的寄生虫，否则他就亲自出手，送她回监狱。他要让她明白他知道她想干什么，他没那么幼稚，有些事是他无法容忍的。坐在桌边，手握钢笔时，没有人比托马斯更滔滔不绝。可一关上车门，和撒拉·含坐在车里，恐惧便俘获了他的舌头。

她盘起双腿说:"终于没别人了。"咯咯笑了起来。

托马斯调头将车驶离房子，迅速向大门开去。一到公路，他就飞驰起来，仿佛后面有人在追他。

"上帝呀！"撒拉·含说，脚从座椅上晃了下来，"哪儿着火了？"

托马斯没回答。几秒钟后，他感到她向他靠近了些。她舒展了下身子，又靠近了些，最后将手轻轻搭在他的肩头。"托姆西[1]不喜欢我，"她说，"但我觉得他真是可爱极了。"

托马斯只用了四分钟多一点就开完了进城的三英里半路程。第一个路口是红灯，他没管。老太太住在三个街区开外。车刺耳地停在了她的房前。他跳下车，跑到姑娘那边，拉开车门。她坐在车里没动，托马斯只好等着。过了一会儿，一条腿出现了，接着她那狡诈的小白脸出现了，向上盯着他。那神情让人觉得她好像是个瞎子，而且不知道自己是个瞎子。托马斯感到一阵莫名的恶心。空洞的目光在他身上扫过。"没有人喜欢我，"她怨怼地说，"如果你是我，是我不愿意让你搭这三英里路，你会怎么想？"

"我母亲喜欢你。"他咕哝道。

"她！"姑娘说，"她比这时代也就落后了差不多七十五年吧！"

托马斯上气不接下气说:"如果我发现你又去麻烦她，我就把你送回监狱。"他的声音虽近似耳语，却蕴含着重压。

"除了你还能有谁？"她又缩回车里，好像现在根本不打算下车了。

---

[1] 即托马斯，撒拉如此称呼他。

托马斯伸手胡乱抓住她的外套前襟,将她拽了出来,松开手。之后迅速上车,绝尘而去。另一边的车门还开着,她的笑声,没有形体却很真实的笑声,在街道上颠簸,似乎要从敞开的车门跳进来,与他同行。他侧身拽上车门,朝家开去。他火冒三丈,根本无法开会。他要让母亲彻底明白他的不悦,要让她没有一丝疑问。父亲沙哑的声音在他的脑子里响起。

笨蛋,老爷子说,现在就横下心。赶在她前面告诉她谁做主。

然而等托马斯回到家,母亲已经去睡了,明智。

次日清晨他来用早餐时,蹙着眉,仰着下巴,显然情绪不好。每当他决心要干什么事,就会像发起进攻前的公牛,垂着头,蹄子扒地,后退几步。"好了,听着,"他开始了,拽出他的椅子坐下,"关于那姑娘,我有几句话要对你说,我就说一遍。"他吸了口气,"她就是个小荡妇。背地里嘲笑你。她打算从你这儿尽可能得些好处,你对她来说什么都不是。"

母亲似乎也没睡好,晨起并未梳妆,披着浴袍,头上缠条灰头巾,这让她看起来仿佛能掐会算、无所不晓似的,让人惴惴不安。他简直是在跟女巫共进早餐。

"今儿早上你只能抹罐装奶油了,"她给他倒了杯咖啡,"我忘了准备别的。"

"行,你听到我说话了吗?"托马斯吼道。

"我又不聋,"母亲说着把咖啡壶放回到架子上,"我知道在她眼里,我就是个絮絮叨叨的老太婆。"

"那你为什么还要坚持做这种愚蠢又草率的……"

"托马斯,"她手托着腮,"如果换了……"

"不是我!"托马斯抓住膝盖旁的桌子腿。

她还是托着腮,轻轻摇了摇头。"想想你所拥有的这一切,"她说,"家中的各种舒适自在。还有道德修养,托马斯。没有坏念头,你生来就顺风顺水。"

托马斯的呼吸急促起来,像要发作哮喘。"你说话不合逻辑,"他有气无力地说,"**他**会横下心来。"

老太太身体一僵。"你,"她说,"和他不一样。"

托马斯张了张嘴,没说话。

"不过,"母亲的语气略带责备,似要把刚才的夸奖收回来,"我不会再请她来,既然你对她这么反感。"

"我不是反感她,"托马斯说,"我是反感你把自己弄成了个傻瓜。"

他刚离开餐桌,关上书房门,父亲蹲在地上的样子就出现在他的脑海里。老爷子能像乡下人那样蹲在地上聊天,虽然他并非乡下人,而是城里出生,城里长大,搬到这小地方来,只为一展才华。他一步步地使那些乡下人视他为自己人。在县政府的草坪上,他聊着聊着就会蹲下来,跟他说话的两三个人也就随之蹲下,聊天一点都不会被打断。他是用肢体语言说谎;从不屑于嘴上说谎。

让她掌控你吧,他说。你不像我。不够男人。

托马斯拼命看书,影像很快退去了。姑娘在他内心深处搅动起一股暗流,他的分析能力无法抵达。他仿佛看到一百码外,有股龙卷风袭过,并预测到那龙卷风还会回来,而且是直冲他来。直到上午过半,他的思绪才集中到工作上。

两天后,母亲和他用过晚餐,坐在小休息室里,各自读着一页晚报,突然电话铃响了,刺耳急促如火警一般。托马斯接了电话。刚拿起话筒,女人的尖叫声就闯进了房间。"来接这姑娘!来接她!醉了!在我的客厅里喝醉了,这我可不允许!丢了工作,还醉醺醺地回来!我可不允许!"

母亲一跃而起,抢过话筒。

父亲的鬼魂在托马斯面前出现了。给治安官打电话,老爷子催促他。"给治安官打电话,"托马斯大声说,"给治安官打电话,让他去接她。"

"我们马上就到,"母亲正在说,"我们马上就来接她。让她收拾好东西。"

"她这个样子,根本没法收拾东西,"那声音尖叫着,"你不该把她这样的人推给我!我这里可是正经人家!"

"让她给治安官打电话。"托马斯喊道。

母亲放下话筒看着他。"就是条狗,我也不会交给那个人。"她说。

托马斯双臂交叉坐在椅子上,眼睛直直地瞪着墙壁。

"想想那可怜的姑娘,托马斯,"母亲说,"什么都没有。没有。而我们什么都不缺。"

他们到时,撒拉·含叉着腿瘫坐在寄宿房屋门前的台阶上,靠着栏杆。一顶便帽低低地压着额头,是老太太扔在她头上的。她的衣物鼓鼓囊囊地从箱子里挤出来,是老太太塞进去的。她正低声和自己说着醉话,一道口红抹到脸颊上。她任凭他的母亲将她引上车,坐在后座,似乎并不知道来拯救她的人是谁。"整天都没个人说话，除了一群该死的虎皮鹦鹉。"她愤怒地叽叽咕咕。

托马斯根本没下车，也就刚到时嫌恶地看了她一眼。"我最后再跟你说一遍，该送她去的地方是监狱。"

母亲坐在后座，拉着姑娘的手，没应声。

"好吧，送她去饭店。"他说。

"我不能把一个喝醉的姑娘送到饭店去，托马斯，"她说，"你知道的。"

"那就送她去医院。"

"她不需要监狱、饭店，或医院，"母亲说，"她需要一个家。"

"她不需要我的家。"托马斯说。

"就今晚，托马斯，"老太太叹了口气，"就今晚。"

自那日起，八个晚上都过去了。小荡妇在客房安顿了下来。每天母亲都出去帮她找工作，找住处，却无果，因为那老太太已经警告过众人。托马斯不是在自己的房间就是在小休息室里。他的家对他来说是家，是工作室，是教堂，私密必需如乌龟壳。他无法相信居然有人如此冒犯它。他那涨红的脸总是露出愤怒惊诧之色。

早晨姑娘一起床，她的声音就会随着一首布鲁斯冲出来，上升、颤抖、突又转沉，柔情满怀，若饥若渴。书桌旁的托马斯就会跳起来，用纸巾疯狂地堵住耳朵。每次他从一个房间去另一个房间，或是从一层去另一层，她都必定会出现。他上下楼时，她要么迎面而来，擦肩而过，扭捏作态，要么跟在他后面上上下下，悲戚叹息、吐气如兰。托马斯对她的厌恶似乎令她欢喜，一有机会就要惹怒他，好像这可以增添她作为受害者的魅力。

老爷子像是在托马斯的脑子里定居了。他身材矮小，像只黄蜂，戴着黄色巴拿马草帽，身着皱条纹布外套，精心搞脏的粉衬衫，系着窄领结，总是蹲在地上。每当男孩儿无法再强迫自己看书时，他就会哑着嗓子给出同样的建议。横下心。去见治安官。

治安官是托马斯父亲的另一个版本，只不过他穿格子衬衫，戴德州帽，年轻十岁。他也是动辄说谎，而且由衷地欣赏老爷子。像他母亲一样，托马斯总是尽量避开他那玻璃般透彻的淡蓝色眼睛的注视。他总是祈求能有别的办法，能有奇迹出现。

有撒拉·含在房子里，吃饭成了难以忍受之事。

"托姆西不喜欢我。"第三天还是第四天晚饭时她这样说，噘着嘴看着对面身材魁梧而僵硬的托马斯，托马斯那表情就像是被什么难闻的气味困住了似的，"他不想让我在这儿。在哪儿，人们都不欢迎我。"

"托马斯的名字是托马斯，"母亲打断她，"不是托姆西。"

"托姆西是我编的，"她说，"我觉得这个名字挺可爱。他讨厌我。"

"托马斯不讨厌你，"他母亲说，"我们不是那种讨厌别人的人。"她补充道，好像这是种缺陷，早在几代人之前就从他们的血统中清除了。

"哦，不受欢迎时我是知道的，"撒拉·含接着说，"他们甚至不想让我在监狱待着。如果我自杀了，不知道上帝是否愿意要我？"

"试试看。"托马斯咕哝道。

姑娘尖声大笑，又突然收起笑声，脸一皱，颤抖起来。"最好，"她的牙咯咯地响，"结果了我自己。那样我就不会妨碍谁了。我会下地狱，也碍不着上帝。魔鬼也不想要我。他会把我赶出地狱，连地狱都……"

她哭喊着。

托马斯站起身，拿起自己的盘子和刀叉，去小休息室吃晚餐。自那以后，他就没在餐桌边吃过一顿饭，而是让母亲把饭菜端到他的书桌上。独自吃饭时，老爷子真真切切就在他面前。他向后靠在椅子里，两个大拇指钩在背带下面，嘴里说着，她可从来没有把我赶下过餐桌。

几天后的晚上，撒拉·含用一把削皮刀割伤了双腕，歇斯底里发作。那天吃过晚饭，托马斯把自己关在小休息室里。他先是听到一声尖叫，接着是一连串的呼喊，然后是母亲在房子里跑动的急促脚步声。他没动。起初他希望姑娘割喉了，但他意识到如果是割喉，她又怎能如此这般地尖叫，希望破灭了。他继续写他的笔记，尖叫声很快停止了。稍后，母亲拿着他的外套和帽子闯了进来。"我们得送她去医院。"她说。"她要自杀。我在她胳膊上缠了止血带。哦，上帝呀，托马斯，"她说，"想想看，若是你像她一样落魄，做出这等事！"

托马斯木然地站起身，戴上帽子，穿好外套。"我们送她去医院，"他说，"然后就把她留在那儿。"

"再次把她逼入绝望？"老太太喊道，"托马斯！"

现在他站在屋子中间，意识到他必须采取行动了，他必须收拾行李，必须离开，必须走。托马斯还是没动。

他的愤怒不是针对那小荡妇，而是针对他母亲。大夫发现她几乎没伤到自己，看到止血带就笑了起来，只是在她的伤口上涂了道碘酒，这让姑娘很生气。即便如此，母亲还是对此事很介怀。某种新的悲哀似乎压在了她的肩头。不仅是托马斯，就连撒拉·含都被激怒了，因为那种悲哀似乎很空泛，无论如何也要找到新目标，哪怕他们有谁交了好运。

撒拉·含的经历使老太太陷入了对世界的悲悼。

姑娘自杀未遂的次日上午，母亲把整个房子搜罗一遍，所有刀剪都被收起来锁在了抽屉里。她把一瓶老鼠药倒进马桶，从厨房地板上收拾起蟑螂药片。之后她来到托马斯的书房，低声说："他的枪在哪儿？我想让你把枪锁起来。"

"枪在我的抽屉里，"托马斯吼道，"我不会锁起来的。如果她朝自己开枪，那最好！"

"托马斯，"母亲说，"她会听见的！"

"就让她听吧，"托马斯喊道，"你难道不明白她根本没打算自杀？你难道不明白她那种人根本不会自杀？你难道……"

母亲溜出房间，关上门，免得他的声音传出去。而撒拉·含的笑声，就在走廊里很近的地方，叮叮咣咣地进了他的房间。"托姆西会看到的。我会杀了自己，然后他就会后悔对我不够好。我会用他自己的那把小手枪，他自己的那把手柄上镶珍珠的转轮小手枪！"她边喊边模仿电影里遭受折磨的怪兽，发出一阵狂笑。

托马斯气得咬牙。他拉开书桌抽屉，摸索他的手枪。那是他从老爷子那里继承来的，老爷子认为每栋房子都得有把上了膛的枪。某天夜里，有人偷偷靠近他家房子，托马斯朝那人旁边开了两枪，他可从来没打中过什么。他关上了抽屉，一点都不担心姑娘会用这把枪自杀。她那种人会攥住生命不放，时时刻刻装腔作势为自己谋些好处。

他的脑子里闪过好几个甩掉她的主意，但每个主意都让他觉得那是他父亲那样的脑子才会想出来的，不太道德，他全都放弃了。她要是不做违法的事，他就不能再把她送进监狱。老爷子会毫不犹豫地将她灌醉，让她开他的车上路，同时把她的情况告知公路巡察，但托马斯觉得那样做不符合他的道德准则。他想了一个又一个主意，一个比一个丑陋。

他根本不指望那姑娘会拿枪自杀，但那天下午他查看抽屉时，发现枪不见了。他的书房可以从里面上锁，外面不行。他丝毫不在意枪的事，但想到撒拉·含的手翻弄他的文稿，令他甚是愤怒。现在，就连他的书房也被污染了。她唯一没有碰触的地方就是他的卧室了。

那天晚上，她侵入了他的卧室。

第二天早餐时间，他没吃东西，也没坐下。他就站在他的椅子旁，下了最后通牒。母亲正小口啜着咖啡，好像房间里只有她一人，而且她正处于极度痛苦中。"我对此事的忍耐，"他说，"已到极限。我看得很明白，你对我毫不关心，对我的安宁，我的舒适，我的工作条件毫不在意，我只能走最后一条路了。我再给你一天时间。如果你下午把那姑娘带回这栋房子，我就走。你选吧——她还是我。"他还有话要说，但声音突然哽咽了，于是他走开了。

十点钟，他母亲和撒拉·含离开了房子。

四点钟，他听到车轮碾压砾石的声音，冲到窗前。车停下了，狗站起来，警醒，颤抖着。

他似乎无法让自己朝走廊里的橱柜迈出第一步，去找行李箱。他好像接过了一把刀，并被告知若想活命，就给自己动手术吧。他的一双大手无助地攥成拳头，犹豫与愤怒在他发烫的脸上混战，浅蓝色眼睛似在流汗。他闭上眼，眼睑上，父亲在冲他冷笑。傻瓜！老爷子哑着嗓子说，傻瓜！那个罪恶的荡妇偷了你的枪！去找治安官！去找治安官！

过了一会儿，托马斯睁开双眼，似乎从刚才的震惊中回过神来。他在原地站了至少三分钟，然后慢慢转过身，仿佛一辆大车在调转车头，面向房门。他又站了一会儿，之后便离开了，表情坚毅，誓将磨难抗到底。

他不知道在哪儿能找到治安官。治安官有自己的准则，自己的工作时间。托马斯先去了监狱，他的办公室在那儿，他不在。他又去了县政府，一位文书告诉他，治安官去街对面的理发店了。"那边是副治安官。"他指了指窗外一个穿格子衬衫的大个子，那人靠着警车一侧，呆呆地看着前方。

"必须找到治安官。"托马斯说，便朝理发店走去。虽然他一点不想和治安官打交道，但他知道那人至少是明智的，而不仅仅是一坨会出汗的肉。

理发师说治安官刚走。托马斯又向县政府走去。刚从大街走上便道，他就看到一个瘦瘦的，微微驼背的身影冲着副治安官生气地比比画画。

托马斯朝治安官走去，在三英尺外突然停住脚步，大声嚷道："能跟你说句话吗？"他情绪激动，语气充斥着火药味儿，连治安官的名字都没叫，他叫法尔布拉泽。

法尔布拉泽略偏了下那张满是皱纹的严峻的脸，看了看托马斯，副治安官也瞄了他一眼，两人都没说话。治安官取下唇间的烟头，扔在脚边。"我已经跟你说了要干什么。"他对副治安官说。他冲托马斯点点头就离开了，示意他若要找他可以跟他走。副治安官悄悄绕过车头，上了车。

托马斯跟在法尔布拉泽后面，穿过县政府广场，停在一棵树下，树荫遮蔽了四分之一的前庭草地。法尔布拉泽往前略倾身子,又点燃了一支烟,等着托马斯说话。

托马斯张口便开始说他的事。因为没时间准备,说得磕磕巴巴。同样的事重复了好几遍后,方才说出他想说的话。待他说完,治安官仍然向前微倾着身子,斜对着他,眼神空空地看向前方,就这么待着,没说话。

托马斯又讲了起来,语速放慢了些,语气也缓和了些,法尔布拉泽由着他说了会儿,才打断他,"我们抓过她。"之后,他慢慢地将一边嘴角微微上扬,脸上皱纹加深了,一副无所不知的样子。

"与我无关,"托马斯说,"是我母亲。"

法尔布拉泽蹲了下来。

"她想帮那姑娘,"托马斯说,"她不明白她根本无药可救。"

"贪多嚼不烂了吧。"下面的声音若有所思地说。

"她跟我今天来这儿没关系,"托马斯说,"她不知道我在这儿。那姑娘有枪,很危险。"

"**他**,"治安官说,"是不会允许自己的脚下长草的。尤其是女人播下的种。"

"她可能会用那把枪杀人的。"托马斯弱弱地说,低头看着德州帽的圆顶。

沉默许久。

"她把枪放哪儿了?"法尔布拉泽问。

"不知道。她睡在客房。肯定在那儿,也许在她的箱子里。"托马斯说。

法尔布拉泽又沉默了。

"您可以搜查客房,"托马斯紧张地说,"我可以回家,把前门的门闩拉开,您可以悄悄进来,上楼,搜查她的房间。"

法尔布拉泽转过头,眼睛正好可以大胆地看着托马斯的膝盖。"你似乎知道该干些什么,"他说,"想换工作吗?"

托马斯什么都没说,因为他想不出该说些什么,只是执拗地等待着。法尔布拉泽取出唇间的烟头,扔到草里。他身后的县政府门廊上,一群游手好闲的人本来靠在左边的门上,此时移到了右边,那里有一片阳光。一张皱巴巴的纸从楼上的一扇窗里飘出,晃晃悠悠地落下来。

"我大概六点到,"法尔布拉泽说,"打开前门门闩,别让我看到你们——你,还有那两个女人。"

托马斯松了口气,喉咙里发出刺刺啦啦的声音,他是想说"谢谢"。随后他大步走过草坪,如出牢笼。"那两个女人",这句短语如刺果般扎在了托马斯的脑子里——对他母亲的隐隐侮辱使他备受伤害,远远超过法尔布拉泽指责他无能。他上了车,脸腾地红了。是他向治安官告发了母亲吗——才使治安官有机会嘲讽她?他是否为了摆脱那小荡妇出卖了母亲?他马上就明白不是这样的。他这么做是为她好,是帮她摆脱一只会毁掉他们的安宁的寄生虫。他发动引擎,飞快地往家开。刚一开上自家车道,他就决定最好把车停在离房子远些的地方,悄悄从后门进去。他把车停在了草坪上,然后穿过草坪,绕到房后。天空中排着些芥末色的条形云。狗正在后门的门垫上睡觉。听到主人走近的脚步声,他睁开一只黄色的眼,看了看,又闭上了。

托马斯走进厨房。没有人,房子里很安静,能听到厨房挂钟那响亮的嘀嗒声。差一刻钟六点。他蹑手蹑脚地快步穿过门厅来到前门，取下门闩。他站在那儿听了一会儿。客厅门关着，门后传来母亲轻微的鼾声，估计她是看着报纸睡着了。门厅另一侧，离他的书房不到三英尺的地方，小荡妇的黑外套和红色坤包挂在椅子上。他听到了楼上的水声，估计她在洗澡。

他走进自己的书房，坐在桌旁等待，隔一会儿就浑身一阵激灵，这令他感到厌恶。之后他拿起一支笔，在面前一只信封的背面画起了方块。他看了看表。差十一分六点。过了一会儿，他百无聊赖地拉开腿上方中间的抽屉。一瞬间，他盯着那把枪，竟没有认出来。随即他一声惊叫，跳了起来。她把枪放回来了！

傻瓜！父亲从齿缝里挤出一句，傻瓜！把枪放进她的包里。别只在这儿站着。把枪放进她的包里！

托马斯站在那儿，看着抽屉。

笨蛋！老爷子发怒了。快呀，趁着还有时间！把枪放进她的包里。

托马斯没有动。

蠢货！父亲喊道。

托马斯拿起了枪。

赶快，老爷子命令道。

托马斯向前走去，手中拿着枪，离身体远远的。他打开房门，看着椅子。黑外套和红色坤包就在椅子上，几乎伸手可及。

赶紧，你这个傻子，父亲说。

客厅门后，母亲微弱的鼾声起起伏伏。鼾声似乎在记录时间，却与托马斯所剩的时间毫无关系。除此寂静一片。

快啊,你这蠢货,趁她还没醒,老爷子说。

鼾声停止了,托马斯听到沙发弹簧的呻吟声。他抓起红色坤包,包摸起来感觉像皮肤。一打开,他就闻到了姑娘的气味,确定无疑。他向后一缩,把枪塞进包里,退了回来,脸涨成了丑陋的紫红色。

"托姆西把什么放进我的包里了?"她喊道,愉悦的笑声蹦蹦跳跳地下了楼。托马斯猛地转过身。

她站在楼梯顶端,模特般款款而下,一条光腿,随后另一条光腿从和服式晨衣前襟有节奏地伸出。"托姆西真是调皮。"她用深沉的嗓音说。她走到楼梯底端,朝托马斯抛了个媚眼,似已将他囊于袖中。托马斯的脸此时已由红转灰。她伸出手,手指打开包,端详着那把枪。

母亲打开客厅门,向外看。

"托姆西把枪放进了我的包里!"姑娘尖声叫道。

"荒唐,"母亲打着哈欠说,"托马斯为什么要把枪放进你的包里?"

托马斯站在那里,微微驼着背,两只手无助地从手腕处耷拉着,好像刚从血泊中捞出。

"我不知道为什么,"姑娘说,"但他肯定是这么干的。"她开始围着托马斯走,双手放于胯部,脖子前倾,暧昧的笑容牢牢地锁在他身上。突然之间,她的表情豁然了,就像托马斯手指一碰包就打开了一般。她停下脚步,难以置信地歪着头。"哦,天哪,"她缓缓地说,"他可真是个怪人。"

在那一刻,托马斯诅咒的不仅是那姑娘,还有使那姑娘成为可能的整个宇宙秩序。

"托马斯不会把枪放进你的包里,"他的母亲说,"托马斯是位绅士。"

姑娘发出幸灾乐祸的噪音。"你看就在包里呢。"她指了指敞开的包。

是你在她的包里**找到的**，你这个弱智！老爷子咬牙切齿。

"我在她的包里找到的！"托马斯喊道，"这个肮脏的罪恶的荡妇偷了我的枪！"

母亲在他的声音里感觉到了另一个人的存在，倒吸了口气。老太太女巫似的脸变得煞白。

"我亲眼所见！"撒拉·含尖声叫着，伸手去拿包，但托马斯的胳膊仿佛被他父亲指引一般，抢先拿到手，抓起了枪。姑娘疯狂地扑向托马斯的喉咙，若不是他母亲冲上前保护她，她真的会掐住他的脖子。

开枪！老爷子吼道。

托马斯开了枪。那一声枪响本该结束这世上的邪恶。在托马斯听来，那枪声应该终结荡妇们的笑声，让所有尖叫归于寂静，再也没有什么能够打扰完美秩序的安宁了。

回声一波波渐次平息。当最后一波还在回荡时，法尔布拉泽打开了门，头伸进门厅，鼻子皱在一起。有那么几秒钟，他的表情就好像是不愿承认自己也会吃惊。他的眼睛如玻璃般清澈，将一切尽收眼底。老太太躺在姑娘和托马斯之间。

治安官的脑子像计算器一样迅速工作。他看到了事实，白纸黑字般清晰：这个家伙一直蓄意谋杀自己的母亲，再嫁祸给姑娘。可法尔布拉泽来得太快了。他们还没有意识到他的头已经进了门。勘察现场时，他愈发明白了是怎么回事。尸体上方，杀人者和荡妇正要抱作一团。对龌龊之事，治安官一看便知。他习惯了现场并不如他想象的那么糟，但这一幕，却与他预想的一样。

上升的一切
必将汇合
*

Everything

That Rises

Must Converge

* 这一标题借鉴了法国哲学家德日进（1881—1955）关于"欧米伽点"的思想，可参见《人的现象》卷四"超生命"，范一译，译林出版社，2014年。

医生告诉朱利安的母亲，要想血压下降，她得减掉二十磅。于是周三晚上，朱利安只好带她坐公交车去市中心，在基督教青年会上减肥课。这个减肥课是为五十岁以上，体重在一百六十五至二百磅之间的工作女性设计的。朱利安的母亲在那儿算苗条的，不过她说女士是不会跟别人讲她们的年龄和体重的。她不肯晚上独自乘公交，因为公交车上已不再实行种族隔离。减肥课是她为数不多的爱好之一，既有利健康，还**免费**，她跟朱利安说考虑到她为他做的一切，至少他该挺身而出，陪她去。朱利安不愿去考虑她都为他做了什么，但每周三的晚上，他都会强迫自己陪她去。

　　她快准备好了，正站在门厅穿衣镜前戴帽子。他则倒背双手，像被钉在了门框上，如圣塞巴斯蒂安[1]等待乱箭穿心。帽子是簇新的，花了她七个半美元。她絮絮叨叨地说："也许我不该花那些钱买这顶帽子。

---

[1] 塞巴斯蒂安为3世纪的基督教殉道者。因其在罗马军队中传教，罗马皇帝戴克里先命人将塞巴斯蒂安捆在柱子上，乱箭射杀。次日塞巴斯蒂安为一基督徒所救，后戴克里先又将他投入竞技场打死，是日为公元288年1月20日，该日成为他的天主教纪念日。

不,不该买。我不戴了,明天就退掉。不该买的。"

朱利安的眼睛翻上了天。"不,你该买,"他说,"戴上吧,我们走吧。"那顶帽子真丑,紫色天鹅绒帽檐一边耷拉下来,一边上翘;除了帽檐,都是绿色,像内芯翻出来的靠垫。他觉得那帽子与其说是滑稽,不如说是喜气洋洋、可怜兮兮。令她快乐的都是些小东西,让他感到沮丧的小东西。

她再次举起帽子,慢慢放在头顶。红通通的脸颊两侧,小翅膀般张着两缕灰白的头发,她的双眼却是蔚蓝的,纯净无邪,仿佛未经风霜,与她十岁时一定别无二致。若她不是那个含辛茹苦将他拉扯大,给他吃给他穿,供他上学,现在仍然养着他,"直到他能站稳脚跟"的寡妇,简直就是个他得带着进城的小姑娘。

"好了,好了,"他说,"我们走吧。"为了敦促她快些,他径自开门沿着小路向外走去。天空是死气沉沉的紫罗兰色,衬托着下面一栋栋暗沉的房子,齐齐整整、庞然臃肿的猪肝色丑八怪,各有各的丑。四十年前,这片街区可是很时尚的,所以他母亲坚持认为能在这里有套公寓,说明他们过得还不错。每栋房子周围都是窄窄的一圈土路,地上通常坐着个邋遢娃。朱利安双手插兜往前走,头低垂,脖子前伸,目光坚毅,决心在为她的快乐而自我牺牲的这段时间,定要让自己彻底地麻木不仁。

门关上了,他转身看到那个矮胖的身影向他走来,头上扣着那顶丑陋不堪的帽子。"好吧,"她说,"人活一世,就多花点钱吧,至少不会总是碰到跟我撞帽的人。"

"总有一天我会开始挣钱的,"朱利安沮丧地说——他知道他永远不会——"到那时,只要你乐意,就可以那样开玩笑。"但首先他们得搬家。他仿佛看到一个地方,两边最近的邻居都得隔着三英里。

"我觉得你干得不错,"她戴上手套,"你才毕业一年。罗马可不是一天建成的。"

在青年会上减肥课的会员中,没几个人像她似的戴着手套帽子来上课,还有个上大学的儿子。"需要时间,"她说,"何况这世道真是一团糟。我戴这顶帽子比别人都好看,虽然她把帽子拿出来时我说,'把那东西放回去。我可不要把它戴在头上。'她说,'戴上看看嘛。'她把帽子戴在我头上,我说,'呃。'然后她说,'要我说,您和帽子真是相得益彰,而且,'她说,'戴这顶帽子,不会跟别人撞。'"

朱利安觉得如果她是自私之人,如果她是那种老巫婆,酗酒,冲他吼,或许他能更好地忍受自己的命运。他继续往前走,心塞抑郁,好像在牺牲的过程中,他已失去了信仰。看到他脸拉得老长,一副绝望而恼怒的样子,她突然停下脚步,一脸悲痛地拉住他的胳膊。"等等我,"她说,"我回去把这东西摘了,明天就退掉。我真是疯了。有这七个半美元,够我付煤气账单的。"

他狠狠抓住她的胳膊。"你不能退,"他说,"我喜欢。"

"可是,"她说,"我觉得我不该……"

"别说了,享受你的帽子就好。"他咕哝道,从来没觉得如此郁闷。

"这世界乱套了,"她说,"我们还能有所享受,实属奇迹。这可真是,底层栏杆翻到了顶。"

朱利安叹了口气。

"当然,"她说,"只要你知道自己是谁,去哪儿都可以。"每次陪她去上减肥课,她都会这么说。"上课的那些人大多跟我们不是一类,"她说,"但我对谁都可以彬彬有礼。我知道我是谁。"

"他们才不在乎你的彬彬有礼呢,"朱利安粗鲁地说,"知道自己是谁只对一代人有好处。你现在根本不知道你的处境如何,也不知道你是谁。"

她停下脚步,用炽烈的目光看着他。"我当然知道我是谁,"她说,"如果你不知道你是谁,我为你感到羞耻。"

"哦算了吧。"朱利安说。

"你的外曾祖父做过这个州的州长,"她说,"你的外祖父是一位富有的地主。你的外祖母可是姓高德海。"

"你就不能看看四周,"他激动地说,"看看你在哪儿?"他猛地一挥手臂,指了指周围,暮色渐拢,这街区看上去至少没那么简陋了。

"你还是你,"她说,"你的外曾祖父有种植园和两百个奴隶。"

"现在没有奴隶了。"他恼怒地说。

"他们当奴隶时比现在过得好。"她说。他哼了一声,知道她要转向那个话题了。每隔几天,她就得把那个话题过一遍,仿佛开放轨道上的火车。他知道沿线的每一站,每一个交叉点,每一片沼泽,准确知道她的结论会在哪一点庄严地驶入车站:"荒唐。根本就不现实。他们要提高生活水平,不错,但得在篱笆那边他们自己那一侧吧。"

"聊点别的吧。"朱利安说。

"我同情的,"她说,"是那些有白人血统的混血儿。悲惨啊。"

"就不能聊点别的吗?"

"假如我们是混血。我们肯定很纠结。"

"我现在就很纠结。"他哼唧了一声。

"算了，聊点高兴事儿吧，"她说，"还记得小时候去我姥爷家。那时候的宅子有两道楼梯，通往真正的二楼——煮饭烧菜这些事都是在一楼。我以前喜欢待在楼下的厨房里，因为我喜欢闻那里的墙壁的味道。我会坐在墙边，鼻子紧贴着墙皮，深吸一口气。其实，那房子虽然属于高德海家，却是你外祖父切斯特尼付清了贷款，替他们保住了房子。他们当时的状况不太好。"她说，"不过不管好不好，他们从未忘记自己是谁。"

"毫无疑问，是那破败的豪宅提醒了他们。"朱利安咕哝道。只要提起那房子，他的语气里就带着轻蔑；只要想起那房子，他的心里就充盈着渴望。小时候，在那房子被卖掉之前，他见过一次。两道楼梯都已朽掉，拆除了。黑人们住在那儿。但在他的脑海里，那房子还是他母亲见到时的样子，且时常出现在他的梦里。梦中，他站在宽敞的前廊，听橡树叶沙沙作响，然后信步穿过有着高高天花板的门厅，进入客厅，看着经年磨损的地毯和褪色的帐幔。他意识到欣赏那所宅邸的是他，而不是她。他最是喜欢那种岁月留痕的典雅。正因为那所宅邸，他们住过的每处地方于他都是一种折磨——而她几乎意识不到有什么区别。她称她的不敏感为"适应性强"。

"我记得那个老黑人，我的保姆，卡罗琳。这世上没有比她更好的人了。我对我的黑人朋友们总是很尊重，"她说，"为他们，我愿意做任何事，他们……"

"看在上帝的分上，你能不聊那个话题了吗？"朱利安说。每当他独自坐公交时，总是刻意坐在黑人旁，仿佛这样就可以替他母亲赎罪。

"你今晚怎么这么敏感,"她说,"不舒服吗?"

"没有,我挺好,"他说,"聊点别的吧。"

她噘起嘴。"好吧,显然你心情不太好,"她看了看他,"干脆不跟你说了。"

他们到了车站。公交车还没影儿,朱利安的双手仍插在兜里,头向前探着,郁闷地看着空荡荡的街道。等公交车,还得坐公交车,挫败感如一只滚烫的手悄悄爬上他的脖子。他母亲痛苦地叹了口气,让他意识到她的存在。他黯然地看了看她。她站得笔直,戴着那顶荒唐可笑的帽子,仿佛高举一面想象中尊严的旗帜。他内心有种想要击垮她的邪恶冲动。突然他解开领带,一把扯下来塞进衣兜。

她的身子一僵。"你带我进城,为什么一定要穿成**那个样子**?"她说,"为什么你一定要故意令我难堪?"

"如果你永远认不清自己在哪儿,"他说,"至少你可以搞清楚我在哪儿。"

"你看起来像一个——恶棍。"她说。

"那我肯定就是个恶棍。"他咕哝道。

"我还是回家吧,"她说,"不麻烦你了。如果你连这点小事都不肯为我做……"

他翻了个白眼,重新系上领带。"回归我的阶层。"他嘟嘟囔囔地说,把脸猛地凑到她跟前,咬牙说道,"真正的文化在头脑里,头脑。"他敲了敲自己的脑袋,"头脑。"

"是在心里,"她说,"在你如何行为举止,而行为举止取决于你**是谁**。"

"这该死的公交车上可没人在乎你是谁。"

"我在乎我是谁。"她冷冷地说。

亮着灯的公交车出现在不远处的坡顶。车快到站时,他们走到街上,迎了过去。他托着她的肘部,扶她走上吱嘎作响的台阶。她面带一丝微笑上了车,好像走进会客厅,众人都在恭候她。他投币时,她在车前部宽敞的三人座坐下,面对通道。一位瘦瘦的、黄色长发龅牙女子坐在三人座的一端。他母亲挪到她旁边,给朱利安留下身旁的座位。他坐下,看着通道对面的地板,一双穿着红白帆布凉鞋的瘦脚安放在那里。

他母亲立即发起了闲聊,谁愿搭茬都可以。"这天儿还能再热些吗?"她说着从包里拿出一柄绘有日本风景图的黑色折扇,扇了起来。

"我觉得可能还会更热,"龅牙女子说,"不过我确信我的公寓是不能更热了。"

"肯定有西晒。"他母亲说。她往前坐了坐,左右看了看车厢。一半的座位都有人了。都是白人。"看来我们把公交车都占了。"她说。朱利安向后一缩。

"不容易啊,"通道对面,穿红白帆布凉鞋的女人说,"有一天我上了车,他们人多得像跳蚤——前前后后都挤满了。"

"这世界到处都是一团糟,"他母亲说,"不知道我们是怎么由着事态发展到这步田地。"

"让我不安的是那些好家庭出来的男孩子们却去偷汽车轮胎,"龅牙女子说,"我跟我儿子说,你或许不富裕,但你是有教养的,如果让我逮到你干那种乌七八糟的勾当,他们大可把你送到教养所去。你就该待在那儿。"

"教养是看得出来的，"他母亲说，"你儿子上高中了吗？"

"九年级。"那女人说。

"我儿子去年大学刚毕业。他想当作家，不过目前他暂时卖打字机，还没开始写作。"他母亲说。

女人向前探了探身，看着朱利安。他厌烦地回看了她一眼，她重又靠在椅背上。通道对面的地上有张丢弃的报纸。他起身捡起报纸，在面前打开。他母亲压低声音，小心地继续交谈，对面的女人却大声说："好呀，卖打字机和写作差不多。他可以轻易地从这件事转到那件事。"

"我跟他说，"他母亲说，"罗马不是一天建成的。"

藏在报纸后面的朱利安躲进了自己头脑里的密室，他总是待在那儿。那里是某种精神气泡，当他无法忍受周围所发生之事时，就会藏在里面。他可以从里面看到外面，做出评断，而他则是安全的，外界无从穿透那层气泡。只有在那里，他才感到自由，身边人的那些蠢行才不会侵扰到他。他母亲从未进入过，他却可以清清楚楚地看到她。

老太太够聪明，他觉得但凡她的出发前提正确，他还是可以对她有所期待的。她却总是按照自己的想象世界的准则来生活，从不踏足其外。那个世界的准则就是先把事情搞砸，这样她就有必要为了他牺牲自己。他允许她做出牺牲，完全是因为她缺乏先见之明，使这种牺牲成为了必要。她这一生就是竭尽全力要活得像个切斯特尼，尽管没有切斯特尼的物质条件，此外，还要给他她认为切斯特尼应该拥有的一切；不过她说，既然奋斗是种乐趣，那还抱怨什么呢？而且当你赢得胜利时，就像她一样，回望艰难的日子该是多有趣啊！他无法原谅她居然享受这种奋斗，还自以为*她*已经赢了。

她说她赢得了胜利，意思是她已成功把他养大，送他念了大学，他还出落得这么好——英俊（她没有补牙，省下钱给他整牙）、睿智（他认为他正是因为太睿智，才与成功无缘），有着大好前程（当然他根本没什么前程）。她总是为他找借口，他忧郁是因为他还在成长，他的观点激进是因为他缺乏实际经验。她说他对"生活"还一无所知，还没有进入真正的世界——其实他已不再对这个世界抱有幻想，仿佛半百之人。

使这一切更具讽刺意味的是：尽管有她在，他还能出落得这么好。尽管他只上了个三流大学，却凭借自己的主动性，以一流的教育水准毕业；尽管在他的成长过程中，他受制于一个渺小的头脑，却终究获得了大智慧；尽管她有着各种愚蠢观点，他却不受偏见的影响，勇于面对现实。最大的奇迹则是，虽然他对她的爱蒙蔽了他的双眼，正像她爱他一样，他却可以不在情感上依赖她，并且完全客观地看待她。他不受母亲的钳制。

公交车一个急刹，晃他出了沉思。后部的一个女人踩着碎步冲到前面，努力找回平衡，险些栽到他的报纸上。她下了车，上来了一个大块头黑人。朱利安放低报纸用心观察。看到不公每天都在上演，他有某种满足感。这会佐证他的观点，即除了个别几人，方圆三百英里，没什么人值得交往。黑人衣着得体，拿着一只公文包。他看看四周，坐在了对面座位的一端，红白帆布凉鞋坐在另一端。他立刻打开一份报纸，将自己藏在后面。他母亲马上用胳膊肘不停地捅朱利安的侧肋。"现在明白我为什么不愿独自坐公交了吧。"她悄声说。

黑人坐下的同时，红白帆布凉鞋起身走到后部，坐在了刚下车的那个女人腾出的座位上。他母亲探身向前，向她投去赞许的目光。

朱利安站起身，走过通道，坐在了帆布凉鞋刚才的位置。坐定后，他平静地看着对面的母亲。她因愤怒而涨红了脸。他努力以陌生人的眼神盯着她。他感到自己突然紧张起来，好像已公然向她宣战。

他想跟那黑人聊聊天，谈艺术，或政治，或任何一个超出周围人的理解力的话题，可那人还是躲在报纸后面。他要么无视座次的改变，要么根本没注意到。朱利安实在无从表达他的同情。

他母亲的目光仍然锁定在他的脸上，满是责备。龅牙女人热切地看着他，好像他是她从未见过的某种怪物。

"你有火吗？"他问那黑人。

黑人的视线没离开报纸，只是从兜里掏出一盒火柴递给他。

"谢谢。"朱利安说。他拿着火柴傻傻地待了一会儿。车门上方"禁止吸烟"的牌子俯视着他。仅凭这牌子是阻止不了他的；但他根本没有烟。几个月前他就戒了，因为买不起。"抱歉。"他咕哝了一句把火柴还给他。黑人放低报纸，不耐烦地瞟了他一眼，接过火柴，又举起报纸。

他母亲还在盯着他，倒是没有利用他的一时局促穷追猛打。她的目光仍像是受到了重创，脸似乎红得很不自然，好像血压升高了似的。朱利安不允许自己的脸上露出一丝同情之意。他已掌握主动权，迫切地想要保持主动，贯彻到底。他想给她一个教训，让她能记住一段时间，可他似乎无从继续。黑人拒绝从报纸后面出来。

朱利安交叠双臂，无动于衷地看着前方，面对着她，却又好像没看到她，似乎他已不再承认她的存在。他想象着，等公交车到了他们那一站，他就继续坐着，等她问："你不下车吗？"他就看着她，仿佛看一个陌生人粗鲁地对他说话。他们下车的那个拐角通常没什么人,不过光线很好,让她独自走四个街区去青年会不会有什么事。他决定到时候再说,看看要不要让她自己下车。那样他就得十点钟去青年会接她回来,不过至少可以使她心里犯嘀咕,他到底会不会来。她没有理由认为她可以一直依赖他。

他再次躲入那个有着高高天花板的房间,零星摆着几件古董大件家具。有那么一瞬,他的灵魂开始飞升,可他突然意识到了对面的母亲,幻象便凋零了。他冷眼看着母亲。她的双脚穿着小巧的船鞋,像个孩子似的晃来晃去,几乎够不着地。她在盯着他,以一种夸张的责备的眼神。他感觉与她彻底疏离了。在那一刻,他可以开心地扇她耳光,就像扇一个归他管教的招人嫌的孩子。

他开始想象如何才能教训她,各种不切实际的念头。或许他可以结交一些知名的黑人教授或律师,带回家住一晚。他完全有理由那么做,而她的血压则能升到三百。不能太过分,不能让她中风,而且他也从来没和黑人交成朋友。他曾试图在公交车上结识一些还不错的黑人,那些看起来像教授、牧师或律师的人。一天早晨,他坐在了一个仪表不凡、深褐色皮肤的男人身旁,他回答他的问题时,声音洪亮庄重,后来却发现他是在殡仪馆工作。还有一次,他在一个抽雪茄、戴钻戒的黑人身边坐下,尴尬地闲聊几句后,那黑人按响下车铃站起身,从他身前蹭过去时,居然把两张彩票塞进他的手里。

他想象母亲病势危重,而他能找到的唯一的医生是个黑人。这念头让他玩味了几分钟,便被另一幅图景取代了,他想象自己作为同情者参加示威游行。这倒是有可能,不过他没多想,直接跳到了那终极恐怖的场面。他带了一位疑似黑人的美女回家。等着瞧吧,他心说。你能拿我怎么办。这就是我选择的女人。她聪慧、有尊严,还是个好人,她经历过痛苦,且不认为那是件**趣事**。来呀,来迫害我们,赶紧的,迫害我们。把她从这儿撵出去,但要记住,你也在把我往外撵。他眯起眼,透过自行引爆的愤怒,看到通道对面母亲那张涨紫的脸。她似乎缩小了,像个侏儒,与她的道德水准相当,坐在那顶可笑的帽子旗帜的下方,如一尊木乃伊。

公交车停下了,再次将他从幻想中甩了出去。随着吮吸般的嘶嘶声,车门开了,黑暗中上来一位大块头黑人女子,衣着光鲜,神情严肃,带着个小男孩儿。孩子约莫四岁,身穿格呢短外套,头戴蒂罗尔帽,上插蓝色翎羽。朱利安希望孩子能坐在自己身旁,那女人就得挨着他母亲坐。在他看来这是最佳安排。

等着拿代用币时,女人观察着还有哪些空座——他希望她能坐到最不受欢迎的位置。她身上有什么地方看起来很熟悉,但朱利安一时无法确定。她是个大高个儿,脸上的表情不是不怕事儿,而是找事儿。肥厚的下嘴唇向下耷拉着,似在警示:"别惹我。"臃肿的身体裹着一条绿色绉纱裙,脚上的肉从一双红鞋里溢出来。她戴着一顶丑陋的帽子。紫色天鹅绒帽檐一边耷拉下来,一边上翘;除了帽檐,都是绿色,像内芯翻出来的靠垫。她挎着一只巨大的红包,鼓鼓囊囊,像是塞满了石头。

令朱利安失望的是,小男孩儿爬上了他母亲旁边的空座。所有孩子,不论是黑还是白,他母亲都一股脑儿统称为"可爱",而且她觉得总的来说,黑皮肤的孩子要比白皮肤的孩子更可爱。她微笑地看着正往座位上爬的小男孩儿。

与此同时，那女人朝朱利安走来，把自己塞进了他旁边的座位，这令他很是厌烦。女人在他身旁坐下时，他看到母亲的脸色变了。他意识到，对这种安排，母亲比他更为不满，这倒让他心满意足了。她的脸色几乎成了灰色。她像是看清了什么，目光黯淡下来，似乎因某种可怕的对抗而突然感到恶心。朱利安明白，这是因为她和那女人可以说是交换了儿子。尽管他母亲不会认识到这件事的象征意义，她也可以感觉到。他的欣喜明明白白地写在了脸上。

他身边的女人自言自语地咕哝了些什么。他感到身边有什么活物奓了毛，如一只愤怒的猫在无声咆哮。但他什么也看不见，除了鼓胀的绿色大腿上竖起的红包。他回想着女人站着等代用币时的样子——笨重的身躯，从红色鞋子向上到结实的臀部，硕大的胸部，傲慢的脸，到绿紫双色帽。

他的眼睛睁大了。

眼前浮现出两顶一模一样的帽子，恰如旭日初升的万丈霞光投射在他身上。刹那间，他的脸因喜悦而明媚起来。他无法相信**命运**竟丢给母亲这样一个教训。他呵呵笑出了声，好让母亲看他一眼，知道他已经看出来了。她慢慢把目光转向他，眼中的蔚蓝似已变成淤紫。有那么一瞬间，他为她的无辜感到不安，但只消一秒钟，原则便拯救了他。公正赋予了他笑的权利。他刻意保持着笑容，直到那笑容传达的信息明白如已说出口：你的小气就应受这样的惩罚。这个教训该永远记住了吧。

她的目光转向那女人。似乎她无法直视他，宁愿去看那女人。他再次感到身边有什么活物奓了毛。女人咕咕哝哝，如行将爆发的火山。他母亲一边的嘴角开始轻微抽动。他的心一沉，他在她的脸上看到了复苏的迹象，意识到她会突然觉得这事挺可笑，根本就不会当作教训。她盯着那女人，脸上浮现出被逗乐的笑容，好像那女人是一只偷她帽子的猴子。黑人小孩儿睁着两只好奇的大眼睛向上看着她。他想引起她的注意已经有段时间了。

"卡佛！"女人突然叫道，"到这儿来！"

看到聚光灯终于打到他身上，卡佛抬起双脚，转身冲着朱利安的母亲咯咯地笑。

"卡佛！"女人说，"听到没有？到这儿来！"

卡佛滑到地上，但仍然背靠底座蹲在那里，诡秘地把头转向面带微笑看着他的朱利安的母亲。女人伸手一把将他从对面拉了过来。他站稳脚，背对她，悬坐在她的膝头，冲着朱利安的母亲笑。"他可爱不？"朱利安的母亲对龅牙女人说。

"我想是吧。"女人不太确定。

女黑人拉他起来坐直，他趁机挣脱她的手，跑到对面，七手八脚地爬到他的挚爱身边，咯咯咯地笑个不停。

"我觉得他喜欢我。"朱利安的母亲说，面带微笑看着那女人。那是她对下等人要表现出格外亲切时所使用的笑容。朱利安看到一切都是徒劳，教训已离她而去，如雨水滚落房檐。

女人站起身，把男孩儿从座位上拽下来，好像躲开传染病一般。朱利安可以感觉到她的愤怒，她没有他母亲的微笑那样的武器。她拍了下男孩儿的腿。他叫了一声，一头撞向她的腹部，猛踢她的小腿。"老实点。"她厉声斥责道。

车停了，看报纸的黑人下了车。女人挪了过去，将小男孩儿重重地放在她和朱利安之间,手死死按住他的膝头。过了一会儿,他用双手挡住脸,从指缝里偷看朱利安的母亲。

"我看到你——了!"她说着,也用手挡着脸,从指缝里看他。

女人一把将他的手拍下。"别胡闹,"她说,"当心我揍扁了你!"

朱利安感到庆幸,下一站就下车了。他伸手拽了下停车绳。那女人同时伸手也拽了一下。哦,天哪,他想。他有一个可怕的直觉,待他们一起下了车,母亲就会打开包,给那小男孩儿一枚五分硬币。那样做于她就像呼吸般自然。车停了,女人站起身向前冲去,后面拖着不想下车的孩子。朱利安和母亲起身跟随。靠近车门时,朱利安想拿过母亲的包。

"不用,"她喃喃道,"我想给小男孩儿一枚五分硬币。"

"不,"朱利安咬着牙说,"不行!"

她微笑着低头看着孩子,打开了包。车门开了,女人托着孩子的胳膊抱起他,孩子吊在她的胯上下了车。来到街上,她放下孩子,晃了晃他。

朱利安的母亲下车时只能把包合上,但脚刚一沾地,她就又打开包翻腾起来。"我只能找到一分钱,"她轻声说,"不过看上去倒是挺新的。"

"不要那么做!"朱利安咬牙切齿狠狠说道。拐角处有路灯,她快步走过去,好看清楚包里的东西。女人快步沿着街道走,孩子仍然脸朝后,拽着她的手。

"喂,小家伙!"朱利安的母亲喊道,迅速走了几步,在刚过路灯的地方追上了他们。"给你一美分,簇新的硬币。"她把硬币递过去,微弱的灯光下,硬币闪着铜光。

大块头女人转过身，停住片刻，她的肩膀上提，强行压制的怒火冻结在脸上，她死死地盯着朱利安的母亲。突然，她爆发了，仿佛一台机器，多给了一盎司的压力。朱利安看到一只黑拳与一只红包齐齐飞将出去，听到女人大喊一声："他不要人家给的锵子儿！"朱利安闭上眼，身子一抖。待他睁开眼时，女人与男孩儿正消失在街道上，孩子回过头，睁着大大的眼睛。朱利安的母亲坐在便道上。

"跟你说了不要那么做，"朱利安生气地说，"跟你说了不要那么做！"

他站在她面前，俯视她，牙齿咬得咯咯响，足有一分钟。她的双腿伸出去，帽子掉在腿上。他蹲下身，盯着她的脸。她的脸上毫无表情。"你真是活该，"他说，"现在站起来吧。"

他捡起她的包，把掉出来的东西装回去，又捡起她腿上的帽子。瞥见便道上的一美分，他捡了起来，当着她的面扔进包里。然后他站起身，弯下腰伸手拉她起来。她没动。他叹了口气。矗立在路两边的是黑色的公寓楼，散乱地亮着几扇四边形窗户。街区尽头，一个男人出了楼门，朝远处走去。"好了，"他说，"要是有人经过，想知道你为什么坐在地上怎么办？"

她拉住他的手，喘着粗气，挣扎着站起来，停了一会儿，身子微微摇晃，仿佛黑暗中的光斑在围着她旋转。她的目光黯淡而凌乱，最终落在他的脸上。他没有试图掩盖自己的愤怒。"我希望你能从中得到教训。"他说。她身子前倾，目光在他脸上扫来扫去，似乎是要确认他是谁。随后，她一头朝反方向走去，好像完全没有认出他来。

"你不去青年会了？"他问。

"回家。"她喃喃说。

"好吧，我们走回去吗？"

她继续往前走，算是回答了他。朱利安跟着她，倒背着手。他认为必须给这个教训再加把力，总得把意义解释一下，最好让她明白到底发生了什么事。"不要以为她只是个傲慢的女黑人，"他说，"所有的黑人都一样，他们不愿意再要你施舍的零钱。她就是你的黑色版。她可以跟你戴一样的帽子，而且显然，"他完全没必要加上这句（但他觉得好玩），"她戴着比你戴着好看。这一切意味着，旧世界已然逝去。旧礼节已经过时，你的亲切一文不值。"他愤愤地想到了他失去的房子。"你以为你是谁。"他说。

她义无反顾地继续前行，根本不理会他。一侧的头发散落下来。包掉了，她也没注意。他弯腰捡起包递给她，她没接。

"你没必要这个样子，好像到了世界末日似的，"他说，"因为还没到。从现在起，你必须活在新世界里，也该面对现实了。准备好吧。"他说，"死不了的。"

她的呼吸很急促。

"我们等公交吧。"他说。

"回家。"她含混地说。

"我不喜欢看你这个样子，"他说，"像个孩子似的。你可以做得更好。"他决定原地停下，迫使她也停下等公交车。"我不走了，"他停下了脚步，"我们坐公交车。"

她继续往前走，仿佛没听见他的话。他快走几步，抓住她的胳膊，让她停下。他看着她的脸，屏住了呼吸。他在看一张他从未见过的脸。

"让姥爷来接我。"她说。

他盯着她,呆住了。

"让卡罗琳来接我。"她说。

错愕中,他松开了她的胳膊,她又向前冲去,趔趔趄趄,似乎一腿长一腿短。黑暗的狂潮似乎正将她从他身边卷走。"母亲!"他喊道,"亲爱的,甜心,等一等!"她身子一软,朝着车道倒了下去。他冲向前,扑到她身边,喊道:"妈妈,妈妈!"他将她翻转过来。她的脸彻底扭曲了。一只大大的眼睛,直勾勾的,眼珠微微滑向左侧,像是起了锚。另一只眼睛仍然盯着他,再次在他脸上扫来扫去,什么都没发现,便合上了。

"在这儿等着,在这儿等着!"他大叫着跳起来,朝着前方远处的一丛光跑去,寻求帮助。"救人啊,救人啊!"他喊叫着,但他的声音细弱如游丝一般。他越是快跑,那丛光越是离他远去。他的双脚麻木,好像哪里都去不了。黑暗的狂潮似乎又将他卷回到她身边,一刻又一刻,延迟着,不让他进入懊悔与悲伤的世界。

鹧鸪镇的
节日

The
Partridge
Festival

卡尔霍恩把他那豆荚似的小车停在了姑奶们家门前的车道上，小心翼翼下了车，左看看右看看，似在提防那些盛开的杜鹃花置他于死地。老太太们没有像样的草坪，从便道开始，三层挤满红白杜鹃花的平台一路延伸到未上漆的大房子外。门廊上，两位老太太一坐一站。

"我们的宝贝儿来了！"贝茜姑奶一字一顿地说给旁边那位听，她就在两英尺外，耳朵却听不到。隔壁院子里，一个女孩儿正盘腿坐在树下读书，听到声音回过头来。她扬起戴眼镜的脸，盯着卡尔霍恩，随后又将注意力回到书上，卡尔霍恩明明白白地看到了她的一抹窃笑。他皱着眉，若无其事地走向门廊，完成姑奶们的开场典仪。他能主动在鹧鸪镇杜鹃花节时出现，姑奶们会认为这说明他的脾性有了改善。

两位老太太的下巴都方方的，看上去像装了木制假牙的乔治·华盛顿。她们身着黑色正装，胸前饰有褶裥，惨白的头发梳在脑后。和两位姑奶拥抱后，他懒洋洋地倒在摇椅里，心虚地笑了笑。他到这儿来，只是因为辛格尔顿激发了他的想象，但他在电话里却对贝茜姑奶说他要来过节。

耳背的玛蒂姑奶大声喊道:"你的曾祖父要是看到你对这个节日有兴致,肯定会很高兴的,卡尔霍恩。你知道,是他发起了这个节日。"

"好啦,"男孩儿冲她喊道,"说说今年那场额外的小轰动,可好?"

节日开始前十天,人们在县政府草坪上对一个叫辛格尔顿的人进行了一场模拟审判,因为他拒绝买杜鹃花节日徽章。审判时,他被锁在两截树桩间。判决后,他和一头山羊一起入"监"。那山羊也是因同样的罪名受审并被判决。所谓"监牢"是美国青年商会的人专为此事借来的户外厕所。十天后,辛格尔顿拿着一把自动消音枪出现在县政府门廊的侧门,枪击了坐在那里的五位要员,还误伤了人群中的一位无辜者。那一枪本来是射向镇长的,镇长恰巧弯腰拽了拽鞋舌。

"倒霉事儿,"玛蒂姑奶说,"影响了节日气氛。"

他听到旁边草坪上的女孩儿合上了书。隔着树篱可以看到她站了起来——微微前倾的颈部,小脸庞煞是肃然。她盯着他们看了片刻,消失了。"好像没什么影响,"他说,"我从镇上经过时,看到人比往常都要多,所有的旗子都竖起来了。鹧鸪镇,"他喊道,"会埋葬死者,钱可是一分不少赚。"话没说完,女孩儿的前门关上了。

贝茜姑奶刚才进屋去了,此时拿着一只皮制小盒出来。"你看起来和父亲很像。"她说着把椅子拉得离他近些。

卡尔霍恩兴致索然地打开盒子,一层锈色尘土落在他的膝头。他拿起曾祖父的小像。每次来她们都会让他看这张照片。老人正襟危坐——圆脸、秃头,总之相貌平平——双手交叠在一根黑色拐杖头上,一脸的天真,还有坚毅。商界奇才,想到此,男孩儿一个激灵。"这位果敢的要人会如何看待今日的鹧鸪镇呢?"他嘲讽地问,"六位公民遭到枪击,节日照样如火如荼？"

"父亲乐观向上，"贝茜姑奶说，"是鸸鹋镇最有远见的人。他若健在，要么是被枪击的要人之一，要么就是制服那疯子的人。"

男孩儿不知道他还能忍多久。报纸上登出了六位"受害者"的照片，还有辛格尔顿的照片。在那一干人中，只有辛格尔顿的脸有特色。他的脸挺宽，有嶙峋严峻之相，一只眼几为圆形。在那只眼睛里，卡尔霍恩看到了平静，这个男人知道他会因坚持做自己而受难，他也愿意为之受难。另一只正常的眼睛则流露出深思熟虑后的轻蔑。不过总的来说，那是一个饱受折磨之人的表情，一个终于被周围人的疯狂逼疯的人。另外那六人的脸都跟他的曾祖父差不多。

"随着年龄增长，你会越来越像父亲，"玛蒂姑奶预言道，"你有着与他一样泛红的肤色，还有相同的表情。"

"我跟他完全不同。"他冷冷地说。

"都是白里透红，就像桃子配奶油，"贝茜姑奶大笑，"你也开始有小肚腩了。"她说着，用拳头打了一下他的肚子，"我们的宝贝儿多大了？"

"二十三。"他咕哝道，心想他在这儿的这段日子，不会一直这样下去的，她们跟他闹一阵，就会放手。

"你有女朋友吗？"玛蒂姑奶问。

"没有。"他颇不耐烦。"我猜，"他接着说，"这里的人是把辛格尔顿当成神经病了吧？"

"是的，"贝茜姑奶说，"怪人。他一向格格不入。跟我们这儿的人都不一样。"

"可真是个可怕的缺陷。"男孩儿说。虽然他的眼睛没有不对称，他的脸倒也像辛格尔顿似的宽宽的;不过他们真正的相似之处是在内心。

"既然他精神不正常,就不用负责了。"贝茜姑奶说。

男孩儿的眼睛一亮,探身向前,眯起眼盯着老太太。"那么,"他问,"真正的罪在哪里?"

"父亲的头到三十岁时,就像婴儿脑袋一样光滑了,"她说,"你最好赶紧找个女朋友。哈哈。现在你可怎么办呀?"

他从兜里掏出烟斗和一包烟丝。你不能问她们深刻的问题。虽然她们都是圣公会低教会派的好人,其所思所想却无关道德。"我想我会写作。"他边说边往烟斗里装烟丝。

"好啊,"贝茜姑奶说,"这挺好。也许你会成为又一个玛格丽特·米切尔。"

"我希望你能公正地对待我们,"玛蒂姑奶嚷道,"没什么人公正地待我们。"

"我会给你们公正的,"他严肃地说,"我在写一篇论……"他没说完,把烟斗放进嘴里,向后一靠。跟**她们**讲那些简直是荒唐。他拿掉烟斗说:"算了,说起来太复杂。你们女人不会有兴趣的。"

贝茜姑奶意味深长地歪着头。"卡尔霍恩,"她说,"我们可不想对你失望呀。"她们看他的眼神就好像刚刚意识到她们一直逗弄的蛇宝宝可能终究是有毒的。

"你们必晓得真理,"男孩儿摆出最严峻的面孔说道,"真理必叫你们得以自由。"[1]

---

[1] 《新约·约翰福音》第八章第三十二节:"你们必晓得真理,真理必叫你们得以自由。"

他对《圣经》的引用似乎让她们放下心来。"他可爱不，"玛蒂姑奶问，"叼着他的小烟斗？"

"还是找个女朋友吧，孩子。"贝茜姑奶说。

几分钟后，他摆脱了她们，拿包上楼，又下来，准备出门投入到他的素材中。他打算下午采访众人对辛格尔顿的看法。他想写些东西为那疯子辩护，希望写作能减轻自己的罪孽，辛格尔顿的纯洁如日高悬，这令卡尔霍恩的第二重人格，他的影子，比以往更加晦暗地呈现在了他面前。

夏天的这三个月，他和父母住在一起，卖空调、船只，还有冰箱，这样在余下的九个月中，他就可以自然地生活，让他的真实自我——反叛者/艺术家/神秘主义者——呱呱坠地。在那九个月里，他住在城市的另一边，和两个同样无所事事的男孩儿同住在一栋没有电梯没有暖气的公寓楼里。夏天带来的罪恶感会一直困扰他到冬天；其实，没有夏天卖货的狂欢，他也活得下去。

他跟父母解释说他鄙视他们的价值观，父母对视一眼，心照不宣，似乎他们早已读出此意，就知道他会这么说。父亲提出给他些零花钱，以支付公寓房租。他以独立之名拒绝了，而在内心深处，他知道他这样做并不是为了什么独立，而是因为他**喜欢**卖东西。面对顾客时，他就不再是自己了；他的脸开始发光、流汗，一切复杂念头都离他而去；他被一种渴望所左右，就像有些男人渴望酒或女人；而且他实在是太擅长此事了。他干得漂亮，公司甚至给他颁发了奖状。他在奖状上给"业绩"二字打上了引号，他和他的朋友们玩飞镖时，就以这张奖状做靶子。

一看到报纸上辛格尔顿的照片,他就想象着那张脸阴沉着斥责他,如一颗自由之星,灼伤了他。次日清晨,他就给姑奶们打电话说他要去镇上。他用了差不多四小时的时间,驱车一百五十英里来到了鹧鸪镇。

他往屋外走时,贝茜姑奶拦住他说:"六点前回来,羊宝宝,我们给你准备了甜甜的惊喜。"

"米布丁?"他问。她们的厨艺很糟糕。

"比那甜多了!"老太太眼珠滴溜一转。他赶紧走了。

隔壁女孩儿又拿着书回到了草坪上。他觉得他应该认识她的。小时候来姑奶家时,姑奶们总会邀请附近的怪孩子来跟他玩——有一次是一个穿着女童子军制服的胖傻子,一次是背诵《圣经》章节的近视眼男孩儿,还有一次是一个几乎长成了正方形的女孩儿,把他打了个乌眼青就走了。感谢上帝,他已长大成人,她们不会再斗胆安排他的时间了。路过草坪时,女孩儿没抬眼,他也没说话。

刚走上便道,怒放的杜鹃就震到了他。潮水般的色彩涌过草坪,拍打着白房子的外墙,粉红与猩红的花团,还有雪白与几乎是淡紫的神秘之色,更有狂放的红黄簇锦。热烈的色彩生发出魅惑的喜悦,令他几乎无法呼吸。老树上挂着松萝。这些房子是最美的南北战争前的老宅。其美中不足就是他的曾祖的名言,还成了小镇座右铭,即"美就是我们的摇钱树"。

姑奶们的住处和商业区隔着五个街区。他快步走过这五个街区,几分钟后来到了商业区的边缘。在他面前,是一派赤裸裸的交易景象,中心便是破败的县政府。每片空地都停满了车,炽烈的阳光投射在车顶。每个转角的路灯上都飘扬着国旗、州旗以及邦联旗。人们四处转悠。在姑奶奶们住的那条静谧的街道上，绿荫成行、杜鹃佳胜，他连三个路人都没碰到。人全都在这儿呢，眼巴巴地瞅着商店橱窗里可怜兮兮的展品，缓慢地以崇敬之情走过县政府门廊，那里是血溅之所。

他寻思着这些人会不会以为他也是出于同样的目的来到此地的。他本想仿效苏格拉底来一场街道辩论，到底谁该为逝去的六条生命担负罪责，可是环顾四周，他找不到任何一个真正可与之探求意义的人。他漫无目的地走进一家杂货店，那里光线黯淡，有着酸香草的气味。

他在柜台前的高凳上坐下，点了杯柠檬水。给他准备饮料的男孩儿留着精心修剪过的红色鬓发，衬衣胸前别着杜鹃节徽章——辛格尔顿拒绝买的徽章。卡尔霍恩的目光立刻投向了那里。"看来你已向神交过献礼了。"他说。

男孩儿似乎没明白这句话的含义。

"徽章，"卡尔霍恩说，"徽章。"

男孩儿低头看了看徽章，又看了看卡尔霍恩。他把饮料放在柜台上，继续盯着他，好像他所服务的顾客有着某种好玩的残疾。

"你喜欢这种节日气氛吗？"卡尔霍恩问。

"所有这些？"男孩儿问。

"这些重大事件，"卡尔霍恩说，"以六人之死开始，是这样吧？"

"是的，先生，"男孩儿说，"六条命，真是冷血。我就认识其中四人。"

"那你也可以分享荣耀了。"卡尔霍恩说。他感到外面的街道突然安静了，便看向门口，正瞧见一辆灵车经过，后面跟着一串缓缓移动的小汽车。

"单为他一人举办的葬礼,"男孩儿庄重地说,"那五个枪杀目标的葬礼是昨天,相当隆重。这一位当时还没死。"

"他们的手上沾着罪犯的血,还有无辜者的血。"卡尔霍恩目光炯炯地看着男孩儿。

"不是**他们**,"男孩儿说,"都是一个人干的。一个叫辛格尔顿的人。他精神不正常。"

"辛格尔顿仅仅是个工具,"卡尔霍恩说,"罪在鹧鸪镇。"他一口喝干他的饮料,放下杯子。

男孩儿看着他,好像看一个疯子。"鹧鸪镇又不能朝人开枪。"他愤怒地高声说道。

卡尔霍恩把十美分放在柜台上离开了。最后一辆车消失在街区尽头。他觉得街上没有刚才热闹了。显然,人们看到灵车都匆匆跟了去。隔着一扇门的五金店门口,一位老人探出头来,看着街上人群消失的地方。卡尔霍恩迫切地想找人聊一聊,犹豫地走近老人。"我想那是最后一场葬礼了。"他说。

老人把一只手放在耳后。

"无辜者的葬礼。"卡尔霍恩大声喊道,冲街上点了点头。

老人擤擤鼻涕,响动颇大,表情可不太可亲。"就这颗子弹射对了人,"他的声音沙哑,"比勒是个浪荡子。当时他喝醉了。"

男孩儿皱起了眉。"这么说那五个都是英雄喽?"他调侃道。

"五个好人,"老人说,"因公而死。我们给他们办了一场英雄的葬礼——五个人一起,盛大的葬礼。比勒的家人催促殡仪馆把比勒也加进去,我们没让他们得逞,比勒没赶上。要是加上了他,那可真是耻辱。"

天哪，男孩儿心想。

"辛格尔顿做的唯一一件好事就是帮我们除掉了比勒，"老人接着说，"现在得有人帮我们除掉辛格尔顿。此刻他正在昆西吃香的喝辣的，躺在凉爽的床上，一分钱都不花，挥霍掉你我交的税。应该将他当场击毙。"

太恐怖了，卡尔霍恩目瞪口呆。

"既然要把他留在那儿，就得让他交食宿费。"老人说。

男孩儿轻蔑地瞥了他一眼，扬长而去，穿过马路来到县政府广场。他走了一条奇特的路线，只为尽快远离那个老傻瓜。广场树荫下散落着长椅。他找了张空椅子坐下。县政府一侧的台阶上有几人正站在那儿，观赏辛格尔顿和山羊一同蹲过的"监牢"。朋友的处境激发了他的同理心。他觉得被投入厕所的是他自己，锁头吧嗒一响，他透过朽烂的木板间的缝隙看着外面的傻瓜们又叫又跳。山羊发出下流的声音；他意识到与他同拘一隅的正是这个社区的精神。

"六个人在这里被枪杀。"身边一个古怪的闷闷的声音说道。

男孩儿一惊。

一个白人小姑娘坐在他脚边的一片沙地上，舌头卷在一只可口可乐瓶里，漠然地看着他，眼睛有着瓶子一样的绿色。她光着脚，一头顺直的白发。她把舌头从瓶子里抽出来，发出嘭的一声响。"是坏人干的。"她说。

孩子们的笃定常会激怒他。男孩儿说："不，他不是坏人。"

孩子再次把舌头伸进瓶中，又抽出来，这次没发出声音，眼睛盯着他。

"人们对他不好,"他解释道,"他们恶毒地待他。很残忍。如果别人残忍地对待你,你会怎么做?"

"干掉他们。"她说。

"对呀,他就是那么做的。"卡尔霍恩皱着眉头说。

她仍坐在那儿,眼睛一直盯着他,与鹧鸪镇的浅薄目光并无二致。

"你们这帮人迫害他,最终将他逼疯,"男孩儿说,"他不想买徽章。那是犯罪吗?他在这儿就是**异邦人**,你们受不了。人类的一项基本权利,"他的目光穿透了孩子那无遮无拦的眼神,"就是不做傻瓜的权利。与众不同的权利,"他哑着嗓子说,"上帝啊,就是做自己的权利。"

她抬起一只脚放在膝头,目光却须臾没有离开他。

"他是个大大的大坏蛋。"她说。

卡尔霍恩起身走开了,眼睛怒视前方。愤怒给他的视线蒙上了一层迷雾,模糊了周遭的一切。两个女高中生穿着鲜亮的裙子和夹克冲到了他面前,尖声叫着:"买一张今晚选美比赛的票吧。看看谁会成为鹧鸪镇的杜鹃花小姐!"他迅速闪到一边,看都不看她们一眼。她们咯咯的笑声一直尾随着他,直到他走过县政府,来到后面的街区。他在那儿稍稍站了一会儿,不知道自己下一步要做什么。对面是家理发店,看起来倒是没什么人,挺凉爽。稍后,他走了进去。

店里只有理发师一人在看报纸,他抬起头。卡尔霍恩跟他说要理发,心怀感激地坐在了椅子上。

理发师高高瘦瘦,眼睛像是褪了色,一副历经苦难的样子。他把围布罩在男孩儿身上,站在那儿打量着他的圆脑袋,似在琢磨如何片开这个南瓜。之后他转了下椅子,让卡尔霍恩面对镜子。男孩儿面前是一张圆脸，相貌平平，一派天真，他的表情严肃起来。"你也像那些人一样享受这些腌臜吗？"他挑衅地问。

"再说一遍？"理发师说。

"这些正在进行的蛮族仪式给理发店带来生意了吗？所有这些，所有这些。"他不耐烦地说。

"这个嘛，"理发师说，"去年这里多来了一千人，今年看样子会更多——鉴于，"他说，"那场悲剧。"

"那场悲剧。"男孩儿重复一遍，咧了咧嘴。

"被枪杀的那六个人。"理发师说。

"那场悲剧，"男孩儿说，"那另一场悲剧呢——那个人被傻瓜们迫害在先，然后才杀了他们中的六个呀？"

"哦，他呀。"理发师说。

"辛格尔顿，"男孩儿说，"他也曾经是你的顾客吗？"

理发师开始修剪他的头发，听到这个名字，脸上现出轻蔑之色。"今晚是选美比赛，"他说，"明晚有乐队表演。周四下午是大游行，杜鹃花小姐……"

"你认识不认识辛格尔顿？"卡尔霍恩打断了他。

"太认识了。"理发师说完就闭上了嘴。

男孩儿打了个激灵，意识到曾经辛格尔顿可能就坐在他现在坐的这把椅子上。他急切地想在镜中的这张脸上找出与那个人之间隐隐的相似之处。慢慢地，他找到了，正是他热切的渴望照亮了那个秘密。"他也是你的顾客吗？"他屏住呼吸，静待回答。

"他和我是姻亲，"理发师气哼哼地说，"但他从不到这里来。他可是只光溜溜的铁公鸡,怎会让别人给他理发。他自己动手。"

"真是难以饶恕的罪行啊。"卡尔霍恩高声说。

"他的远房表哥娶了我的小姨子,"理发师说,"但在这条街上,他从来就不认识我。哪怕是像你我现在这样近,他也不会停下脚步。他的眼睛永远看着地,就像是跟着虫子走路。"

"心无旁骛,"男孩儿咕哝道,"他肯定根本不知道你在这条街上。"

"他知道,"理发师撇了撇嘴,"他知道。我剪头发,他剪礼券,就这么回事。我剪头发,他剪礼券。"他重复了一遍,似乎这句话的音调有什么特别之处,令他的耳朵极为舒适。

典型的酸葡萄心理,卡尔霍恩心想。"辛格尔顿家以前很有钱吗?"他问。

"他最多只能算半个辛格尔顿,"理发师说,"辛格尔顿家则声明他没有一点辛格尔顿血统。辛格尔顿家有个姑娘去度假了,九个月后回来时就带着他。之后他们一个个全死了,把钱留给了他。谁也不知他的那一半是什么。我估计是外国人。"他的语气意味深长。

"我开始有些明白了。"卡尔霍恩说。

"现在,他可剪不成礼券了。"理发师说。

"剪不成了,"卡尔霍恩说,提高了声调,"现在,他在受难。他是替罪羊。他背负着居民们的罪恶,因他人的罪孽而成为牺牲。"

理发师停下剪刀,半张着嘴。过了一会儿,他用一种敬重的口吻说:"牧师大人,您搞错了。他可不去教堂。"

男孩儿的脸红了。"我也不是去教堂的人。"他说。

理发师似乎又停下了,站在那儿拿着剪刀,犹疑不决。

"他是个性主义者，"卡尔霍恩说，"他不允许别人把他压进卑微之人的模子里。一个不肯随波逐流的人。一个有深度的人，生活在可笑之人中间，却最终被那些可笑之人逼疯，又将所有暴力倾泻在他们身上。你看，"他接着说，"他们没有审判他，径直把他送去了昆西。为什么？因为审判会使他本质上的无辜，以及居民们的真正罪孽大白于天下。"

理发师的脸一亮。"您是律师，对不？"他问。

"不，"男孩儿愠怒地说，"我是作家。"

"哦哦，"理发师喃喃道，"我就知道定是那类人。"过了一会儿，他问道："您写过什么？"

"他从未结过婚吗？"卡尔霍恩粗鲁地问，"他就独自住在乡下辛格尔顿的宅子里？"

"姑且算是宅子吧，"理发师说，"他一分钱都不愿花在修缮上，也没哪个女人愿意要他。那种事，总要付出代价的。"说着嘴里发出下流的声响。

"你知道是因为你没少干。"男孩儿几乎无法控制对这个偏执之人的厌恶。

"不，"理发师说，"常识罢了。我剪头发，"他说，"但我可没有活得像头猪。我的房子里有下水管道，我有冰箱，能把冰块吐到我老婆的手里。"

"他不是个物质主义者，"卡尔霍恩说，"对他来说，有些东西比下水管道更重要。比如说独立。"

"哈，"理发师哼了一声，"他没那么独立。有一次他差点被闪电击中。那些在场的人说你真该看看他逃跑的样子，就像裤管里进了一群蜜蜂似的。他们差点没笑死。"他发出一声鬣狗似的笑声,拍了下膝盖。

"讨厌。"男孩儿喃喃地说。

"还有一次,"理发师接着说,"有人去他那儿,往他的水井里扔了只死猫。总有人搞出点事情,就是想看看能不能让他花点钱。还有一次……"

卡尔霍恩胡乱扯着围布,似要挣脱一张困住他的网。扔掉了围布,他从兜里掏出一美元扔在目瞪口呆的理发师的架子上。他冲向门口,任由门重重地关在他身后,算是对这个地方做出的审判。

走回姑奶家也没能让他平静下来。夕阳渐斜,杜鹃花的颜色也更深了,树叶婆娑,庇护着那些老宅:这里没有人会想到辛格尔顿,那个在昆西肮脏的病房里,躺在一张小床上的人。现在,男孩儿确确实实地感觉到了他的无辜所蕴含的力量。他认为鉴于那个人所遭受的一切苦难,只写一篇小文章对他是不公正的。他必须写一部长篇小说,必须呈现,而不是论述,原初的不公会如何发展。心中想着此事,他竟错过了姑奶家,走过去四扇门才发现,只得转身往回走。

贝茜姑奶在门口迎接他,将他拽进了门厅。"跟你说了我们给你准备了一个甜甜的惊喜!"她边说边拽着他的胳膊进了客厅。

沙发上坐着一位四肢修长的女孩儿,穿着柠檬绿的裙子。"你还记得玛丽·伊利莎白吧?"玛蒂姑奶说,"有一次你在这儿时,带去看电影的那个俊俏小姑娘。"他愤怒地认出来她就是在树下读书的女孩儿。"玛丽·伊利莎白是回家过春假的,"玛蒂姑奶说,"玛丽·伊利莎白是真正的学者,是不是,玛丽·伊利莎白?"

玛丽·伊利莎白皱了皱眉,表示她对她是否是真正的学者根本不在乎。她看了他一眼,那眼神明明白白地告诉他,像他一样,她对这次会面也没什么兴趣。

玛蒂姑奶握着拐杖头,费力地从椅子里站起来。"我们今天要早点吃晚饭,"另一位姑奶说,"因为玛丽·伊利莎白要带你去选美比赛,七点钟开始。"

"好极了。"他的语气姑奶们听不懂,但他希望玛丽·伊利莎白能明白。

吃晚餐时,自始至终他一直完全忽视女孩儿的存在。他对姑奶们的应答明显是冷嘲热讽,但她们理解不了他话里有话。不论他说什么,她们都笑得像个傻子。有两次她们称他为"羊宝宝",女孩儿暗自偷着乐。除此之外,她没有流露出这顿饭给她带来的任何乐趣。那张眼镜后的圆脸还是像个孩子似的。弱智,卡尔霍恩心想。

用毕晚餐,他们动身去看选美比赛,一路上仍是彼此无话。女孩儿比他要高几英寸,走在他前头一点,好像打算中途把他甩掉似的。过了两个街区,她突然停下脚步,在她背的那只大草编包里翻腾。她拿出了一支铅笔,用牙咬住,继续摸索。一分钟后,从包底掏出两张票和一个速记便签本。拿出这些东西,她便合上包继续往前走。

"你要做笔记吗?"卡尔霍恩的语气中满是讥诮。

女孩儿转过身,似要确认一下言者何人。"是的,"她说,"我要做笔记。"

"你喜欢这种事?"卡尔霍恩以同样的语气问,"你很享受吗?"

"令我作呕,"她说,"我要写篇文章,来个反转,迅速了结此事。"

男孩儿茫然地看着她。

"别让我搅了你的兴致，"她说，"不过这地方什么都是假的，烂透了。"她的声音里带着愤恨，"他们是在强迫杜鹃花卖笑！"

卡尔霍恩呆住了，稍后才回过神来。"得出这样的结论不需要什么大智慧，"他傲慢地说，"找到超越之道才需洞察力。"

"你是说某种表现方式。"

"一个意思。"他说。

剩下的两个街区，他们是在沉默中走完的，但俩人似乎都被什么触动了。看到县政府，他们横穿马路朝那里走去。县政府广场已被绳索围住，只留一个入口。玛丽·伊利莎白把票塞给站在入口旁的一个男孩儿。人们已开始在里面的草坪上聚集。

"你做笔记的时候，我们就站在这儿吗？"卡尔霍恩问。

女孩儿停下脚步面对他。"听着，羊宝宝，"她说，"你大可随意。我要去楼上我父亲的办公室工作。如果你愿意，可以留在这儿帮着挑选鹧鸪镇的杜鹃花小姐。"

"我跟你去，"他控制着自己的情绪，"我想观察一位伟大的女作家如何做笔记。"

"随你便。"她说。

他跟着她走上县政府台阶，进了侧门。愤怒冲昏了他的头脑，他竟没意识到辛格尔顿正是站在他刚刚走过的那道门开枪的。他们走过一条谷仓似的空荡荡的过道，默默走上一段满是烟渍的台阶，又到了一条谷仓似的过道。玛丽·伊利莎白从草编包里翻出一把钥匙，打开了她父亲办公室的门。他们走入一间陈设简单的大屋子，屋里摆着一排排的法律书籍。女孩儿似乎认为他什么都不会干，自己将两把直背椅从墙边拖到窗口,下面就是门廊。然后她坐下来,凝视着窗外,似乎马上就被下面的景象吸引住了。

卡尔霍恩坐在另一把椅子上。为了招她烦,他开始上上下下打量她。至少五分钟,他的目光就没离开过她,她则一直用双肘撑在窗台上,靠着窗。看得太久,他都担心她的影像会永远刻在他的视网膜上。终于,他再也受不了这种沉默了。"你怎么看辛格尔顿?"他突兀地问。

她抬起头,似乎看穿了他。"基督式人物。"她说。

男孩儿震惊了。

"我说的是神话意义,"她皱着眉头,"我不是基督徒。"她又把注意力转向窗外。下面响起了号角声。"十六位泳装姑娘即将登场,"她拉着长音说,"你肯定对这个感兴趣喽?"

"听着,"卡尔霍恩厉声说,"你把这事儿搞清楚。我对什么该死的节日,什么该死的杜鹃花女王一点兴趣都没有。我来这儿只是出于对辛格尔顿的同情。我要写一写他。也许是部小说。"

"我打算写一篇非虚构的研究报告。"女孩儿的口吻显然是觉得写小说有失她的身份。

他们四目相对,丝毫不掩盖对彼此的强烈厌恶。卡尔霍恩觉得如果他追问下去,定能揭露出她内心的肤浅。"既然我们的形式不同,"他再次露出嘲讽的微笑,"或许我们可以比对一下都有什么发现。"

"很简单,"女孩儿说,"他是替罪羊。鹧鸪镇在忙着选杜鹃花小姐,辛格尔顿却在昆西受难。他在赎罪……"

"我不是说你那些抽象的发现,"男孩儿说,"我是指你有什么确凿的证据。你见过他吗？他长什么样子？小说家不关心狭隘的抽象概念——尤其是那些明摆着的概念。他是……"

"你写过多少本小说？"她问。

"这将是我的第一本，"他冷冷地说，"你见过他吗？"

"没有，"她说，"对我来说没那个必要。他长什么样子无所谓——他是有着褐色还是蓝色的眼睛——对思想者来说没有意义。"

"或许你是，"他说，"害怕看到他。小说家从来不惧怕看到真实的对象。"

"我不怕见到他，"女孩儿生气地说，"如果真有那个必要的话。他是有着褐色还是蓝色的眼睛对我没区别。"

"这不仅仅是褐色眼睛还是蓝色眼睛的问题，"卡尔霍恩说，"你可能会发现亲眼见到他可以丰富你的理论。我并不是说发现他的眼睛的颜色。我是说在存在的意义上，真正与他的人格相遇。艺术家感兴趣的是那神秘的人格。生命并不寓于抽象中。"

"那你还等什么呢，怎么不去见他？"她说，"你为什么要问我他长什么样儿？自己去看呀。"

这些话像一袋石头砸在了他的脑袋上。过了一会儿，他说："自己去看？去哪里看呀？"

"昆西，"女孩儿说，"你以为去哪儿？"

"他们不会让我见他的。"他说。这个建议让他感到惊骇；出于某种原因，他一时竟没有明白，只觉得不可思议。

"他们会让你见的，如果你说是他的亲戚"，她说，"离这儿也就二十英里。你在顾虑什么？"

他想说,"我不是他的亲戚",但没说出口。他为自己险些背叛而感到愤怒,涨红了脸。他们是精神上的亲戚。

"自己去看看他的眼睛是褐色还是蓝色,给你自己来点老套的存……"

"我想,"他说,"如果我去,你也会跟着去吧?既然你不怕见到他。"

女孩儿的脸色白了。"你不会去的,"她说,"你不会找什么老套的存……"

"我会去,"他说,抓住机会让她闭了嘴,"如果你想跟我一起去,你可以九点钟到我姑奶家找我。不过我想,"他补充道,"我是不会在那儿见到你的。"

她将长长的脖子往前一伸,两眼放光,看着他说:"哦,你会的,"她说,"你会在那儿见到我。"

她又把注意力转向窗外,卡尔霍恩什么都没看。两人似乎都突然陷入了某个巨无霸似的私密问题中。外面不时传来喧闹的欢呼声。每隔几分钟,就有音乐和掌声响起,但他俩既没注意到窗外事,也没注意到彼此。终于,女孩儿离开了窗口,说道:"你要是看得差不多了,我们可以走了。我想回家看书。"

"我来之前就看得差不多了。"卡尔霍恩说。

他送她到了家门口,离开后,他的情绪有那么一刻高涨得令他眩晕,继而又低落下来。他知道他自己是绝对想不出去看辛格尔顿这样的主意的。他会受折磨,但也可能得到拯救。见到苦难中的辛格尔顿,可能会令他极度痛苦,以致彻底祛除他的赚钱本能。到目前为止,他只证明了他有销售之才；但要让他相信并非人人都有着平等的艺术天赋是不可能的，他坚信只要肯为之受难，人人都可成为艺术家。至于那女孩儿，他不认为看到辛格尔顿会对她有什么影响。她有着聪明孩子所特有的令人反感的狂热——只有脑子，没有感情。

他睡得很不安稳，断断续续地梦到辛格尔顿。有一个片段是，他开车去昆西要卖给辛格尔顿一台冰箱。早晨醒来时，一场慢雨自顾自地飘落。他把头转向灰色的窗棂，记不清都梦到了些什么，但感觉不是什么好梦。女孩儿那扁平的脸浮现在眼前。他想起了昆西，看到一排排的红色矮房，铁窗里探出一个个粗暴的头。他试图集中精力去想辛格尔顿，他的头脑却在躲避这个念头。他不想去昆西。他想起来他的计划是写部小说，可写小说的欲望一夜之间如漏气轮胎般瘪了。

躺在床上这会儿工夫，散丝细雨已成滂沱之势，持续不断。女孩儿可能因为下雨不会来了，至少她可能以为她可以下雨为借口不来了。他决定等到九点整，如果她没来，他就走。他不会去昆西，他要回家。最好晚些时候再见辛格尔顿，等他的治疗有些效果的时候。他起来给女孩儿写了张字条，打算托付给姑奶们。他在字条上说，估计经过深思熟虑，她已认清她无法应对这类事。字条简洁明了，落款是"你真诚的"。

差五分九点她到了，站在姑奶家的门厅里，直滴答水，淡蓝色塑料雨衣将她裹成了个直筒，只露出一张脸。她手拿一只纸袋子，扭曲的大嘴巴似笑非笑。一夜之间，她似乎不那么自信了。

卡尔霍恩勉强维持着礼貌。姑奶们以为这是一场雨中的浪漫约会，在门口亲了亲他，站在门廊傻兮兮地挥舞着手绢，直到他和玛丽·伊利莎白上车离开。

车对女孩儿来说太小了。她不停地挪动,在雨衣里扭来扭去。"雨水把杜鹃花打蔫了。"她的语调平平。

卡尔霍恩一声不吭,很是无礼。他正试图把她从他的意识里排除出去,以便将辛格尔顿重新安置在那里。他已经完全失去了辛格尔顿。灰色的雨幕垂落下来,上高速后,几乎无法看到田野对面那淡淡的林带。女孩儿一直向前探着身子,眯着眼,盯着模糊的挡风玻璃。"如果那里出来辆卡车,"她傻傻地笑着,"我俩就完了。"

卡尔霍恩停下车。"我很高兴送你回去,我自己去。"他说。

"我必须去,"她粗声粗气地说,盯着他,"我必须见到他。"镜片后面,她的眼睛似乎比实际看起来要大,而且像是有些湿润。"我必须面对。"她说。

他粗鲁地再次发动引擎。

"你必须向自己证明,你可以站在那里亲眼看着一个人被钉上十字架,"她说,"你必须与他共同经历这些。我想了一晚上了。"

"这可能会使你,"卡尔霍恩咕哝道,"对生命有个更均衡的看法。"

"这是很个人的事,"她说,"你不会懂。"她把头转向车窗。

卡尔霍恩试图把注意力集中在辛格尔顿身上,在脑海中有鼻子有眼地把他的脸组合在一起,每当快要组合好时,那张脸就解体了,什么也没留下。他默默地开着车,速度飞快,好像他打算把路撞出个洞来,看着女孩儿从挡风玻璃飞出去。她时不时地轻轻擤擤鼻涕。大概过了十五英里,雨小了,渐渐停歇。两边的行道树变得黑黑的,很清晰,田野绿得逼人。他们定不会错过医院。

"基督受难也就三个小时，"女孩儿突然高声说，"而他却要在这地方待上一辈子！"

卡尔霍恩瞟了她一眼。她的脸颊上有一道新的水痕。他移开目光，既惊且怒。"你要是受不了这些，"他说，"我还是可以送你回家的，我自己去。"

"你不会自己去的，"她说，"而且我们都快到了。"她擤了擤鼻涕，"我想让他知道有人是站在他那一边的。我想这样对他说，不管对我会有什么影响。"

那个可怕的念头穿透他的愤怒，出现在男孩儿的脑海里，他得对辛格尔顿**说话**。当着这个女人的面，他能说些什么呢？她已经摧毁了他们之间的交流。"我们是来倾听的，希望你能明白，"他脱口而出，"我大老远的开车过来，可不是要听你用你的智慧吓唬辛格尔顿。我是来听**他**说的。"

"我们应该带录音机来！"她喊道，"这样我们一辈子都可以一直拥有他说的话。"

"你以为你能拿着录音机来见这样的人，"卡尔霍恩说，"你可真是一点基本概念都没有。"

"停车！"她尖声叫道，向挡风玻璃探过身去，"就是那儿！"

卡尔霍恩猛踩一脚刹车，慌乱地看着前方。

一丛低矮的房子，很不起眼，好像右边小山上长了一片旺盛的疥子。

男孩儿无助地坐着，汽车仿佛自动转弯，朝入口开去，轻轻松松通过了水泥拱门，拱门上刻着"昆西州立医院"。

"入此门者,汝当弃绝希望。"[1]女孩儿喃喃说道。

他们不得不在距离大门一百码的地方停下车,一位戴白帽子的胖护士正领着一队病人在他们前方过马路,七零八落地就像一群年长的学生。一个牙齿参差不齐的女人穿着糖果色条纹裙,戴着黑色羊毛帽,冲他们挥舞着拳头,一个秃头男子则激动地摆着手。一行人穿过草地走向另一栋楼,有几个恶狠狠地瞪着他们。

过了一会儿,车又向前开了。"停在中间那栋楼前。"玛丽·伊利莎白指挥着。

"他们不会让我们见他的。"他含含糊糊地说。

"你要是去,的确不会,"她说,"停车,让我下车。我去办。"她的脸颊已经干了,说话干脆利落。他停好车,她下了车。看着她消失在楼里,他心中有种阴暗的满足感,很快她就会变为一个成熟的怪物——虚假的智力、虚假的情感、最大化的高效,所有这些都是要造就一位钻牛角尖的强势博士。路上又走来一队病人,其中几个对着汽车指指点点。卡尔霍恩没有去看,但他感觉到他们在看他。"快跟上。"他听到护士说。

他看了一眼,轻叫了一声。一张柔和的脸,围着一块绿色手巾,出现在他的车窗口,微笑着,没有牙,透出令人心痛的温柔。

"走吧,亲爱的。"护士说,那张脸退下了。

男孩儿赶紧摇上车窗,心中一阵绞痛。他又看到了树桩间的那张痛苦的脸——大小略微不一的眼睛,张开的大嘴,发出无声的无用的呼

---

[1] 此句出自意大利中世纪诗人但丁(1265—1321)的史诗《神曲·地狱篇》第三章,门乃"地狱之门"。

喊。这个景象只持续了片刻，但在它消失时，他已确定见到辛格尔顿会给他带来改变。此次会面后，他从未有过的某种奇特平静将属于他。他合眼坐着，待了十分钟，启示临近，他要准备好。

突然，车门开了，女孩儿喘着气弯腰上车，坐在了他身旁。她脸色苍白，拿着两张探视条，指着上面的名字：一张写着卡尔霍恩·辛格尔顿，另一张是玛丽·伊利莎白·辛格尔顿。他们盯着探视条看了一会儿，又看了看彼此。两个人都意识到，既然他们都与他有亲戚关系，那么他们彼此之间的亲戚关系也是不可避免的。卡尔霍恩伸出手。她握了握他的手。"他在左边第五栋楼。"她说。

他们开车到了第五栋楼，停下车。那是一栋低矮的红色砖楼，铁条窗，与其他几栋楼并无两样，除了外墙有几道黑色污迹，从一扇窗里伸出来两只手，手心朝下。玛丽·伊利莎白打开她带来的纸袋，拿出给辛格尔顿的礼物。她带来了一盒糖果，一包香烟，三本书——现代图书馆出版社的《查拉图斯特拉如是说》、平装本《大众的反叛》，还有一卷薄薄的精美的豪斯曼诗集。她把香烟和糖果递给卡尔霍恩，自己拿着书下了车。她朝门口走去，走到一半，停下来捂住了嘴，喃喃道："我受不了。"

"好了，好了。"卡尔霍恩温和地说。他把手放在她背上，轻轻推了一把，她又朝前走去。

他们走进一间脏兮兮的铺着油地毡的大厅，一股怪味儿如隐身官员扑面而来。对着门摆着一张桌子，后面坐着位虚弱的面容憔悴的护士，不停地左顾右盼，似乎认定会遭背后突袭。玛丽·伊利莎白交给她那两张绿色探视条。女人看了看他们，懒懒地说："进去吧，去那儿等着。"

她的声音疲惫，有一种被羞辱的怨气，"得把他准备好。那边的人不该给你们探视条。他们在那儿怎么知道这儿的情形，那些医生们又在乎些什么？如果由我决定，那些不合作的人谁都不能见。"

"我们是他的亲戚，"卡尔霍恩说，"我们完全有权利见他。"

护士头一仰，无声一笑，嘀嘀咕咕地走开了。

卡尔霍恩再次把手放在女孩儿的背上，带她进了等候室，两人紧挨着坐在一张宽大的黑色皮沙发上，对面五英尺外是一张一模一样的沙发。角落里一张摇摇晃晃的桌子上摆着一只白色空花瓶，屋里并没有其他陈设。一扇铁条窗将令人沮丧的方形光斑投在他们脚下。他们似乎被一种紧张的静寂包围了，尽管那地方一点都不安静。从房子的一端持续不断地传来伤怀之音，微弱如猫头鹰颤抖的哀鸣；另一端则传来一连串的狂笑。附近还有单调的机械的咒骂声，一遍又一遍打破周遭的沉默。每一种噪音似乎都与其他声音隔绝。

他俩坐在那里，仿佛在一起等待生命中某个重大时刻——结婚或猝死。似乎他们已命中注定融合在了一起。俩人同时不由自主地动了一下，像要逃跑，但为时已晚。沉重的脚步声已到门口，机械的咒骂声如五雷轰顶。

两位壮实的护理员架着辛格尔顿进了房间，辛格尔顿两脚离地如蜘蛛一般。咒骂声正是出自他口。他穿着医院那种背后开口系带的袍子，脚蹬一双黑鞋，鞋带已被抽掉。他头戴一顶黑帽，不是乡下人戴的那种帽子，而是黑色圆顶礼帽，就是电影里的枪手戴的那种。两位护理员来到空沙发的后面，把他抛过沙发背，扔到沙发上，继续按住他，同时各自绕过沙发扶手，坐在他的两侧，露出了笑容。虽然一个金发，一个秃头,他们倒真像双胞胎,都是一副心眼好却傻乎乎的样子。

至于辛格尔顿,他用绿色的大小眼盯着卡尔霍恩。"找我干啥?"他厉声喊,"说话呀!我的时间很宝贵。"那双眼睛与卡尔霍恩在报纸上看到的几乎完全一样,只是那能穿透人心的光芒带上了一丝狡诈。

男孩儿坐在那儿,如被催眠一般。

稍后,玛丽·伊利莎白用低沉沙哑、几乎听不到的声音说:"我们来这儿是想说我们懂。"

老家伙的目光转向她,瞬间眼睛一动不动,仿佛雨蛙看到了猎物,喉咙似乎肿胀起来。"啊——"他好像刚刚吞下了什么好吃的,"咿——"

"小心啦,老东西。"一位护理员说。

"让我跟她坐在一起,"辛格尔顿说着猛地挣脱开一只胳膊,护理员立刻又抓住了他,"她知道她想要什么。"

"让他跟她坐在一起,"金发护理员说,"她是他的侄女。"

"不行,"秃头说,"抓住他。他可能会脱光衣服的。你知道**他**的。"

但另一位护理员已经松开了他的手腕,辛格尔顿朝玛丽·伊利莎白探着身子,挣扎着要摆脱另一位还抓着他的护理员。女孩儿的目光变得呆滞。老家伙从齿缝里发出挑逗的声音。

"行了,行了,老东西。"松了手的护理员说。

"并不是每个女孩儿都有机会跟我在一起的,"辛格尔顿说,"听着,妹子,我有的是钱。在鹧鸪镇,谁的钱我都能搞到手。我拥有这地方——还有这家饭店。"他的手朝她的膝盖抓去。

女孩儿轻叫一声,没喊出来。

"我在别处还有产业,"他喘着气说,"你和我是一类人。我们跟他们不一样。你是女王。我要把你放在花车上！"就在那时，他的另一只手腕也挣脱了，朝她扑了过去，两名护理员立刻跟着扑上去。玛丽·伊利莎白蜷缩着靠在卡尔霍恩身上，老家伙灵活地跃过沙发，在屋里绕着圈飞奔。两名护理员伸着胳膊，叉着腿，打算从两侧合围抓住他，差一点就得了手，他却踢掉鞋，从他俩中间跃上桌子，将空花瓶踢到地上摔得粉碎。"看啊姑娘！"他尖声叫着，开始把医院的袍子往头上扯。

玛丽·伊利莎白已经冲到了屋外，卡尔霍恩跟着她跑了出去，及时打开了楼门，她才没一头撞上。他们手忙脚乱上了车，男孩儿开车离开，他的心脏仿佛成了引擎，速度永远不够快。天空是骨白色，平直的高速路在他们眼前延伸，仿佛地球裸露的一根神经。五英里后，卡尔霍恩将车停在路边，筋疲力尽。他们默默坐着，什么都没有看。终于，他们转过头来，瞧着彼此。他们立刻都发现了与他们那位亲戚的相似之处，不禁一激灵。他们看向别处，又转过头来，好像只要集中注意力，就可以寻到一个比较容易接受的形象。在卡尔霍恩看来，女孩儿的脸如镜子般，照出赤裸的天空。绝望中，他靠近了些。突然，她的镜片里无可挽回地升起一个小小影像，将他钉在了原地。圆圆的、天真的、相貌平平如一只铁环，正是那张脸的生命馈赠一直推向了未来，举办了一个又一个节日。那张脸仿佛一位销售大佬，似乎一直在那里等待，等待着将他收为己有。

瘸腿的先

入席*

The Lame

Shall

Enter First

*《新约·路加福音》第十四章第十三节:"你摆设筵席,倒要请那贫穷的、残废的、瘸腿的、瞎眼的,你就有福了!"第二十一节:"那仆人回来,把这事都告诉了主人。家主就动怒,对仆人说:'快出去,到城里大街小巷,领那贫穷的、残废的、瞎眼的、瘸腿的来。'"

一

谢播德坐在餐台旁的高凳上，餐台将镶着嵌板的厨房一分为二。他直接从独立包装纸盒里掏出麦片，机械地送进嘴里，眼睛盯着孩子。孩子打开一个又一个橱柜，搜寻着早餐用的配料。男孩儿十岁，金发，身材不高却足够结实。谢播德的蓝眼睛紧紧跟随着他。男孩儿的未来就写在他的脸上。他会成为银行家。不，更糟。他会经营一家小型借贷公司。他对孩子的期许不过是成为一个好人，不自私，但这两点似乎都不太可能。谢播德还年轻，头发却白了，竖在头上，如窄窄一把刷子，光轮般罩着他那张敏感的粉色面庞。

男孩儿朝餐台走来，胳膊下面夹着一罐花生酱，一只手拿着盘子，上面放了四分之一块巧克力蛋糕，另一只手拿着一瓶番茄沙司。他好像没有注意到父亲，爬上高凳，把花生酱涂抹在蛋糕上。他有着圆圆大大的招风耳，似乎把眼睛都拽开了。他穿着绿色衬衫，已经褪了色，胸前跃马驰奔的牛仔模糊成了一片暗影。

"诺顿，"谢播德说，"我昨天看见鲁弗斯·约翰逊了。你知道他在干什么吗？"

孩子漫不经心地看着他，眼睛虽朝前，却没什么兴趣。他的眼睛颜色比父亲的要浅，似乎也如他那件褪色衬衫一般；他的一只眼有些向外眼角倾斜，不过不明显。

"他在一条小巷，"谢播德说，"一只手伸进了垃圾桶里。他在垃圾桶里找东西吃。"他停了一会儿，让孩子能够明白这句话的含义，"他很饿。"他说完了，试图以目光穿透孩子的良心。

男孩儿拿起那块巧克力蛋糕，从一角开始啃。

"诺顿，"谢播德说，"你明不明白什么叫分享？"

一丝注意力。"有些是你的。"诺顿说。

"有些是**他的**。"谢播德重重地说。真是不可救药。什么缺点都比自私强——比如暴脾气，哪怕是好说谎呢。

孩子将沙司瓶倒过来，重重敲打着，将沙司倒在蛋糕上。

谢播德看似愈发痛苦了。"你十岁，鲁弗斯·约翰逊十四，"他说，"不过我相信你的衬衫鲁弗斯可以穿。"鲁弗斯·约翰逊是他去年在管教所一直帮扶的男孩儿。两个月前，他被释放了。"他在管教所时，看起来还挺好，但昨天我见到他，他可真是皮包骨头。他早餐可没有花生酱抹蛋糕吃。"

孩子顿了顿，说道："不新鲜了。"他说，"所以我才抹些东西。"

谢播德把脸转向餐台尽头的窗户。房侧的草坪绿绿的，很平整，沿着约五十英尺的缓坡向下延伸到一小片郊外树林。妻子在世时，他们经常在外面的草坪上用餐，甚至是早餐。那时他从没注意到孩子竟这般自私。"听着,"他把头转向他,"看着我,听好。"

男孩儿看着他,至少眼睛是朝前的。

"鲁弗斯离开管教所时,我给了他一把这栋房子的钥匙——这是为了告诉他我对他有信心,也是让他有个地方去,一个让他感觉任何时候都会受到欢迎的地方。他没用过那把钥匙,但我觉得现在他会用的,因为他见到了我,而且他很饿。如果他不用,我就出去找他,带他来这儿。我不能眼瞅着一个孩子掏垃圾吃。"

男孩儿皱起了眉,意识到某种属于他的东西受到了威胁。谢播德撇了撇嘴,愤慨地说:"鲁弗斯出生前父亲就去世了,母亲关在州立监狱。他是姥爷带大的,住在窝棚里,没有水,没有电,老头子天天打他。你要是生在这样的家庭会怎样?"

"我不知道。"孩子弱弱地说。

"好吧,有时间你可以想想。"谢播德说。

谢播德担任市文娱主管。每周六他都去管教所做顾问,分文不取,能够帮助那些无人关心的孩子们,他已心满意足。在他帮助过的孩子中,约翰逊是最聪明的,也是活得最悲惨的。

诺顿把吃剩的蛋糕翻过去,好像不打算再吃了。

"也许他不会来。"孩子说,眼睛稍稍亮了些。

"想想你拥有的这一切,他却什么都没有!"谢播德说,"想想要是你只能从垃圾桶里找食物会怎样?想想要是你有只脚肿得老大,走起路来一边高一边低会怎样?"

男孩儿表情茫然,显然无从想象这样的事情。

"你有健康的身体,"谢播德说,"有舒适的家。你所学的都是真理。

你爸爸满足了你所有的需求和欲望。你没有打骂你的姥爷。你母亲不在州立监狱。"

孩子一把推开餐盘。谢播德重重叹了口气。

男孩儿的嘴突然扭曲了,下巴上的肉拧成结,脸也挤成团团肉块,眼睛眯成了两道缝。"她要是在监狱里,"他开始痛苦地号叫,"我就能去看——她了。"泪水从他脸上滚落,下巴上滴着沙司,好像嘴被打破了一般。他不管不顾地号啕起来。

谢播德无助而哀凄地坐着,如受到某种自然之力的鞭挞。这种悲痛是不正常的,都是因为他的自私。她已去世一年多,孩子的悲痛不该持续这么久。"你就快十一岁了。"他责备道。

孩子发出刺耳的声音,似要呕吐。

"如果你不是总想着自己,也想想能为别人做些什么,"谢播德说,"你就不会这么想妈妈了。"

男孩儿沉默了,但肩头还在颤抖。之后他的脸一垮,又号叫起来。

"你不知道没有她,我也孤独吗?"谢播德说,"你以为我一点都不想她吗?我想,但我没有坐在那儿垂头丧气。我在忙着帮助别人。你什么时候见我干坐着,只考虑自己的难处?"

男孩儿蔫头耷脑,似已筋疲力尽,但一行行的泪水又淌下面颊。

"你今天打算干什么?"谢播德问,想换个话题。

孩子用手臂擦了擦眼睛。"卖种子。"他咕哝道。

总是在卖东西。他有四只一夸脱大的罐子,装满了他存下的五分、十分的钢镚儿,每隔几天他就从柜子里拿出来数一遍。"你卖种子做什么?"

"赢奖。"

"什么奖?"

"一千美元。"

"要是有一千美元,你会做什么?"

"存着。"孩子用肩头抹了把鼻涕。

"就知道你会这么做。"谢播德说。"听着,"他降低了声调,几乎是在恳求他,"假如你有幸真的赢了一千美元,难道你不想把钱花在那些不如你幸运的孩子身上吗?难道你不想给孤儿院买些秋千什么的?难道你不想给可怜的鲁弗斯·约翰逊买只新鞋?"

男孩儿开始向后退,突然向前倾倒,在盘子上方大张着嘴。谢播德又叹了口气。全倒出来了,蛋糕、花生酱、沙司——一摊甜兮兮的烂糊。男孩儿弯着腰,在盘子上方作呕,又吐出来一些,之后就张着大嘴等着,好像在等接下来要被呕出的心脏。

"好了,"谢播德说,"好了。你控制不了。擦擦嘴,去躺会儿吧。"

孩子继续弯着腰待了会儿,之后抬起头,茫然地看着父亲。

"去吧,"谢播德说,"去躺会儿。"

男孩儿拉起T恤衣襟擦了擦嘴,爬下高凳,晃悠悠地走出厨房。

谢播德坐在那儿看着那摊消化了一半的食物。一股酸臭味冲进他的鼻子,他向后一退,感到一阵反胃。他站起身,把盘子拿到水池里,打开水龙头,一脸严肃地看着那摊乱七八糟的东西流进下水道。约翰逊那只可怜的瘦弱的手在垃圾箱里找食物,而他自己的孩子,自私、冷漠、贪婪,吃那么多,撑得直往外吐。他一拳关上了水龙头。约翰逊机敏灵慧,可一出生就失去了一切;诺顿资质平平,甚至低下,却拥有一切有利条件。

他回到餐台旁，吃完自己的早餐。纸盒里的麦片受潮了，不过他根本没注意自己都吃了些什么。为约翰逊付出的所有努力都是值得的，因为他有潜能。那男孩儿第一次拐着脚来办公室见他时，他就看出来了。

谢播德在管教所的办公室是间狭小的隔间，一扇窗，一张小桌，两把椅子。他从来没有进过教堂的忏悔室，但他想应该跟他在这里的操作方式一样，只不过他能解惑，却不可以赦罪。他的资质证明可不像牧师的那么可疑；他是受过专门训练的。

约翰逊第一次来见他时，他正在看他的记录——无缘由地破坏、砸窗、市垃圾箱纵火、划轮胎——他发现男孩子们突然从县城来到市里时，总会和约翰逊一样，做些类似的事情。他看到了约翰逊的智商测试分数。一百四十分。他满怀期待地抬起头。

男孩儿无精打采地坐在椅子边，两只手臂耷拉在双腿之间。从窗户投进来的光照在他的脸上。他的眼睛有着钢铁的颜色，静静的，眯缝着看向前方。薄薄的黑发平平地搭在前额，不像男孩子的头发总是乱蓬蓬的，倒像是老年人的头发般整肃。狂傲超群的智力在他的脸上清晰可见。

谢播德笑了笑，希望能缩短两人间的距离。

男孩儿的表情并未松懈。他向后靠在椅子上，抬起一只巨大的畸形脚放在膝头。那只脚穿着笨重的黑色破鞋，鞋底有四五英寸厚。一处皮子裂开了，一只空袜子的跟部掉出来，仿佛被砍下的头颅吐着灰舌头。谢播德马上明白了是怎么回事。他的胡闹是要补偿那只脚。

"嗯，鲁弗斯，"他说，"从记录来看，你只需在这儿待一年。出去后有什么计划?"

"我不做计划。"男孩儿说。他的目光满不在乎地看向谢播德身后窗外远处的什么东西。

"或许你该做个计划。"谢播德微笑着说。

约翰逊继续看着他后面。

"我想看到你充分发挥你的聪明才智,"谢播德说,"什么对你最重要?我们来聊聊**你**看重什么。"他的目光不由自主地投向了那只脚。

"好好看,看个够。"男孩儿拉长了声调说。

谢播德的脸红了。那黑色畸形的东西在他眼前肿胀起来。他没理会男孩儿的话,也没理会他那讥讽的眼神。"鲁弗斯,"他说,"你把自己卷入了一堆毫无意义的麻烦中,但是我认为当你明白你为什么会做这些事时,你就不那么想做了。"他微笑着。他们的朋友那么少,没见过几张笑脸,他只要对他们微笑基本上就成功了一半。"关于你的许多事,我都可以向你解释。"他说。

约翰逊冷冷地看着他。"我不要什么解释,"他说,"我知道我为什么这么做。"

"那太好了!"谢播德说,"你能不能跟我说说是什么让你这么做?"

男孩儿的眼里泛出黑色光泽。"撒旦,"他说,"他控制了我。"

谢播德久久注视着他。男孩儿的脸上并未露出他是在开玩笑的意思。骄傲勾勒出他那薄薄的嘴唇。谢播德的眼神变得坚硬。他隐隐感到了绝望,仿佛面对的是根基扭曲的天性,时日已久,再想矫正,为时晚矣。这个男孩儿对生命的疑问已然由钉在松树上的牌子给出了回答:"是撒旦在掌控你吗?""忏悔吧,否则将受地狱之火。""耶稣救你。"

无论读不读《圣经》,他都会知道《圣经》。他的绝望化作了愤怒。"蠢话!"他哼了一声,"我们生活在太空时代!你这么聪明,怎么能给我这样的答案。"

约翰逊微微撇了撇嘴,面带轻蔑,又觉好笑,眼睛则透出挑衅之色。

谢播德仔细端详他的脸。只要智力不低,一切皆有可能。他再次露出微笑,那微笑似在邀请男孩儿走入一间教室,所有窗户都向光明敞开。"鲁弗斯,"他说,"我会安排你我每周会面一次。或许我可以对你的解释做出解释。或许我可以向你解释你的魔鬼是怎么一回事。"

自那以后,他每个周六都与约翰逊会谈,直到那一年期满。他天马行空地说着,都是男孩儿以前从未听过的话题。他所讲的稍稍超出了男孩儿的理解范围,这样他得努力才够得着。他从简单心理学讲到人类头脑所耍的花招,又聊到天文学和围绕地球航行的太空舱,其飞行速度超过音速,很快就可以围绕恒星航行。他本能地将话题集中于星辰。他想让男孩儿看得更远,而不是总盯着邻居的东西。他想开阔他的眼界。他想让他**看到**宇宙,看到宇宙中最黑暗的部分也可以被穿透。如果能将一台望远镜放到约翰逊的手里,他愿付出一切。

约翰逊的话很少,即便说上几句,也只是出于骄傲,要么不赞同,要么是毫无道理地抬杠。他总把那只畸形脚放在膝头,似乎随时准备拿起来当武器,但谢播德没上当。他看着他的眼睛,每周他都能看到里面有什么东西坍塌了。男孩儿的脸虽神色坚定,却已然被震动,竭尽全力要抵制狂泻在他身上的光。谢播德看得出来,他正中靶心。

约翰逊现在自由了,可以靠垃圾桶为生,可以重新拾回他的无知。这种不公令人愤怒。他又被送还到了姥爷那里;老头子有多愚蠢,只能凭想象了。或许现在男孩儿已从他那儿逃跑了。谢播德以前就想过取得约翰逊的监护权,但无法绕过姥爷健在这一事实。一想到他能为这样的孩子做的那些事,别提有多兴奋了。首先,他要给他定制一只新的矫正鞋。他每走一步,后背都一歪。然后,他要鼓励他发展某种需要智力的兴趣爱好。他想到了望远镜。他可以买台二手的,他们可以把望远镜架在阁楼的窗前。他坐在餐台旁幻想,如果可以把约翰逊留在这儿,他都能做些什么,就这样几乎过了十分钟。在诺顿身上浪费的那些事可以使约翰逊蓬勃生长。昨天看到他的手在垃圾桶里时,他对他招了招手,走上前去。约翰逊看到他了,停顿片刻,便像只老鼠似的飞快地溜掉了,但谢播德还是看到了他神情的改变。男孩儿的眼里闪现了一丝火花,谢播德确定,那是对失去的光的记忆。

他起身把麦片盒扔进垃圾桶。离家前,他去了诺顿的房间,看他是否好些。孩子正盘腿坐在床上。他把几个存钱罐里的钱都倒了出来,在面前堆了一大堆,正按照五分、十分、二十五分分类。

那天下午,诺顿独自在家,蹲在自己房间的地板上,把花种包一排排地摆在周围。雨水抽打着玻璃窗,在排水沟里噼啪作响。房间光线渐暗,但每隔几分钟,就会被无声的闪电照亮,花种包便愉悦地出现在地板上。他一动不动地蹲着,仿佛一只苍白的大青蛙,蹲在这片未来的花园里。突然他的眼神变得警觉起来。没有任何先兆,雨已经停了。声息全无而沉重,似乎那瓢泼大雨是被武力镇压下去的。他依然不动,只有眼珠转来转去。

钥匙在前门锁孔转动的声音,清晰地打破了宁静。那声响显然是故意的,为了引起注意,并掌控注意,那声响像是由大脑控制,而不是手。孩子跳起来躲进了壁柜。

脚步声开始在门厅里移动,刻意且不规律,轻一脚,重一脚,之后是沉默,似乎来访者停了下来,自己也在听,或查看什么。过了一会儿,厨房门吱呀响起。脚步声穿过厨房,走向冰箱。壁柜和厨房隔着一堵墙。诺顿站在壁柜里,耳朵贴着墙。冰箱门开了,一阵长久的沉默。

他脱下鞋,蹑手蹑脚走出壁柜,跨过花种包。走到房间中央,他停下脚步,僵住了。一个单薄的男孩儿穿着湿漉漉的黑衣服站在门口,挡住了他的去路,一张脸瘦骨嶙峋,雨水淋湿的头发贴在头皮上。他站在那里,仿佛一只湿透的怒气冲冲的乌鸦,目光如大头针般穿过孩子,将他钉在原地。之后,他的目光环顾房间——没有整理的床铺,挂在一扇大窗上的脏兮兮的窗帘,梳妆台上堆着杂物,中间立着一张相片,相片里是位宽脸庞的年轻女子。

孩子的舌头突然发了狂。"他在等你。他打算送你一只新鞋,因为你只能从垃圾桶里掏东西吃!"他说话的调门有点像老鼠在尖叫。

"我从垃圾桶里掏东西吃,"男孩儿慢慢言道,机警地盯着孩子,"因为我喜欢从垃圾桶里掏东西吃。明白吗?"

孩子点点头。

"而且我有法子给自己搞到鞋。明白吗?"

孩子又点点头,如被施了魔法。

男孩儿一瘸一拐进了屋,坐在床上,拿起只枕头靠在背后,伸出那条短了一截的腿,大黑鞋张狂地歇在皱起的床单上。

诺顿的目光落在那只鞋上,仍然一动不动。鞋底厚得像砖块。

约翰逊轻轻晃了晃那只鞋,微笑着,"被我这只脚踢上一回,"他说,"他们就会明白不要找我的麻烦。"

孩子点点头。

"去厨房,"约翰逊说,"用黑麦面包、火腿给我做个三明治,再拿杯牛奶来。"

诺顿像个机械玩具,被推去了正确方向。他做了个油腻腻的大三明治,火腿耷拉在面包皮外,又倒了杯牛奶,一手拿着奶,一手拿着三明治回到屋里。

约翰逊向后靠着枕头,颇有皇家风范。"谢谢,服务生。"说着他接过了三明治。

诺顿拿着杯子站在床边。

男孩儿扯开三明治,一口一口吃起来,直到全吃光,才接过牛奶。他喝奶时像个小孩儿似的双手握杯,然后放低杯子歇了口气,嘴边有一圈奶印。他把空杯递给诺顿。"去厨房给我拿个橘子,服务生。"他哑着嗓子说。

诺顿去厨房拿了只橘子回来。约翰逊剥着橘子,皮掉在床上。他慢悠悠地吃着,将核吐向前方。吃完橘子,他用床单擦了擦手,久久打量着诺顿,诺顿的服务似乎缓和了他的情绪。"你还真是他的孩子,"他说,"跟他有着同样的傻瓜脸。"

孩子静静地站着,像没听见似的。

"他连左右手都分不清。"约翰逊沙哑的嗓音里有种快感。

孩子把目光微微投向男孩儿的脸侧,直直地盯着墙壁。

"叽里呱啦,叽里呱啦,"约翰逊说,"全是废话。"

孩子微抬上唇，却什么都没说出口。

"放屁，"约翰逊说，"放屁。"

孩子的脸上现出警惕的好斗之色。他稍向后退，似乎准备随时撤离。"他是好人，"他咕哝道，"他帮助别人。"

"好啊！"约翰逊蛮横地说，头往前一伸，"听好了，"他咬牙切齿道，"我不在乎他是不是好人。他不**对**！"

诺顿惊呆了。

厨房的纱门嘭地响了一声，有人进来了。约翰逊立即坐起。"是他吗？"他说。

"是厨娘，"诺顿说，"她每天下午来。"

约翰逊起身，一瘸一拐地来到走廊，站在厨房门口，诺顿跟在他后面。

那位黑人姑娘正在壁柜旁脱下一件鲜红的雨衣。她个子高挑，肤色淡黄，嘴唇仿佛一朵发黑凋谢的大玫瑰，头发一层层叠在头顶，歪向一边，如比萨斜塔。

约翰逊齿间发出喷喷声。"看看漂亮的耶米玛[1]阿姨。"他说。

姑娘停下来，傲慢地盯着他们，简直是把他们当作了地板上的尘土。

"来吧，"约翰逊说，"让我们看看除了黑鬼，你还有些什么。"他打开走廊右手边的第一扇门，看了看那间铺着粉色瓷砖的浴室。"一只粉马桶！"他喃喃地说。

---

[1] 耶米玛为《旧约·约伯记》中约伯的女儿。第四十二章第十四、十五节："他给长女起名叫耶米玛，次女叫基洗亚，三女叫基连哈朴。在那全地的妇女中，找不着像约伯的女儿那样美貌。她们的父亲使她们在弟兄中得产业。"

他冲孩子做了个鬼脸。"他坐在那上面吗?"

"这是客人用的,"诺顿说,"不过有时他也坐在上面。"

"他该把他脑袋里的东西倒进去。"约翰逊说。

下一扇房门开着。谢播德自从妻子过世,就睡在那间房里。光秃秃的地板上摆着一张简朴的铁床,角落里堆着一堆"小联盟"棒球队服。一张卷盖式大书桌上散落着纸张,纸张上随意压着他的几只烟斗。约翰逊默默地看着屋内,皱了皱鼻。"猜猜是谁的房间?"他说。

下一扇房门关着。约翰逊打开门,头伸进昏暗的房间。百叶窗是关着的,空气憋闷,有股淡淡的香水味儿。宽大的老式床,巨大的梳妆台,镜子反射着微光。约翰逊猛地打开门边的灯,穿过房间走到镜前向镜中张望。亚麻桌旗上放着一把银梳和一只发刷。他拿起梳子梳头,将额前的头发梳得溜直,再向旁边一歪,希特勒的发型。

"别动她的梳子!"孩子说。他站在门口,脸色苍白,气喘吁吁,似乎他正眼睁睁地看着圣殿遭到亵渎。

约翰逊放下梳子,又拿起发刷刷了下头发。

"她死了。"孩子说。

"我不怕死人的东西。"约翰逊说。他打开最上面的抽屉,手伸了进去。

"把你那又大又肥的脏手从我母亲的衣服上拿开!"孩子高声喊道,气都要喘不上来了。

"别激动呀,亲爱的。"约翰逊喃喃地说。他拿起一件皱巴巴的红色圆点上衣又扔了回去。接着扯出一条绿丝巾,在头顶转了几圈,任其飘落到地板上。他的手继续向抽屉深处摸索。过了一会儿,手出来了,抓着一件褪色的束身衣,四条金属撑条晃来晃去。"这定是她的鞍子。"他仔细查看后说道。

他颤巍巍地拿起束身衣晃了晃,将束身衣系在腰间,跳来跳去,金属撑条也随之起舞。他打起了响指,胯左右摇摆。"去摇滚,摇摇又摆摆,"他唱了起来,"去摇滚,摇摇又摆摆。那女人还是不开心,拯救不了我那见鬼的灵魂。"他转着圈,踩着那只好脚,畸形脚歪向一边,跳着舞出了房门,经过呆若木鸡的孩子,沿走廊向厨房走去。

半小时后,谢播德回家了。他把雨衣撂在门厅的一把椅子上,走到客厅门口,猛然停下脚步,顿时容颜大改,神采飞扬。约翰逊那黑黑的身影坐在一张粉色高背软椅上。他身后的那面墙,从地板到天花板摆满了书籍。他在看书。谢播德眯起眼睛。那是一卷《大英百科全书》。他看得那么入迷,头都没抬。谢播德屏住了呼吸。这个环境对男孩儿堪称完美。他必须把他留在这儿。他必须想个法子。

"鲁弗斯!"他说,"见到你太高兴了,小伙子!"他伸出双臂跑向前去。

约翰逊抬起头,面无表情。"哦,你好。"他说。他尽量不去看那只手,但谢播德一直不肯放下手来,他只好不情愿地握了握。

对这种反应,谢播德早有准备。这是约翰逊的一种伪装,永不表现热情。

"你怎么样?"他说,"姥爷对你好吗?"他坐在沙发边缘。

"他死了。"男孩儿冷冷地说。

"不会吧!"谢播德喊道。他起身坐在了咖啡桌上,离男孩儿更近了些。

"没有,"约翰逊说,"他没死。是我希望他死了。"

"那他在哪儿?"谢播德咕哝道。

"他跟那些幸存者去了山里,"约翰逊说,"他,还有另外几个人。他们要把《圣经》埋在山洞里,还要每种动物带上两只,就那档子事儿,跟挪亚似的。不过这次是火灾,不是洪水。"1

谢播德撇了撇嘴,感到好笑。"我明白了。"他说。接着又言道:"换句话说,那个老傻瓜抛弃你了?"

"他可不是傻瓜。"男孩儿愤愤地说。

"他是不是抛弃了你?"谢播德急切地问。

男孩儿耸了耸肩。

"你的假释官呢?"

"不该我跟他联系,"约翰逊说,"应该他跟我联系。"

谢播德笑起来。"等一下。"他说。他起身来到门厅,把椅子上的雨衣拿下,挂到壁柜里。他得给自己思考的时间,想一想怎样跟男孩儿说,他才会留下来。他不能强迫他留下,必须是自愿的。约翰逊假装不喜欢他,那只是为了保持尊严,他讲话的方式绝不能伤了他的自尊。他打开壁柜门,取出衣架。他妻子的一件冬天穿的外套还挂在里面。他把外套推向一边,没推动。他粗鲁地一把拉开外套,向后一退,仿佛看到了茧里的幼虫。诺顿站在外套里,肿胀而苍白的脸,像被下了药似的一

---

1 《旧约·创世记》第六至九章记载,因世人行恶,上帝欲以洪水灭绝生灵,但挪亚为义人,故上帝命挪亚造方舟,携带家人及各类禽兽入方舟避祸,每种禽兽带一公一母,用于献祭的洁净禽兽则带七公七母。挪亚为洪水灭世后的新始祖。

副苦相。谢播德盯着他。突然他想到了一个法子，或许可以一试。"出来。"他说。他拉住他的肩，将他拽到客厅，拉到约翰逊身旁。约翰逊仍然坐在粉色椅子上，腿上摊开着百科全书。谢播德要孤注一掷。

"鲁弗斯，"他说，"我遇到了难题。需要你的帮助。"

约翰逊狐疑地抬起头。

"你看，"谢播德说，"这栋房子需要再来个男孩儿。"他的声音流露出真切的渴望，"这位诺顿这辈子从来不需要跟别人分享任何东西。他不知道分享意味着什么。我需要有人教会他。帮帮我怎么样？跟我们在这儿住一段时间，鲁弗斯。我需要你的帮助。"他的声音因激动而变得尖细。

孩子突然活了过来，满脸怒容。"他进了她的房间，用她的梳子！"他拽着谢播德的胳膊叫道，"他戴她的束身衣，跟列奥拉跳舞，他……"

"够了！"谢播德厉声说，"你是不是就会打小报告呀？我没让你汇报鲁弗斯都干了些什么。我是让你欢迎他。明白吗？"

"你看清楚了吧？"他转向鲁弗斯。

诺顿狠狠踢了下粉色椅子的椅子腿，差点踢到约翰逊那只肿脚。谢播德把他拽了回来。

"他说你说话就是放屁！"孩子尖叫着。

约翰逊的脸上闪过一丝狡黠的快意。

谢播德没有退缩。这些侮辱是男孩儿的一种防御机制。"怎么样，鲁弗斯？"他问道，"你愿意和我们住一段时间吗？"

约翰逊直直地看着前方，一言不发，随后微微一笑，似在凝望某种令他愉悦的未来景象。

"我无所谓，"他翻了一页百科全书，"我在哪儿都活得下去。"

"太棒了，"谢播德说，"太棒了。"

"他说，"孩子压低声音说，"你连左右手都分不清。"

沉默。

约翰逊舔了下手指，又翻了一页百科全书。

"我有话要对你俩说。"谢播德的语气波澜不惊。他的视线从一个男孩儿看向另一个，他说得很慢，好像他只说一次，他们得听好了。"我要是在乎鲁弗斯怎么看我，"他说，"我就不会让他留在这儿了。鲁弗斯要帮我的忙，我也要帮他，我们俩将一起帮助你。如果我让鲁弗斯对我的看法影响了我能给予他的帮助，那就是我自私。如果我能帮助别人，我唯一想做的就只有帮助他。我可不是个狭隘小气之人。"

三个人都没说话。诺顿盯着椅子靠垫。约翰逊凑近看着百科全书里的小字。谢播德看着他俩的头顶，露出了笑容。毕竟，他赢了。男孩儿留下了。他伸手抚弄了一下诺顿的头发，拍了拍约翰逊的肩膀。"现在你们这俩家伙坐在这儿互相熟悉熟悉，"他开心地说着，向门口走去，"我去看看列奥拉给我们准备了什么晚餐。"

他出去后，约翰逊抬起头看着诺顿。孩子沉着脸也看着他。"上帝呀，孩子，"约翰逊哑着嗓子说，"你怎么受得了？"他绷着一张愤怒的脸，"他以为他是耶稣基督呢！"

二

谢播德家的阁楼面积挺大，没装修，房梁裸露着，也没有电灯。他们把望远镜支在了屋顶窗前的三脚架上。镜筒指向暗沉的天空，一弯薄如蛋壳的月亮刚刚从镶着银边的云朵后出来。屋内，放在箱子上的煤油灯将他们的影子投向上方房梁交会处，绞在一起，微微颤动。谢播德坐在一只包装盒上，透过望远镜看向天空，约翰逊坐在他的肘边等待。望远镜是谢播德两天前在典当行花十五美元买下的。

"别总占着。"约翰逊说。

谢播德站起身，约翰逊一屁股坐到盒子上，眼睛贴向镜片。

谢播德在离望远镜几英尺的一张直背椅上坐下，他很开心，脸红彤彤的。这个梦想已经实现了。不到一周，他已使男孩儿的视线穿过窄窄的筒道望向了星辰。他心满意足地看着约翰逊那弓起的背。男孩儿穿着诺顿的一件格子衫，还有他给他买的崭新的卡其布裤子。鞋子下周就可以做好。男孩儿来的第二天，他就带他去了正畸用品店，给他定制了一只新鞋。约翰逊对那只脚很敏感，仿佛那是某种圣物。有着粉红色锃亮光头的年轻店员用他那双亵渎的手给他的脚量尺寸时，约翰逊一直阴沉着脸。鞋子会给男孩儿的态度带来重大转变。哪怕是脚不畸形的孩子，在拥有一双新鞋后也会爱上这个世界。每次诺顿有了新鞋，走路时一连几天都会盯着鞋子。

谢播德看向房间另一头的孩子。他靠着一只箱子坐在地板上，摆弄着一根找来的绳子，绕在自己的腿上，从脚踝到膝盖。他看上去那么遥远，谢播德觉得他像是从望远镜逆向看着他。自从约翰逊和他们住在一起，他也就打过他一回——那是第一晚，诺顿意识到约翰逊要睡在他妈妈的床上。他不相信打孩子有用，特别是在盛怒时。不过这一回，他不仅打了，而且还生着气，效果倒是挺好。此后诺顿再没给他找麻烦。

孩子对约翰逊并没有主动表现出慷慨大方，不过对他无法左右的事,他好像也就认了。每天上午,谢播德都打发他俩去基督教青年会的游泳馆,给他们些钱在餐厅吃饭,然后让他们下午去公园找他,看他的"小联盟"棒球队训练。每天下午他们到公园时,都是拖着脚、慢腾腾、默默地走着,面无表情,各怀心事,似乎意识不到对方的存在。至少他俩没打架。他该知足了。

诺顿对望远镜没兴趣。"你不想起来看看望远镜吗,诺顿?"他问。对任何需要智力的事,孩子都表现不出好奇心,这点令他颇为烦恼。"鲁弗斯可要把你落远了。"

诺顿心不在焉地向前探了探身,看着约翰逊的背。

约翰逊转过身来。他的脸庞日渐丰润,愤怒之色已从深陷的双颊退却,躲入眼窝中,仿佛是难民,要逃离谢播德的善意。"不要浪费你宝贵的时间,孩子,"他说,"月亮看一次也就够了。"

谢播德被这突来的怪话逗乐了。只要男孩儿觉得某件事是为了促他进步,他就抗拒。每当他对某事兴致盎然时,定要设法给人留下他感觉无聊的印象。谢播德没上当。约翰逊正在悄悄领会他想让他知道的事——侮辱对他的恩主没有影响,他那件以仁慈和耐心制成的铠甲没有任何裂缝,短剑长矛都毫无机会。"有一天你会上月球的,"他说,"十年后,人们或许可以从月球定期往返。你们这些孩子或许会成为太空人呢。宇航员!"

"宇航怪吧。"约翰逊说。

"不管是怪,还是员,"谢播德说,"很有可能,你,鲁弗斯·约翰逊,会登上月球。"

约翰逊的目光深处有些什么东西被触动了。一整天,他的情绪都很糟。"我不会登月的,不会活着到那儿,"他说,"等我死了,我会下地狱。"

"登月至少还有可能。"谢播德冷冰冰地说。应对这种话的最佳方式就是温柔的嘲讽。"我们能看到月亮。我们知道月亮就在那儿。没有人给出过可靠的证据证明地狱存在。"

"《圣经》给出了证据,"约翰逊阴郁地说,"如果你死后去了那里,就会被火烧,永无止歇。"

孩子向前探了探身。

"谁说地狱不存在,"约翰逊说,"谁就违背了耶稣。死者会被审判,恶人会受罚。他们被火烧时,会哭泣,会咬牙。"他接着说,"永远在黑暗中。"

孩子张开了嘴,眼睛似乎陷了进去。

"撒旦掌管那里。"约翰逊说。

诺顿突然跳起,朝谢播德歪歪斜斜跨了一步。"她是在那儿吗?"他大声问,"她是在那儿被火烧吗?"他踢开脚边的绳子,"她身上着火了吗?"

"哦,天哪,"谢播德咕哝道,"没有,没有,她当然没有。鲁弗斯搞错了。你母亲哪里都不在。她没有不幸福。她只是不存在了。"如果在他妻子去世时,他跟诺顿说她去了天堂,有一天他还会见到她,谢播德现在的日子会好过些,但他不允许自己以谎言将他养大。

诺顿的脸开始扭曲,下巴上出现了一个结。

"听着,"谢播德把孩子拉到身边,迅速说,"你妈妈的精神在其他人身上活着,如果你像她一样善良慷慨,她的精神就活在你身上。"

孩子那淡蓝的眼睛因不信而变得冷峻。

谢播德的心情由怜悯而生厌烦。这个男孩儿宁愿她在地狱，也不愿她不存在。"你明白吗？"他说，"她不存在了。"他把手放在孩子的肩头，以恼怒但稍和缓的语气说，"我只能告诉你，真相。"

孩子没有哭闹，只是挣脱他，拉住了约翰逊的袖子。"她在那儿吗，鲁弗斯？"他说，"她在那儿吗，在被火烧吗？"

约翰逊的眼睛闪着亮光。"这个嘛，"他说，"如果她是邪恶的，她就在那儿。她是个娼妇吗？"

"你母亲不是娼妇。"谢播德厉声说。他仿佛在开着一辆没有刹车的汽车。"好了，我们不说这些傻话了。我们刚才在谈月球。"

"她信耶稣吗？"约翰逊问。

诺顿一脸茫然，顿了顿，说道："是的。"他似乎意识到这样说是必须的，"她信，一直信。"

"她不信。"谢播德咕哝了一句。

"她一直都信，"诺顿说，"我听她说过她一直都信。"

"那她得救了。"约翰逊说。

孩子仍然一脸迷惑。"在哪儿？"他说，"她在哪儿？"

"在高处。"约翰逊说。

"那是哪里？"诺顿倒吸了口气。

"在天上什么地方，"约翰逊说，"但你要去那儿，就得先死掉。你不能坐着宇宙飞船去。"他的眼睛里有一道窄窄的光束，仿佛瞄准了目标。

"人类要上月球了，"谢播德严肃地说，"这就像几十亿年前，从水中爬到陆地上的第一条鱼。他没有适合陆地的装备，必须从内部去适应，就长出了肺。"

"我死以后，会下地狱还是去她那里？"诺顿问。

"现在，你会去她去的地方，"约翰逊说，"但如果你活得足够长，你就会下地狱。"

谢播德猛地站起身，拿起煤油灯。"关窗，鲁弗斯，"他说，"我们该睡觉了。"

走下阁楼台阶时，他听见约翰逊在他身后大声耳语："明天我把一切都告诉你，孩子，等这位主不在的时候。"

第二天两个男孩儿来球场时，他看见他们从看台后面出来，沿着球场边走。约翰逊的手搭在诺顿的肩上，头靠向小一些的孩子的耳边，孩子的脸上有种全然的自信，如见曙光。谢播德的脸色愈发难看了。这是约翰逊激怒他的手段，但他是不会发怒的。诺顿不够聪明，毁不到哪儿去。他盯着孩子那张聚精会神的愚钝的小脸。何必要让他出类拔萃？天堂地狱都是给普通人准备的，而他就是个普通人。

两个男孩儿来到看台上坐下，离他有十英尺远，面对着他，但谁也没跟他打招呼。他看了一眼身后，"小联盟"球员们已在球场上散开。他朝看台走去。待他靠近，约翰逊便不再喊喊喳喳了。

"你们这俩家伙今天做什么了？"他和善地问。

"他在跟我说……"诺顿开口了。

约翰逊用胳膊肘捅了一下孩子的侧肋。"我们什么都没做。"他说。他的脸上似乎盖着一层茫然的釉彩，却又透出明目张胆的傲慢心机。

谢播德感到脸颊发热,但什么也没说。一个穿着"小联盟"队服的孩子跟着他过来,用球拍捅了捅他的腿后侧。他转过身,搂着男孩儿的脖子,与他一同回到球场。

那天晚上,他去阁楼找男孩子们一起看望远镜,却只见诺顿独自在那儿。他坐在包装盒上,弓着背,聚精会神地向望远镜里看。约翰逊不在。

"鲁弗斯在哪儿?"谢播德问。

"我说,鲁弗斯在哪儿呢?"他提高了声调。

"出去了。"孩子没转身。

"去哪儿了?"谢播德问。

"他只说要出去。他说看烦了星星。"

"明白了。"谢播德闷闷地说道。他转身走下阁楼,房子里找了个遍,也没找到约翰逊。随后他去客厅坐下。昨天,他还确信已经搞定了那男孩儿。今天,却要面对失败的可能。他太宽容了,太迫切地想讨约翰逊的欢心。他感到一阵愧疚。约翰逊喜不喜欢他有什么关系?对他来说有什么意义?等男孩儿回来,有些事情他们得说清楚。只要你还住在这儿,就不能晚上独自出去,明白吗?

我不必住在这儿。住不住在这儿,我根本无所谓。

哦,天哪,他想。他可不能把事情弄到那步田地。他要强硬,但不能小题大做。他拿起了晚报。他一直够善良,够耐心,但他不够强硬。他坐在那儿拿着报纸,却没有读。如果他不表现出强硬,男孩儿就不会尊重他。门铃响了,他去开门。打开门,他向后退了一步,痛苦与失望写在了脸上。

一位表情严峻的大个子警察站在门廊上,拉着约翰逊的胳膊肘。一辆警车停在路边。约翰逊脸色煞白,向前伸着下巴,似乎在努力不让它颤抖。

"他惹下大麻烦了,所以我们先把他带到这儿来,"警察说,"现在你也见到他了,我们要把他带到局里去,问些问题。"

"出什么事了?"谢播德喃喃地问。

"街角那所房子,"警察说,"被砸得够可以的,盘子碎了一地,家具都掀翻了⋯⋯"

"我跟那事儿没关系!"约翰逊说,"我好好地走着我的路,这警察上来就抓住了我。"

谢播德严肃地看着男孩儿,没有尝试缓和自己的表情。

约翰逊的脸红了。"我就是在走路。"他咕哝道,声音里没有一点可信度。

"走吧,小子。"警察说。

"你不会让他把我带走的,是不是?"约翰逊说,"你相信我,是不是?"他的声音带着恳求,谢播德从来没有听到过。

这点至关重要。男孩儿必须知道犯下罪行,他就得不到保护。"你必须跟他走,鲁弗斯。"他说。

"我跟你说了我什么都没做,你还是会让他带我走?"约翰逊尖声问道。

谢播德越发感到受了伤害,脸色也越来越难看。他还没有机会把鞋子给他,男孩儿就让他的希望落了空。他们是打算明天去取鞋的。他的所有遗憾突然都转到了鞋子上,看到眼前的约翰逊,他的怒火又蹿高了一倍。

"你摆出一副完全信任我的样子。"男孩儿咕哝道。

"我的确信任过你。"谢播德说,脸板得像块木头。

约翰逊转身跟着警察走了,不过在他走前,一束纯粹的仇恨之光从他的眼底射向了谢播德。

谢播德站在门内,目送他们上了警车离开。他唤起了他的同情心。明天他会去警察局,看看能做点什么,帮他摆脱麻烦。在牢里待一晚对他没什么坏处,这次经历会告诉他,他如此对待一个对他唯有善意的人,就必须受到责罚。然后他们就去取鞋。或许在牢里待一晚,那只鞋对他会更有意义。

第二天早晨八点钟,警官打来电话说他可以来接约翰逊了。"那案子是一个黑鬼干的,"他说,"跟你的男孩儿没关系。"

十分钟后,羞红了脸的谢播德来到了警察局。外间办公室死气沉沉,约翰逊驼着背坐在长凳上,在读一本警界杂志。屋子里没有别人。谢播德在他身旁坐下,试探性地将手搭在他的肩上。

男孩儿抬头看了一眼——撇了撇嘴——又低头去看那本杂志。

谢播德感到浑身难受,突然强烈地意识到这事儿他做得有多丑陋。他本有可能在这个节点,将他引上正确的方向,永绝后患,可他却让他失望了。"鲁弗斯,"他说,"我向你道歉。我错了,你是对的。我对你做出了错误的判断。"

男孩儿继续看杂志。

"对不起。"

男孩儿舔了下手指,翻了一页。

谢播德鼓足了勇气。"我是个傻瓜,鲁弗斯。"他说。

约翰逊的嘴角微微向旁一撇,耸了耸肩,仍然低头看杂志。

"这件事,你可以忘掉吗?"谢播德说,"不会再有第二次了。"

男孩儿抬起头,目光明亮,却不友好。"我会忘记这件事,"他说,"但你最好记住。"他起身,昂首阔步朝门口走去。走到屋子中间,他转身对谢播德摆了下手。谢播德腾地跳起来,跟着他往外走,仿佛男孩儿拽动了一根看不见的锁链。

"你的鞋子,"他急切地说,"今天可以去取你的鞋子了!"谢天谢地还有鞋子。

他们来到正畸用品店,却发现鞋子小了两号,再做一只新鞋还要等上十天。约翰逊的情绪立刻好起来。显然是店员给他量尺寸时搞错了,但男孩儿坚持说是他的脚长大了。他喜滋滋地离开了商店,仿佛那只脚是凭借自己的灵感长大了似的。谢播德一脸愁苦。

这件事后,他更加倍努力了。约翰逊已对望远镜失去兴趣,他就买了台显微镜和一盒现成的切片。如果他不能以浩渺无垠来打动男孩儿,那就试试微眇纤毫吧。一连两个晚上,约翰逊似乎都沉浸在新仪器里,但突然之间就又失去了兴趣,不过他好像挺满足于晚上坐在客厅里读百科全书。他如饥似渴地读着百科全书,一页又一页,没有丝毫困顿。似乎每个条目都进到他的脑袋里,被蹂躏一番,又扔了出去。没有什么比看到男孩儿低着头,闭着嘴,坐在沙发里读书的样子,更让谢播德开心了。就这样过了两三个晚上,谢播德又开始展望未来了。他的信心已回归。他知道有一天他会为约翰逊感到骄傲。

周四晚，谢播德去参加市政会议。去开会的路上，他把两个孩子放在了影院门口，回家时再接他们。他们到家时，一辆汽车正在房前等待，挡风玻璃上方顶着红灯。谢播德拐到车道上时，车灯照亮了坐在那辆车里的两张阴沉的脸。

"警察！"约翰逊说，"又是哪个黑鬼闯进了谁家的房子，又来找我的麻烦。"

"我们看看是怎么回事。"谢播德咕哝道。他把车停在车道上，关了车灯。"你俩回房睡觉去，"他说，"我来处理这事。"

他下了车，大步向警车走去，头伸进车窗里。两名警察默默地看着他，心照不宣。"谢尔顿街和米尔斯街交叉路口的一栋房子，"坐在驾驶座上的警察说，"像是被火车碾过似的。"

"他刚才在市中心的电影院，"谢播德说，"我儿子和他在一起。他与上次那件事无关，他与这件事也无关。我可以担保。"

"我要是你，"靠近他的警察说，"我才不会为他这样的小杂种担保呢。"

"我说了我可以担保，"谢播德冷冷答道，"你们这些家伙上次就搞错了。不要一错再错。"

警察对视一眼。"作死的不是我们。"驾驶座上的警察说着转动钥匙，发动了引擎。

谢播德进屋来到客厅，坐在黑暗中。他不怀疑约翰逊，他也不想让男孩儿觉得他怀疑他。如果约翰逊认为他又怀疑他了，那他就什么都失去了。不过他想知道他的不在场证据是否严丝合缝。他想去诺顿的房间问他约翰逊有没有离开过影院。但那样做会更糟。约翰逊会知道他做了什么，会被激怒。他决定自己去问约翰逊，不绕圈子。他在脑子里过了一遍要怎么说，然后起身来到男孩儿的门口。

门开着，似乎正等着他来，虽然约翰逊已经上床了。借着走廊的灯光，谢播德可以隐隐看到被子下面约翰逊的身形。他走进屋子，站在床尾。"他们走了，"他说，"我跟他们说你与那件事无关，我可以担保。"

枕头传来一声咕哝："好。"

谢播德犹豫片刻。"鲁弗斯，"他说，"你没有因为什么事离开过影院，对吧？"

"你摆出一副完全信任我的样子！"一声怒吼猛然响起，"你根本就没有信心！你不相信我，跟以前没什么两样！"与能看到他的脸时相比，这个没有身体的声音，似乎更加笃定地来自约翰逊的内心深处。那是责备的呐喊，沾染了些许轻蔑。

"我对你是有信心的，"谢播德热切地说，"我对你完全信任。我相信你，完全相信你。"

"你时刻都在盯着我，"那声音愠怒地说，"等你问完了我这一堆问题，你会去对面再问诺顿一堆问题。"

"我什么都没打算问诺顿，根本就没想过，"谢播德温柔地说，"我一点不怀疑你。你根本没时间从市中心的影院跑到这儿来，闯入一栋房子，又回到影院。"

"这就是你相信我的原因！"男孩儿喊道，"——因为你认为我做不到。"

"不，不！"谢播德说，"我相信你是因为我相信你有头脑，也有胆识，不再惹麻烦。我相信到现在为止，你已经足够了解你自己了，知道你不需要做那样的事。我相信只要你愿意，你就可以成就自己。"

约翰逊坐了起来。一束微光打在他的额上，但谢播德看不见他的面容的其他部分。"如果我想闯入房子，我是有时间的。"他说。

"但我知道你没有那么做，"谢播德说，"在我心里，没有一丝一毫的怀疑。"

沉默。约翰逊躺下了。之后，一个低沉沙哑的声音，似乎是强努着说道："如果你想要的都有了，就不想偷东西砸东西了。"

谢播德屏住了呼吸。男孩儿在感谢他！他在感谢他！他的声音中有感激，有谢意。他站在那儿，傻乎乎地在黑暗中微笑，试图留住这一刻。他情不自禁地朝枕头走了一步，伸出手轻抚约翰逊的额头。额头冰冷而干燥，如生锈之铁。

"我明白。晚安，孩子。"他迅速转身离开了房间，关上门，站在原地激动不已。

对面，诺顿的房门开着。孩子侧躺在床上，看着走廊里透进来的灯光。

从此以后，与约翰逊相处会顺顺当当。

诺顿坐起来，冲他招了招手。

他看见了孩子，但他立刻移开了视线。如果进去跟诺顿说话，就会毁掉约翰逊的信任。他在犹豫，原地站了片刻，装作什么都没看到。明天就是他们取鞋的日子。他们之间的好感将达到高潮。他立即转身回到了自己的房间。

孩子坐在床上，盯着父亲刚才站的地方，过了一会儿，待视线散漫，便躺下了。

第二天，约翰逊脸色阴郁，也不说话，似乎为曾经吐露心迹而感到羞愧。他耷拉着眼皮，好像已经退回到自己的内心世界，那里正在历经某种危机，需要痛下决心。谢播德迫不及待要赶去正畸用品店。他把诺顿留在了家里，因为他不想分心。他想要尽情地细察约翰逊的反应。男孩儿似乎并没有因为要得到新鞋而欢喜，甚至没有兴趣，不过待鞋子成为现实，他必定会为之感动。

正畸用品店是座混凝土建成的小型仓库，墙边堆满各种折磨人的设备。地板则被轮椅和助行器占据了一大半。墙上挂着各种拐杖、支架。义肢放在架子上，有腿、胳膊和手，还有爪子和钩子，皮带及背带，以及形形色色的奇怪用具，用于叫不出名字的各种残疾。房间中央的一小块空地上，有一排黄色塑料软椅和一只试鞋凳。约翰逊蔫头耷脑地坐在椅子上，闷闷地看着置于凳上的那只脚。鞋子的脚趾部位又开裂了，他用帆布打了个补丁；还有一处，他好像是用鞋子原有的鞋舌补了一块。两边用麻绳系在一起。

谢播德兴奋得脸都红了；心脏跳得异常之快。

店员腋下夹着鞋子从商店后部走出来。"这回没问题了！"他说。他跨坐在试鞋凳上，举着鞋子微笑，似乎他是用魔法将其变出来的。

那是一只奇形怪状、光滑的黑东西，亮闪闪地冒着贼光，看似一只抛光过度的笨重武器。

约翰逊沉着脸看着那只鞋。

"有了这只鞋，"店员说，"你都意识不到是在走路。你会感觉是在马背上！"他低下他那粉粉的秃头，小心翼翼解开麻绳。店员脱下约翰逊的旧鞋，仿佛是在给一只半死不活的动物剥皮，神情紧张。那团被剥除了鞋子的脚,穿着脏袜子,让谢播德感到一阵恶心。他把目光转向别处,直到那只脚穿上了新鞋。店员迅速系上鞋带。"现在站起来走一走,"他说,"看看是不是动力十足。"他冲谢播德眨了眨眼。"穿上那双鞋,"他说,"他不会知道有只脚不正常。"

谢播德喜笑颜开。

约翰逊站起来走了几码。他走路的姿势很僵硬,短的那一侧几乎没有下沉的动作。他站了一会儿,僵僵的,背对着他们。

"太棒了!"谢播德说,"太棒了。"好像他给了男孩儿一条新脊柱似的。

约翰逊转过身,嘴抿成了一条冷冷的线。他坐回到椅子上,脱掉鞋,把脚塞进旧鞋里,开始系麻绳。

"你是想带回家试试再说吗?"店员咕哝道。

"不,"约翰逊说,"我才不穿这只鞋呢。"

"有什么问题吗?"谢播德问,提高了音调。

"我不需要什么新鞋,"约翰逊说,"需要时,我可以自己搞到。"他的脸板得如石头般僵硬,眼中却有丝胜利之光。

"孩子,"店员说,"你是脚有毛病,还是脑子有毛病?"

"把你的脑壳扔水里泡泡吧,"约翰逊说,"都着火了。"

店员沮丧但不失尊严地站起身,没精打采地提溜着鞋带,问谢播德要如何处理这只鞋。

谢播德的脸因愤怒涨得发紫,直勾勾地盯着面前装着一只假臂的皮制束身衣。

店员又问了他一遍。

"包起来。"谢播德咕哝道。他把目光转向约翰逊。"他还不够成熟，消受不了，"他说，"我还以为他不会这么孩子气呢。"

男孩儿斜眼瞟了他一下，"这不是你第一次搞错。"

那天晚上，他们像往常一样坐在客厅里看书。谢播德闷闷不乐地躲在《纽约时报》周日版的后面。他想让自己的心情好起来，但一想到那只被拒绝的鞋，一股新的怒火就又冲上来。他不敢看约翰逊，生怕压不住火。他意识到男孩儿之所以拒绝那只鞋是因为他没有安全感。约翰逊被自己的感激之情吓到了。他知道自己正在成为一个新人，却不知该如何看待那个新人。他明白过去的自己受到了威胁，他头一次面对自己，面对他的可能性。他在探寻他到底是谁。谢播德勉强感到对男孩儿的同情稍稍回来了一些。几分钟后，他放下报纸，看着约翰逊。

约翰逊坐在沙发里，盯着百科全书的上方，一副出神的样子，好像在听远处的什么声音。谢播德专注地看着他，但男孩儿仍然在听着什么，没有回头。可怜的孩子迷失了自我，谢播德想。这一晚上他都在这儿坐着，闷闷不乐地看报纸，一句打破僵局的话都没说。"鲁弗斯。"他说。

约翰逊仍然像木头人似的呆坐着，静静地听着。

"鲁弗斯，"谢播德用绵软的声音缓缓说道，"在这世上，你想成为什么样的人都可以。你可以成为科学家，或建筑师，或工程师，或你想成为的任何人，不论你想成为什么样的人，你都会是其中的佼佼者。"他想象着自己的声音穿透重重迷雾，直抵躲在灵魂黑洞深处的男孩儿。约翰逊向前探着身，却没转头。街上，一辆车关上了车门。寂静。门铃突然狂躁地响起。

谢播德跳起来，走过去打开门。上次来过的警察站在门口，警车等在路边。

"让我见见那个男孩儿。"他说。

谢播德皱起眉，站到一旁。"他整晚都在这儿，"他说，"我可以保证。"

警察走进客厅。约翰逊似乎在专心看书。很快他抬起头，一脸不满，仿佛一位被打扰的正在工作的伟人。

"大概半小时前，你透过温特尔大道的那间厨房的窗户在看什么，小子？"警察问。

"不要再迫害这孩子了！"谢播德说，"我保证他一直在这儿。我跟他在一起。"

"你听见他的话了，"约翰逊说，"我一直在这儿。"

"不是什么人都能留下你那样的足迹。"警察说着看了看那只畸形的脚。

"那不可能是他的足迹，"谢播德愤怒地吼道，"他一直在这儿。你在浪费你的时间，你在浪费我们的时间。"他感觉"我们"一词将他和男孩儿绑在了一起。"我受够了，"他说，"你们这些家伙真是懒透了，不愿出去抓犯事儿的人。想都不想就跑到这儿来。"

警察没理会他，继续盯着约翰逊，肉乎乎的脸上，一双小眼睛很机警。终于他转向门口。"我们迟早会逮到他的，"他说，"抓个正着，脑袋进了窗，尾巴还在外。"

谢播德跟着他到了门口。警察一出去，他就重重地关上了门。他的情绪高涨。这正是他需要的。他转过身,脸上满是期待。

约翰逊已经放下了书,坐在那儿狡黠地看着他。"谢谢。"他说。

谢播德停下了脚步。男孩儿的表情如饿狼一般,嘲弄地看着他,不加丝毫掩饰。

"你说谎的水平也不差啊。"他说。

"说谎?"谢播德喃喃道。难道男孩儿离开过,又回来了?他感到厌恶。接着一股怒火驱使他冲上前去。"你离开过?"他愤怒地问,"我没看到你离开。"

男孩儿只是微笑。

"你去阁楼找过诺顿。"谢播德说。

"没有,"约翰逊说,"那孩子疯了。除了看那架臭望远镜,他什么都不想做。"

"我不想听诺顿的事,"谢播德厉声说,"你去哪儿了?"

"我就独自坐在那只粉马桶上,"约翰逊说,"没有证人。"

谢播德掏出手帕擦了擦额头,勉强挤出一丝微笑。

约翰逊翻了个白眼。"你不信我。"他说。他的声音就像两天前的那个晚上,在那黑乎乎的房间里一样嘶哑。"你摆出一副完全信任我的样子,其实你根本不信。出了事,你就会像他们一样消失。"那嘶哑的声音变得夸张、滑稽,嘲弄的意味显而易见。"你不信我。你没有信心,"他拉长了声音,"你也不比那个警察聪明。还说什么足迹——那就是个套儿。根本没有足迹。那地方后面全铺的是水泥地,我的脚还是干的。"

谢播德慢慢把手帕放回兜里,沉沉地倒在沙发上,盯着脚下的地毯。男孩儿那畸形的脚正在他的视野之内。那只七拼八凑的鞋子仿佛约翰逊的脸，咧着嘴对他笑。他抓住沙发靠垫的边缘，指关节变白了。冰冷的仇恨令他颤抖。他恨那只鞋，恨那只脚，恨那个男孩儿。他脸色苍白，仇恨堵住了喉咙。他被自己吓到了。

他抓住男孩儿的肩，抓得紧紧的，仿佛一松手他就会摔倒。"听着，"他说，"你往那扇窗里看就是为了让我难堪。这就是你唯一的目的——为了撼动我要帮助你的决心，但我的决心没有动摇。我比你强大。我比你强大，我要拯救你。善终将取得胜利。"

"若非真善，就不会胜利，"男孩儿说，"若非正确，就不会胜利。"

"我的决心没有动摇，"谢播德重复道，"我要拯救你。"

约翰逊又露出狡黠之色。"你救不了我，"他说，"你会跟我说离开这栋房子。那两回也是我干的——第一回，还有我本应待在影院的那回。"

"我不会叫你离开的，"谢播德说，语调平淡而机械，"我要拯救你。"

约翰逊猛地把头伸向前方。"拯救你自己吧，"他咬着牙说，"除了耶稣，没人能救我。"

谢播德大笑两声。"你骗不了我，"他说，"在管教所时我就把那种想法从你脑袋里冲跑了。至少，我把你从那种念头里拯救了出来。"

约翰逊的面部肌肉变得僵硬，厌恶之情在他脸上见棱见角地浮现出来，谢播德不由得后退两步。男孩儿的眼睛仿佛两面哈哈镜，谢播德看到了镜中自己那丑陋怪诞的形象。"我会让你看个明白。"约翰逊低声说。他突然站起身，径直朝门口走去，似乎是迫不及待地要逃离谢播德的目光，不过他走出去的是通往走廊的门，而非前门。沙发里谢播德转头看着身后男孩儿消失的地方，听到男孩儿的房门嘭的一声关上了。他没走。谢播德眼中的紧张之色消失了，看起来木讷、没有生气，似乎他这才意识到男孩儿的坦白给他带来的震动。"要是他干脆离开，"他喃喃道，"要是他现在主动离开。"

第二天早晨，约翰逊来吃早饭时，穿上了来时穿的那件姥爷的衣服。谢播德假装没注意，但他一眼就明白了那件他本就知道的事：他被困住了，如今只剩意志战，而且约翰逊会胜出。他希望自己从未见过这个男孩儿。他的同情心所遭遇的失败令他麻木。他尽快出了家门，一整天都在为晚上回家惴惴不安。他隐隐希望，或许回家时男孩儿已经走了。穿上他姥爷的衣服或许意味着他要走了。下午，这种期望愈发强烈。当他回到家打开前门时，心咚咚直跳。

他在门厅停下脚步，默默地向客厅里看了看，期待的表情消失了，面容似乎突然变得像他的白发一样苍老。两个男孩儿并肩坐在沙发上，在读同一本书。诺顿的脸颊靠在约翰逊的黑衣服的袖子上。约翰逊的手指在他们读的那一行下方滑动。哥儿俩。谢播德呆呆地看着这场景约莫有一分钟。然后他走进屋里，脱下外套，扔在一把椅子上。两个男孩儿都没注意到他。他去了厨房。

列奥拉每天下午离开时都会把晚餐放在炉子上，谢播德把饭菜摆上餐桌。他感到头疼，神经绷得紧紧的。他在厨房高凳上坐下，动也不想动，陷入了深深的绝望。他在想他能否激怒约翰逊，让他自己离开。昨晚激怒他的是耶稣那档子事。耶稣的事或许令约翰逊愤怒，他却因之感到压抑。为什么不干脆让他走？承认失败。一想到要再次面对约翰逊，他就感到恶心。男孩儿看他的眼神就好像有罪的是他，好像是他患上了道德麻风病。他知道自己是个好人，知道自己无可指摘，他也没有因此沾沾自喜。他现在只是控制不了对约翰逊的感觉。他想要同情他。他想要具备帮助他的能力。他期盼回到房子里只有他和诺顿的日子，那时他只需与孩子那简简单单的自私相搏，还有他自己的孤独。

他站起身，从架子上拿下三只餐盘，来到炉边，心不在焉地将菜豆和肉丁土豆倒在盘子上。把食物摆上餐桌后，他叫孩子们来吃饭。

他们拿着书进来。诺顿推着他的餐具绕过桌子，来到约翰逊那边，又将椅子搬到约翰逊身旁。他们坐下，书放在中间，一本有着红色书边的黑皮书。

"你们在读什么书？"谢播德问，坐在了桌边。

"《圣经》。"约翰逊说。

上帝赐予我力量，谢播德低语道。

"我们是从十美分店顺走的。"约翰逊说。

"我们？"谢播德咕哝道。他转头怒冲冲地看着诺顿。孩子神采奕奕，眼里闪着兴奋的光。他这才注意到孩子的变化。他看起来很警觉，穿着一件蓝色格子衬衣，谢播德从来没见过他的眼睛蓝得如此明亮。他在他身上看到了一种奇怪的新生，一种恶的迹象，全新的、更为粗野的恶。"这么说你现在偷东西了？"他气哼哼地看着他，"你没学会慷慨，倒学会偷窃了。"

"不，他没偷，"约翰逊说，"偷东西的人是我。他不过是在一旁看着。他可不能玷污了自己。我反正无所谓。我怎么都要下地狱的。"

谢播德没说话。

"除非，"约翰逊说，"我忏悔。"

"忏悔吧,鲁弗斯,"诺顿用恳求的声调说,"忏悔吧,听到了吗?你不想去地狱的。"

"别胡扯了。"谢播德严厉地看着孩子。

"我要是忏悔了,我就会成为一名牧师,"约翰逊说,"做就不能只做一半。"

"你想成为什么,诺顿,"谢播德干脆地问,"也想成为牧师吗?"

孩子的眼中闪过一阵狂喜。"宇航员!"他喊道。

"好极了。"谢播德苦涩言道。

"如果你不信耶稣,那些宇宙飞船不会带给你什么好处。"约翰逊说。他舔了下手指,翻动书页。"等我找出来念给你听。"他说。

谢播德探身向前,用低沉而愤怒的声音说:"把《圣经》收起来,鲁弗斯,吃你的饭。"

约翰逊继续找那段话。

"把那《圣经》收起来!"谢播德吼道。

男孩儿停下,抬头看着他,表情惊讶,却又欣喜。

"那本书是为了让你能躲在它后面,"谢播德说,"是给胆小鬼准备的,那些不敢独立思考,不敢自己想问题的人。"

约翰逊两眼放光。他把自己的椅子向后撤了一点。"撒旦控制了你,"他说,"不仅是我,还有你。"

谢播德伸手越过桌子想要夺书,约翰逊一把抢走书,放在自己的腿上。

谢播德大笑。"你不相信那本书,你知道你不相信那本书!"

"我信!"约翰逊说,"你不知道我相信什么,不相信什么。"

谢播德摇了摇头。"你不相信。你太聪明了。"

"我没那么聪明,"男孩儿咕哝道,"你根本不了解我。就算我不信,这本书也是真理。"

"你不信!"谢播德一脸嘲讽之色。

"我信!"约翰逊上气不接下气地说,"我这就信给你看!"他打开腿上的书,撕下一页,塞进嘴里,死死盯着谢播德。下巴动得飞快,发狂一般,纸张随着咀嚼,咔哧作响。

"别嚼了,"谢播德的声音干巴巴的,透着疲惫,"别嚼了。"

男孩儿拿起《圣经》,用牙齿撕下一页,在嘴里磨着,眼睛喷出怒火。

谢播德伸手越过桌子,将书从他手中打掉。"走开。"他冷冷地说。

约翰逊咽下嘴里的东西,眼睛睁得大大的,仿佛光明之幻象正在他眼前展开。"我吃掉了!"他呼出一口气,"我吃掉了,就像以西结一样,口中觉得其甜如蜜!"[1]

"走开。"谢播德的双手在餐盘边握成了拳。

"我吃掉了!"男孩儿喊道,脸因惊异而变形,"我像以西结一样吃掉了,从今往后,我再也不吃你的食物,再也不吃了。"

"那就走吧,"谢播德轻轻地说,"走吧,走吧。"

男孩儿起身拿起《圣经》,朝门厅走去。他在门口停下脚步,一个即将迎接黑暗末世的小小黑影。"魔鬼掌控了你。"他兴高采烈地说,随

---

[1] 《旧约·以西结书》第三章第一至三节:"他对我说:'人子啊,要吃你所得的,要吃这书卷,好去对以色列家讲说。'于是我开口,他就使我吃这书卷,又对我说:'人子啊,要我所赐给你的这书卷,充满你的肚腹。'我就吃了,口中觉得其甜如蜜。"

即消失了。

晚餐后,谢播德独自坐在客厅。约翰逊已经离开了这栋房子,但他无法相信那男孩儿就这么走了。最初的解脱感已然过去。他感到沉闷、冷寂,如大病将袭,恐惧之雾已在他内心深处漫开。就这么走了,实在是虎头蛇尾,不合约翰逊的口味;他会回来的,再证明些什么。他兴许会一周后回来,把这地方付之一炬。现在发生什么事都算不上过分了。

他拿起报纸,打算读一读,很快就扔下报纸,起身来到门厅,侧耳细听。他可能躲在阁楼。他来到通往阁楼的门,打开。

灯亮着,微光打在楼梯上。他没听到什么动静。"诺顿,"他喊道,"你在上面吗?"没有回应。他走上窄窄的楼梯,探个究竟。

诺顿坐在煤油灯投下的藤蔓般怪异的暗影里,一只眼贴在望远镜上。"诺顿,"谢播德说,"你知道鲁弗斯去哪儿了吗?"

孩子背对着他,弓腰坐着,全神贯注,两只大耳朵在肩膀的正上方。突然他挥了下手,腰愈发弯了,似乎离他想要看的东西还不够近。

"诺顿!"谢播德大声说。

孩子没有动。

"诺顿!"谢播德喊道。

诺顿一惊,转过身。他的眼睛里有种非自然的明亮。俄顷,他似乎看清了是谢播德。"我找到她了!"他喘着粗气。

"找到谁了?"谢播德问。

"妈妈!"

站在门口的谢播德稳住了自己。孩子周围的暗影丛林愈发幽冥。

"来看呀！"他喊道。他用格子衬衣的衣角擦了擦脸上的汗水，又看向了望远镜，后背紧张得发僵，一动不动。突然他又挥了挥手。

"诺顿，"谢播德说，"望远镜里只能看到星团。好了，今晚看的时间够长了。该睡觉了。你知道鲁弗斯在哪儿吗？"

"她在那里！"他喊道，仍然对着望远镜，没转身，"她在冲我招手！"

"我要你十五分钟之内上床去。"谢播德说。稍后又说道："听见我说话了吗，诺顿？"

孩子疯狂地挥着手。

"我是认真的，"谢播德说，"十五分钟后，我会检查你是否已上床。"

他走下楼梯，回到客厅。又来到前门，向外匆匆看了一眼。繁星密布，他真是个傻子，居然以为约翰逊可以够到星辰。房子后面的小树林里，一只牛蛙低沉空洞地叫了一声。他回到客厅，在椅子上坐了几分钟，决定上床睡觉。他双手扶住椅子扶手，探身向前，只听到一声警笛，如宣告灾难来临的第一声尖叫，缓缓来到街区，靠近，到了房子外面，化为一声哀鸣，没了声响。

他感到肩头冰冷而沉重，如一件冰凌斗篷扔在了他身上。他打开了房门。

两名警察正走在步道上，中间是约翰逊的黑色身影，骂骂咧咧，双手分别和两位警察的手铐在一起。旁边跟着一位记者，还有一位警察等在警车里。

"你的男孩儿在这儿，"那位表情最为严峻的警察说，"我跟你说过吧？我们会逮到他的。"

约翰逊粗暴地把胳膊向下一拽。"是我在等你们！"他说，"要不是我想被抓住，你们是逮不到我的。是我的主意。"他是在对警察说话，却瞟着谢播德。

谢播德冷冷地看着他。

"你为什么想被抓到？"记者问，一边绕过警察跑到约翰逊身旁，"你为什么故意要被抓到？"

这个问题以及谢播德的样子似乎让男孩儿怒不可遏。"让你们看看这个锡制的大耶稣！"他咬牙切齿，一条腿踢向谢播德，"他以为他是神。我宁愿待在管教所里，也不愿待在他的房子里，我宁愿进监狱！魔鬼掌控了他。他连自己的左右手都分不清，他跟他那个疯小子一样愚蠢！"他顿了顿，直接抖出了他那妙不可言的结论，"他还暗示我！"

谢播德的脸白了，抓住了门框。

"暗示？"记者急切地问，"什么样的暗示？"

"不道德的暗示！"约翰逊说，"你以为是什么样的暗示？我才不听呢，我是个基督徒，我是……"

谢播德的脸因痛苦而僵紧。"他知道那不是真的，"他颤巍巍地说，"他知道他在说谎。我为他竭尽我所能。我为他做的比我为自己的孩子做的都要多。我曾希望拯救他，我失败了，但那是可敬的失败。我无可指摘。我没有暗示他。"

"你记得那些暗示吗？"记者问，"你能确切地告诉我们他都说了些什么吗？"

"他是一个肮脏的无神论者，"约翰逊说，"他说没有地狱。"

"行了，他们也见过彼此了，"警察意味深长地叹了口气，"我们走吧。"

"等等。"谢播德说。他走下一层台阶,死死盯着约翰逊的眼睛,要为拯救自己拼尽最后一搏。"说实话吧,鲁弗斯,"他说,"你不想让这谎言就这么持续下去的。你并不邪恶,你只是陷入了致命的困惑。你不必为那只脚补偿什么,你不必……"

约翰逊猛地冲向前去。"听听他呀!"他尖声叫道,"我说谎,偷东西,是因为我擅长这些!跟我的脚没关系!瘸腿的先入席!跛脚的会被召集在一起。当我为获救准备好时,耶稣会来拯救我,不是那个臭烘烘满嘴谎言的无神论者,不是那个……"

"说够了吧,"警察把他拽了回来,"我们只是想让你看到,我们抓到他了。"他对谢播德说。两位警察转身将约翰逊拖走了,约翰逊半转过身,仍在对着谢播德吼叫。

"瘸腿的会带走猎物!"他发出刺耳的尖叫,但声音已被捂在了车里。记者迅速挤进副驾,嘭地关上门,警笛响起,驶入了黑暗。

谢播德还站在那儿,微微弯着腰,仿佛一个挨了枪子儿却还坚持不倒的人。稍后,他转身回到屋内,又坐在刚才坐的椅子上。他闭上眼,看到约翰逊在警察局被记者团团围住,添油加醋地说着关于他的谎言。"我无可指摘。"他喃喃道。他的一举一动都是无私的,他没有任何保留,他牺牲了自己的名声,他为约翰逊做的比为他自己的孩子做的还要多。污秽包围着他,如空中的气味,如此切近,仿佛来自他自己的呼吸。"我无可指摘。"他重复道。他的声音听起来干巴巴地刺耳。"我为他做的比为我自己的孩子做的还要多。"他突然感到一阵恐慌。他听到了男孩儿那兴高采烈的声音。撒旦掌控了你。

"我无可指摘,"他又开始了,"我为他做的比为我自己的孩子做的还要多。"他听着自己的声音,却感觉是指控他的人在说话。他默默地又重复了一遍。

他的脸渐渐失去了血色,在白发光轮下,几乎成了灰色。那句话在他的脑海里回想,每个音节都仿佛一记重锤。他的嘴扭曲了。他闭上眼,不愿面对那启示。诺顿的脸在他眼前浮现,茫然而忧郁,左眼微微向外眼角倾斜,似乎不忍直面悲伤。他的心缩紧了。他清晰强烈地感到了对自己的厌恶,这让他几乎喘不过气来。他像一个贪吃者似的用善行来填补内心的空虚。他忽略了自己的孩子,只专注于喂养自己的幻象。他看到目光炯炯的魔鬼,那个人心的扬声器,正从约翰逊的眼中对他狞笑。他自己的幻象枯萎了,眼前一片黑暗。他坐在那儿动弹不得,惊骇不已。

他看到诺顿在望远镜前,看到他的背和双耳,看到他举起一只胳膊,疯狂地挥舞。对孩子的痛楚的爱骤然淹没了他,给他注入了生命。他看到小男孩儿的脸似乎变形了;那是他的救主;他的光。他快乐地呻吟着。他要为他补偿一切,再也不让他受苦。他会做他的母亲,他的父亲。他跳起来跑进他的屋里,他要吻他,要对他说他爱他,他再也不会让他失望。

诺顿房间里的灯亮着,床上没有人。他转身冲向阁楼,到了楼梯顶,一个撤步,如勒马悬崖。三脚架倒了,望远镜横在地板上。上方几英尺处,孩子挂在暗影丛林里,就在横梁下面,他从那里将自己射向了太空。

外邦为什么争闹?

Why Do the Heathen Rage?

* 《旧约·诗篇》第二章第一节:"外邦为什么争闹?万民为什么谋算虚妄的事?"

蒂尔曼在州首府中风了，在医院躺了两个礼拜，他去那儿是出差。他不记得自己如何被救护车拉回了家，但他妻子记得。她在他脚边的折叠座上坐了两个小时，目光须臾不曾离开他的脸。他的左眼向内扭曲，似乎只有那里还保留着他曾有的性情，燃烧着怒火。脸的其他部位已为死亡做好准备。公义是严峻的，找到了公义，她便心满意足。或许只有如此这般的毁灭才可以唤醒沃尔特。

他们到家时，两个孩子碰巧都在。玛丽·莫德正从学校开车回家，没留意后面的救护车。她三十岁，高挑身材，孩子般的圆脸，胡萝卜色的头发堆在头顶，从隐形发网里钻出来。她下车吻了母亲，看到蒂尔曼，倒吸了一口气；然后就一脸严肃地忙活起来。她大步走到后面的护理员身后，高声指挥他如何使担架绕过房前台阶的拐角。真有老师范儿，她母亲心想，彻头彻尾的老师。前面的护理员到了门廊，玛丽·莫德用教训孩子的声音厉声喊道："起来，沃尔特，开门！"

沃尔特坐着个椅子边儿，正全神贯注地看着门外的忙乱，一根手指夹在书里，救护车来之前，他正在看那一页。他起身打开纱门，护理员抬着担架穿过门廊进了屋。他紧紧盯着父亲的脸，显然是着了迷。"很高兴看到你回来，船长。"他举起手草草敬了个礼。

蒂尔曼那只愤怒的左眼似乎将他揽入了视野，却没有认出他的意思。

罗斯福站在门内候着，从今往后，他就不在院子里做零工了，而成了护工。他穿上了那件只在特殊场合才穿的白色外套，探身向前看看担架上是什么。他的眼里血丝鼓胀。突然之间，泪水蒙上了他的双眼，继而在他的黑色面颊上如汗水般闪光。蒂尔曼虚弱地用他那只还听使唤的胳膊对他草草示意。黑人跟随担架去了后面的卧室，鼻子一抽一抽，像是挨了打。

玛丽·莫德跟进去指挥着护理员。

沃尔特和他母亲留在门廊上。"关上门，"她说，"你把苍蝇都放进去了。"

她一直在观察他，在那张木然的大脸上寻找些迹象，被触动的紧迫感，或者现在必须由他统揽全局的责任感，必须做些什么，不论什么。如果他犯了错，哪怕把事情搞得一团糟，她都会很开心的，只要那意味着他做了些什么。但她看到什么都没有发生。他的眼睛在看着她，只是在镜片后面发着些微光。他看到了蒂尔曼脸上的每个细节；他看到了罗斯福的眼泪，玛丽·莫德的慌乱，现在他在观察她，看她作何反应。她把帽子扶了扶正，他的眼睛告诉她帽子滑到脑后了。

"你应该像刚才那样戴，"他说，"看起来歪得很随意。"

她板起脸，尽量显得很严肃。"现在该你负责了。"语气严厉而决绝。

他站在那儿，露出几乎觉察不出的笑容，什么都没说。就像一块吸附物,她想,吸附一切,什么都不往外给。在她面前的简直就是个陌生人,只是用着他们家的脸。他有着律师的那种抽身事外的笑容,跟她父亲一样,跟她祖父一样,长在同样的大下巴上,同样的罗马鼻下;也像他们一样有着不蓝不绿不灰的眼睛;很快他也会像他们一样谢顶。她的脸愈发严峻了。"你得接管打理这地方,"她的双臂交叉在胸前,"如果你要留在这儿的话。"

他的笑容消失了,瞪了她一眼,没有任何表情,接着目光越过她,越过外面的草地,越过四棵橡树,越过远处黑色的林线,望向午后的虚空。"我以为这里是家,"他说,"但以为又有什么用。"

她的心收紧了。那一刻她悟到他无家可归。这里不是家,哪里都不是家。"这里当然是家,"她说,"但是得有人管事啊。得有人让这些黑人干活。"

"我无法让黑人干活,"他咕哝道,"我最不擅长的大概就是这件事了。"

"该怎么做,我都会告诉你。"她说。

"哈!"他说,"你会的。"他看着她,脸上又浮现出那丝隐隐的笑容。"夫人,"他说,"您可是如鱼得水。您天生就是管事的。如果老头子早十年中风,我们都会比现在过得好。您可以赶着马车队穿过西部的穷山恶水。您可以阻止刁民群盲。您是十九世纪最后的英雄,您是……"

"沃尔特,"她说,"你是男人。我只是一介女流。"

"你们这一代女人,"沃尔特说,"比我们这一代男人要强。"

愤怒使她的嘴唇抿成了一条线,头微微颤动。"这种话,我是羞于说出口的！"她低声说。

沃尔特沉沉地落在他刚才坐的椅子上，打开书，脸上现出懒散之色。"我们这一代唯一的优点就是，"他说，"不羞于说实话。"他已经在看书了。她的采访结束。

她仍然站在那儿，身子僵硬，眼睛盯着他，厌恶而惊愕。她的儿子。她的独子。他的眼睛，他的头颅，他的笑容都是这个家族的样子，但在那之下，却与她见过的人完全不同。他的身上没有纯洁，没有正直，没有对罪恶或拣选的信念。她眼前的这个人逐善亦追恶，每个问题他都会看到方方面面，以致无法行动，无法工作，他甚至无法让黑鬼干活。任何邪恶都可能钻入那真空地带。上帝知晓，上帝知晓他会做出怎样的事来！想到此，她屏住了呼吸。

他什么都还没做。他已经二十八了，至少在她看来，他只对细微琐事感兴趣。他的神态就好像在等待什么大任，他什么都做不了，因为做了也只会被打断。他总是闲待着，她曾以为或许他想成为艺术家或哲学家之类，但并非如此。他不想以他的名义写任何东西。他给他不认识的人写信，给报纸写信，以此为乐。给陌生人写信时，他会署不同的名字，假装不同的人格。这是一种奇怪的、让人蔑视的小恶习。她的父亲和祖父都是品德高洁之人，他们对小恶的鄙夷甚至超过了大恶。他们知道自己是谁，知道自己该做什么才算不辜负。而她却无从知晓沃尔特都知道些什么，对事情都有些什么样的看法，不论什么事。他读书，但那些书都与现在没有任何关系。她常走到他身后，看到他放在一边的翻开的书，书中有些奇怪的段落画了线，那些段落会让她思索好几天。有一次她在楼上浴室的地板上看到一本他撂下的书，书中的一段话使她有种不祥的预感，折磨了她许久。

"爱应充满愤怒。"那段话的开头是这样写的，她心想，好吧，我的爱的确如此。她一直是愤怒的。接下去，"既然你已拒绝我的请求，或许你愿听听劝诫。你在你父的房里做什么，哦，你这个怯懦的士兵？你的壁垒、你的壕沟在哪里，你在前线度过的冬日在哪里？听啊！天空已传来战斗的号角，看我们的将军全副武装，踏云而来，将征服全世界。从我们的王的口中伸出一柄双刃剑，砍倒一切拦阻。你终于要从睡梦中醒来了，来到战场吧！抛开暗影，寻求阳光。"[I]

她翻到封面，看看这是本什么书。是一位叫圣哲罗姆的写给一位赫利俄多勒斯的信，批评他抛弃了沙漠。脚注说赫利俄多勒斯是公元三七〇年某著名团体中的一员，该团体在阿奎莱亚以哲罗姆为核心。他曾陪同哲罗姆去近东，打算过隐居生活。赫利俄多勒斯接着去了耶路撒冷，他们就此别过。最终，赫利俄多勒斯回到了意大利。晚年成为著名教士，阿尔蒂诺姆的主教。[II]

[I]《新约·启示录》第十九章第十一至十六节："我观看，见天开了。有一匹白马，骑在马上的称为诚信真实，他审判、争战，都按公义。他的眼睛如火焰，他头上戴着许多冠冕，又有写着的名字，除了他自己没有人知道。他穿着溅了血的衣服，他的名称为神之道。在天上的众军骑着白马，穿着细麻衣，又白又洁，跟随他。有利剑从他口中出来，可以击杀列国。他必用铁杖辖管他们，并要踹全能神烈怒的酒榨。在他衣服和大腿上有名写着说：'万王之王，万主之主。'"
[II] 圣哲罗姆（约347—419/420），基督教西方教会最伟大的圣经学者，用拉丁文翻译《圣经》，即拉丁通俗译本，又称武加大译本。该译本为中世纪天主教会的官方《圣经》版本。圣哲罗姆主张苦修生活。公元389年在耶稣出生地伯利恒建修道院，隐居此地，直至辞世。圣哲罗姆有多封书信传世，其中有写给赫利俄多勒斯的信。该信写于公元373或374年。赫利俄多勒斯曾为地方教会监察，他陪伴哲罗姆去巴勒斯坦朝圣隐修，但认为隐修并非他的志向所在，后放弃隐修回到意大利城市阿奎莱亚，重新在教会任职，最终成为意大利北部城市阿尔蒂诺姆主教。圣哲罗姆在信中流露出对赫利俄多勒斯放弃苦修之道的痛苦遗憾之情。

这就是他读的书——于当下毫无意义。就在那时,她恍然悟到了,这让她不太愉快,还有点震动。那位口中衔剑、前去施暴的将军,是耶稣。

启
示

Revelation

特平夫妇走进医生候诊室时几乎没有空座了。候诊室很小，特平太太又是个大块头，她的到来使候诊室显得越发局促。房间中央摆着一张放杂志的桌子，她魁然矗立在桌子一端，活生生地凸显出房间的逼仄与荒唐。她环顾四周，检视座位情况，小而亮的黑眼睛将所有病人尽收眼底。有一把椅子空着，沙发上还有个位置，一个约莫五六岁的金发小孩儿坐在那儿，穿着脏兮兮的蓝色连衣裤，该有人让他挪一挪，给女士让出座位。不过特平太太马上就明白没人会让他腾位置。他瘫坐在沙发上，胳膊耷拉在身体两侧，眼神空洞，拖着鼻涕。

特平太太的手坚定地放在克劳德的肩上，毫不顾忌别人会听到她说的话："克劳德，你去坐那把椅子。"说着便将他推向了空椅子。克劳德面色发红，秃顶，体格粗壮，比特平太太要矮一点。他坐在了椅子上，似已习惯听她吩咐。

特平太太仍然站着。房间里，除了克劳德，只有一个男人。一个干巴瘦的老头儿，青筋暴露，双手僵硬地放在两膝上，闭着眼，仿佛在睡觉，或是死了，或是装睡装死，这样就不用起身给她让座了。她的目光亲和友善地落在了一位衣着考究、头发灰白的女士身上,四目相对,那女士的神情似在说:如果那是我的孩子,他会有礼貌地挪开——沙发足够大,您和他都能坐下。

克劳德抬头看了一眼,叹口气,想要起身。

"坐下,"特平太太说,"你知道你的腿不好,不该站着。他的腿上有块溃疡。"她解释道。

克劳德把一只脚抬到放杂志的桌上,卷起裤腿,露出大理石般雪白的肥嘟嘟的小腿,腿肚上一片肿起的淤紫。

"哎呀!"那位和善夫人问,"您是怎么弄的?"

"被母牛踢的。"特平太太说。

"天哪!"夫人说。

克劳德把裤腿放下。

"或许小男孩儿可以挪一挪。"女士提出了建议,但孩子没动弹。

"很快就会有人离开的。"特平太太说。她不明白医生挣那么多钱,怎么会连间像样的候诊室都负担不起,他们不过是在医院门口露个头,看你一眼,一天就要收你五美元。这间候诊室比一个车库大不了多少。桌子上乱七八糟地堆着软塌塌的杂志,一只绿色大号玻璃烟灰缸放在一端,里面塞满烟蒂,还有带着些许血迹的棉球。要是让她来管理这地方,那只烟灰缸定会被经常清理。房间前侧的墙边没摆椅子,墙上镶着长方形护墙板,可以看到办公室里护士进进出出,秘书在听收音机。台子上摆着一只金色花盆,里面是塑料蕨类,枝叶几乎拖到地上。收音机里飘出轻柔的福音音乐。

就在那时,里间的门开了,护士的脸出现在门口,叫下一个病人,特平太太还从未见过盘得那么高的一头黄发。坐在克劳德旁边的女人双手抓住扶手，把身子撑起来；她整理了下裙子，慢腾腾地走进护士刚才所在的那道门。

特平太太坐在空出来的椅子上，椅子紧紧箍着她，仿佛一件束身衣。"但愿我能减肥。"她转了转眼球，滑稽地叹了口气。

"哦，**你**可不胖。"衣着入时的女士说。

"哦哦，我够胖的了，"特平太太说，"克劳德想吃什么就吃什么，体重从未超过一百七十五磅，而我呢，就只是看了那些好吃的一眼，就长肉了。"她的肚子和肩膀随着笑声颤抖。"你想吃什么就吃什么，是不是，克劳德？"她转身问他。

克劳德只是咧嘴笑了笑。

"嗨，只要有你这么好的性情，"衣着入时的女士说，"胖瘦一点关系都没有。什么都比不上好性情。"

坐在她旁边的是一个十七八岁的胖姑娘，怒视着一本厚厚的蓝皮书，特平太太看到书名是《人类发展》。女孩儿抬起头，愤怒的目光投向特平太太，好像不喜欢她。看书时有人说话，她似乎是为此而恼怒。可怜的姑娘脸色发青，长了许多痤疮。特平太太心想，这样的年纪有着这样一张脸真是不幸。她冲女孩儿友好地笑了笑，女孩儿却投来更加愤怒的目光。特平太太长得胖，皮肤却一向很好，虽然她已四十七了，脸上却没有皱纹，除了眼角，那是因为她笑得太多。

丑姑娘旁边就是那孩子，还是刚才的姿势。他旁边是位皮肤粗糙的瘦老太太，穿着一条棉布印花裙。她和克劳德在水泵间储存了三袋鸡饲料，袋子上的纹样与老太太的裙子一样。她一进屋就看出来那孩子是跟老太太一起来的。她是从他们的坐姿看出来的——茫然的白人垃圾，一副没人叫他们起来，他们就坐到世界末日的样子。与她成直角，坐在衣着入时的和善女士身旁的是个瘦长脸女人，显然是那孩子的母亲。她穿着一件黄色长袖运动衫，一条酒红色休闲裤，质地看着都很糟。嘴唇周围沾染着烟渍。一小条红色纸带将脏兮兮的黄发绑在脑后。随便找个黑鬼也比她体面，特平太太心想。

正在播放的福音赞美诗唱道："当我仰望，祂则俯视。"特平太太知道这首歌，心中补上了最后一句："有一天，我知道我将戴上王冠。"

特平太太总是暗中观察人们的脚。衣着考究的女士足蹬一双红黑双色麂皮鞋，以搭配她的裙子。特平太太穿了她那双质地优良的黑色高跟皮鞋。丑姑娘穿着女童子军鞋和厚袜子。老太太穿着网球鞋，那个白人垃圾母亲的脚上则像是卧室拖鞋，黑色秸草编着金线——就知道她会穿那样的鞋。

晚上有时睡不着，特平太太就会琢磨如果她不是自己，她会选择做什么样的人。如果耶稣在造她之前对她说："你现在只有两个地方可去。要么做个黑鬼，要么做个白人垃圾。"她会怎么说呢？"求您了，耶稣，求您了，"她会说，"让我再等等吧，等下一个空缺。"他会说："不，你必须现在就去，我只有两个地方，选吧。"她会扭来扭去，一再恳求，但终究无果，最后她会说："好吧，那就让我做黑鬼吧——不过不要做那种垃圾黑鬼。"他会使她成为一个干净整洁、受人尊敬的黑人女士，就是她自己，只不过有着黑皮肤。

坐在孩子母亲旁边的是一位还算年轻的红发女子，正在看桌上的一本杂志，嚼着口香糖，真是玩儿命嚼啊，用克劳德的话说。特平太太看不到她的脚。她不是白人垃圾,只是普通而已。夜里,特平太太有时会给人分层。垫底的是绝大多数黑人,不是她会成为的那种,而是大多数;接下去——不是之上,而是旁边——是白人垃圾;然后是上面的有房者,再往上是有房有地者,她和克劳德就属于这一层。在她和克劳德之上是有许多钱,有更大的房子,更多地产的人。不过到此,她开始意识到事情的复杂了,因为有些人有许多钱却很普通,应该在她和克劳德之下,还有些人血统高贵,却没了钱财,只能租房住,还有些黑人,也有自己的房子和土地。城里有位牙医,黑人,他拥有两辆红色林肯,有游泳池,还有农场,养着一群注册过的白脸牛。通常到她睡着的时候,各层各级的人会在她脑袋里跑来跑去,她会梦到所有人都被塞进货车,送进煤气炉了事。

"那只钟真美。"她边说边冲右侧点了点头。那是一只大壁钟,钟面是古铜色的四射阳光。

"是的,非常漂亮,"时髦女士和善地说,"而且还很准。"她补充了一句,看了看她的手表。

她旁边的丑姑娘抬眼看了看钟,挤出丝笑容,然后直直地看着特平太太,又挤出丝笑容,之后就又看她的书去了。显然她是那位女士的女儿,虽然她们的性情毫无相似之处,却有着一样的脸形和一样的蓝眼睛。在那位女士脸上,蓝眼睛熠熠生辉,但在女孩儿那张烧焦了似的脸上,却是时而暗火阴阴,时而烈焰灼灼。

如果耶稣说:"好吧,你可以成为白人垃圾或黑鬼或丑女!"

特平太太可真是同情那姑娘,尽管她心里在想,长得丑是一回事,举止丑则是另一回事。

嘴唇染着烟渍的女人在椅子里转身向上瞧了瞧钟，回过身来微微看向特平太太这边。她的一只眼有些斜视。"想知道哪儿能搞到那样的钟吗？"她大声问。

"不想，我已经有一只漂亮的钟了。"特平太太说。一旦有她这样的人加入谈话，她就不再聊下去。

"你可以用绿券换一个，"女人说，"很有可能他就是这么搞的。攒下足够的换购券，什么都能买。我就给自己换了些首饰。"

你真该换块抹布和肥皂，特平太太心想。

"我用券换了床笠。"和善女士说。

女儿啪地合上书，直勾勾地盯着前方，目光穿透特平太太，穿透她身后的黄窗帘，穿透平板玻璃窗，也是玻璃墙。女孩儿的眼睛似乎突然现出奇异之光，不自然的光，像夜间路标发出的那种光。特平太太转头看外面发生了什么，什么都看不见。走过的行人只在窗帘上投下淡淡的影子。女孩儿没理由单把她挑出来这么恶狠狠地盯着呀。

"芬利小姐。"护士说，门拉开了一道缝。嚼口香糖的女人站起身，从她和克劳德前面走过，进入办公室。她穿着红色高跟鞋。

桌子正对面，丑姑娘的眼睛死死瞪着特平太太，好像有什么特别的原因不喜欢她。

"天气太好了，是不是？"女孩儿的母亲说。

"这么好的天气正适合摘棉花，如果能让黑鬼们干起活来，"特平太太说，"可黑鬼们不想摘棉花了。你不能让白人摘棉花，现在也不能让黑鬼摘棉花了——因为他们要跟白人一样平起平坐。"

"他们怎么都要**试试**的。"白人垃圾说，向前探着身。

"你有那种摘棉花的机器吗？"和善女士问。

"没有，"特平太太说，"机器摘不干净，一半棉花都留在地里。我们反正也没有多少棉花。现在办农场，什么都得有点。我们有两英亩棉花，几只猪，还有鸡，还有些克劳德自己照料得了的白脸牛。"

"有一样我不喜欢，"白人垃圾说，用手背抹了抹嘴，"猪。讨厌的臭东西，呼噜呼噜到处乱拱。"

特平太太轻飘飘地瞥了她一眼。"我们的猪可不脏，也不臭，"她说，"它们比我见过的一些孩子还干净呢。它们的蹄子从来不沾土地。我们有养猪间，是在水泥地上养猪。"她对那位和善女士解释道，"每天下午，克劳德都用水管给它们冲水，再冲洗地板。"可比那边那个孩子干净多了，她心想。可怜的脏兮兮的小东西，一动不动，只是把脏拇指塞进了嘴里。

女人转过脸去，不再看特平太太。"我反正不愿用什么水管，给什么猪冲水。"她对着墙说。

你就不会有猪，还冲什么水，特平太太心说。

"呼噜呼噜，拱来拱去，哼哼唧唧。"女人咕哝道。

"我们什么都有一点。"特平太太对和善女士说，"现在不好找帮手，活儿太多自己照顾不过来也没用。今年我们倒是雇了足够多的黑鬼摘棉花，克劳德还得送他们去地里，晚上还要送他们回家。他们连半英里都不走。不，他们走不了。跟你说，"她欢快地笑道，"我真是厌倦了讨好那些黑鬼，但你要想让他们给你干活，就得爱他们。他们早晨来时，我跑出去说，'你们今天早晨还好吗？'克劳德开车送他们去地里时，我就使劲挥手，他们也对我挥手。"她快速挥着手做演示。

"我们可真是读了同一本书啊。"女士表示她完全明白。

"幼稚,是的,"特平太太说,"他们从地里回来时,我就提着一桶冰水跑出去。从今往后就得这样了。"她说,"还是面对现实吧。"

"我只知道,"白人垃圾又操着她的烂英语说,"有两件事我是不会做的:爱黑鬼,拿水管给猪冲水。"她轻蔑地哼了一声。

特平太太与和善女士交换了下眼神,似乎在说她们都明白你得先**拥有**某些东西,才能**知道**某些东西。每次特平太太和那位女士交换眼神时,她都能感觉到丑姑娘那诡异的目光仍停留在她身上,这让她很难把注意力集中在谈话上。

"既然有,"她说,"那就得照顾好。"如果就剩下了喘气儿和一条裤子,她接着对自己说,你倒可以每天早晨跑到城里,坐在县政府墙头吐唾沫。

一个旋转的怪诞影子从她身后的窗帘上滑过,淡淡地投在对面墙上。接着一辆自行车哐当一声放倒在房子外墙。门开了,一个黑人男孩儿溜进来,端着杂货店的托盘,托盘上有红白两只带盖儿的大纸杯。他个子挺高,皮肤黝黑,穿着发黄的白裤子和绿色尼龙衬衫,有节奏地慢慢嚼着口香糖。他把托盘放在办公室的台子上,那盆蕨类植物旁边,头伸到里面找秘书。她不在。他把双臂搁在台子上等着,瘦瘦的臀部撅出来,左右摇摆,举起一只手挠了挠后脑勺。

"看到那个按钮了吗,孩子?"特平太太说,"你可以按下按钮,她就来了。她可能在后面什么地方。"

"这样吗?"男孩儿有礼貌地问,好像他刚刚看到那个按钮。他歪向右边,手指放在按钮上。"她有时出去。"说着扭过身子,面对他的观众,肘部还在身后的台子上。护士来了,他又扭了回去。她递给他一美元,他从兜里摸索出零钱,点好数交给她。她给了他十五美分的小费。他拿着空托盘离开了。沉重的门慢慢回摆,发出一声抽气声,终于合上了。一时间无人说话。

"应该把所有黑鬼都送回非洲去,"白人垃圾说,"他们就是打那儿来的。"

"哦,我可离不开那些黑人好朋友。"和善女士说。

"比黑鬼糟糕的人可多着呢,"特平太太表示赞同,"什么样的黑鬼都有,就跟我们一样。"

"是的,这个世界的运转需要形形色色的人。"女士用她那唱歌般的声音说。

她说这话时,糙皮肤的女孩儿咬了下牙齿,下唇向下翻出,露出嘴里淡粉色的内壁,很快又卷了回去。这是特平太太见过的最丑陋的鬼脸。有那么一刻,她肯定那女孩儿是在冲她做鬼脸。女孩儿看她的样子,就好像认识她,而且对她的厌恶已经持续了一辈子——不仅是女孩儿的一辈子,甚至是特平太太的一辈子。为什么啊,丫头,我根本不认识你啊,特平太太默默地说。

她强迫自己把注意力拉回到聊天儿上。"把他们送回非洲是不现实的,"她说,"他们不会愿意。他们在这儿过得太好了。"

"管他们愿不愿意呢——如果是让我来处理的话。"女人说。

"把所有黑鬼都送回到那边,你在这世上恐怕找不出这样的办法呢,"特平太太说,"他们会躲起来,会躺倒,会在你面前生病,他们会哭哭啼啼,大喊大叫,会暴跳如雷,扔东砸西。在这世上还真没有办法把他们送回去。"

"他们怎么来的,"垃圾女人说,"就怎么回去。"

"那时候他们的人数没有这么多呀。"特平太太解释道。

那女人看着特平太太,好像在说真是个白痴,不过考虑到是怎样的人在看她,特平太太并没有为之烦恼。

"不不,"她说,"他们要留在这儿,这样他们就可以去纽约,和白人结婚,改进他们的肤色。他们都想那么做,每一个人都是,改进他们的肤色。"

"你知道那会带来什么,是吧?"克劳德问。

"不知道,克劳德,什么?"特平太太问。

克劳德的眼睛一闪一闪的。"白脸黑鬼。"他脸上没有一丝笑意。

候诊室里的人全都大笑起来,除了白人垃圾和那丑姑娘。女孩儿的白手指紧紧抓着腿上的书。垃圾女人环顾四周一张张的笑脸,似乎认为他们都是白痴。穿饲料袋裙的老太太仍然面无表情地盯着对面地板上男人的高帮鞋,就是特平夫妇进来时假装睡觉的那个男人。现在他开心地笑着,双手仍搭在膝头。孩子已倒向一边,几乎是把脸埋进了老太太的腿里。

他们笑够了,渐渐平复下来,收音机里传来鼻音合唱,使房间不至太过安静。

你走向虚空虚空

我也走向我的虚空

我们一起走向

虚空，

在走向虚空的路上

我们相互帮扶

不论日晒风吹

我们微笑面对！

特平太太并不是每个字都听清了，但她听清的那些，已足以让她赞同歌曲的精神，她的思维也清晰起来。帮助有需之人是她的人生观。有人需要她的帮助时，她从来都是不遗余力，不论肤色或人品。最令她感恩的就是她做到了这一点。如果耶稣说："你可以跻身上流社会，想要多少钱就有多少钱，身材苗条，举止优雅，但你不能做个好女人。"她会说："那就不要让我成为那样的人。让我做个好女人，其他都不重要，不论多胖、多丑或多穷！"她心潮澎湃。他没有让她成为黑鬼，或白人垃圾，或丑女人！他让她成了她自己，什么都给了她一些。耶稣，谢谢您！她说。谢谢您谢谢您谢谢您！每当她细数自己所蒙恩典时，就感觉轻飘飘的，仿佛她的体重是一百二十五磅，而不是一百八十磅。

"你的小男孩儿怎么了？"和善女士问白人垃圾。

"他长了溃疡，"女人骄傲地说，"自打他出生，就没给过我一分钟的安宁。他跟她一样。"她冲着老太太点了点头，老太太正用她粗糙的手捋顺孩子的浅色头发，"好像除了可口可乐和糖果，我没法子让他俩咽下别的东西。"

你就只让他们吃那些，特平太太暗自言道。炉子都懒得点。像她这样的人，她可太了解了。他们的问题不仅仅是一无所有。即便你把一切都给他们，不出两周就全碎了，或是脏兮兮的，要么就被他们砍了当柴烧。这些都是她的经验所得。你必须帮助他们，但你真帮不了他们。

突然，丑姑娘又开始翻嘴唇。她的两道目光如两根钻钉在了特平太太身上。这一回确定无疑，那目光预示着有什么紧迫之事即将发生。

丫头啊，特平太太默默地轻呼，我对你什么都没做呀！那姑娘怕是认错人了。不能就这么干坐着，任她恐吓。"你肯定在念大学吧，"她大胆地直视着女孩儿，"我看见你在读书。"

女孩儿继续盯着她，显然不打算回答。

母亲因女儿的粗鲁红了脸。"夫人问你话呢，玛丽·格瑞思。"

"我有耳朵。"玛丽·格瑞思说。

可怜的母亲脸又红了。"玛丽·格瑞思在韦尔斯利学院读书，"她解释道，扭动着衣服上的一粒扣子，"在马萨诸塞州。"她做了个鬼脸，"暑假里，她也只是读书。一直读，真是个书虫。她在韦尔斯利学得很好；她学了英语还有数学还有历史还有心理学还有社会学。"她不停地说啊说，"我觉得学得太多了。我觉得她应该出去玩儿。"

女孩儿的表情像是想要把他们统统扔到玻璃窗外。

"很靠北呀。"特平太太低声说，心想，好吧，上大学可没让她学会礼貌。

"我倒挺愿意他生病的，"白人垃圾说，强行把注意力拉回到自己身上，"他没病时，真是刻薄。有些孩子好像天生刻薄。有些孩子生病时脾气会变坏，他正相反。生病了，反而脾气好起来。现在他不给我找麻烦了。是我在等着看医生。"她说。

如果要我把什么人送到非洲去，特平太太心想，就是你这样的，女人。"是啊,确实如此,"她大声说,眼睛却向上看着天花板,"比黑鬼可是糟心多了。"比猪还脏多了呢,她在心里补充道。

"我觉得这世上性情不好的人最该同情。"和善女士用明显细弱的嗓音说。

"感谢上帝赐予了我一个好性情,"特平太太说,"我每天都能找到一些让我开怀大笑的事。"

"自打她嫁给我就是这样啦。"克劳德一脸严肃,却又滑稽地说道。

大家都笑起来,除了那女孩儿和白人垃圾。

特平太太笑得肚子直颤。"他实在是太搞笑了,"她说,"我不想笑都不成啊。"

女孩儿从齿缝间发出难听的声响。

她母亲抿起嘴,闭得紧紧的。"我认为世上最糟糕的,"她说,"就是那些不知感恩的人。拥有一切却不珍惜。我认识一个姑娘,"她说,"她父母愿意把一切都给她,她弟弟深深爱着她,她接受了良好的教育,穿着最好的衣裳,但她对谁都没有好话,从来不笑,整天批评抱怨。"

"她多大了,还能揍吗?"克劳德问。

女孩儿的脸几乎成了紫色。

"不能了,"女士说,"怕是没法子了,只能任她犯傻。有一天她会醒悟的,只是为时已晚。"

"笑一笑对谁都没坏处呀,"特平太太说,"笑只会让你感觉浑身舒坦极了。"

"当然,"女士悲哀地说,"但有些人就是什么都听不进去。他们接受不了批评。"

"我最大的特点,"特平太太动情地说,"就是感恩。每当我想到我可能不是现在的样子,想到我所拥有的一切,什么都有一些,想到我的好性情,我就想大声呼喊,'感谢您,耶稣,使一切成为现在的样子!'有可能不是这个样子的!"比如,可能是别人嫁给了克劳德。想到此,感恩之情充溢着她的内心,一阵剧烈的狂喜穿透她的身体。"哦,谢谢您,耶稣,耶稣,谢谢您!"她大声喊道。

书正砸中她的左眼上方。几乎是在她意识到女孩儿要扔书的同时,书已飞到眼前。她没来得及喊出声,那张糙脸就怒吼着越过桌子猛冲过来。女孩儿的十指如钳子般陷进她脖颈上的嫩肉里。她听到那位母亲在惊呼,听到克劳德在大喊,"哇!"有那么一瞬,她确信要地震了。

她的视线突然变窄,似乎眼前的一切都发生在远处的一个小房间里,又像是拿反了望远镜,看向了错误的一头。克劳德的脸皱在一起,从她的视野里消失了。护士跑进,跑出,又跑进来。细长身材的医生从里屋门内冲出来。桌子被推倒了,杂志四处乱飞。女孩儿重重地摔倒在地,特平太太的视线突然反转过来,一切看起来都那么大,而不是小。垃圾女人的眼睛瞪得大大的,盯着地板。女孩儿躺在那儿,护士和她母亲各在一边按住她,将她控制住,女孩儿挣扎着,扭动着。医生跪骑在她身上,试图按住她的一只胳膊,片刻之后,将一根长长的针头插了进去。

特平太太感到从头到脚都空落落的,似乎在这只巨大的肉体之鼓里,只有她的心脏不安地左摇右晃。

"没事儿干的人叫救护车。"医生不假思索地说,遇到紧急状况,年轻医生们都会用这样的语气。

特平太太连根手指都动弹不得。刚才坐在她旁边的老头儿连跑带颠儿地冲进办公室，打了电话，秘书仍然不知去向。

"克劳德！"特平太太喊道。

他不在椅子上。她知道她必须赶紧起来找到他，但她觉得自己仿佛是在梦里赶火车的人，一切都是慢动作，你越是想跑快点，越是跑得慢。

"我在这儿。"捯不上气的声音，真不像克劳德。

他在墙角地板上缩成一团，脸色苍白如纸，手抓着腿。她想起身去他那里，却动弹不得。她的目光倒是越过医生的肩膀，慢慢向下落到了地板上那张扭曲的脸上。

女孩儿不再转动眼珠，而是盯着她。那双蓝眼睛比刚才淡了许多，似乎先前有道门紧闭着，如今打开了，透进了阳光与空气。

特平太太的脑子清醒过来，身体也能动了。她探身向前，直到可以正视那双愤怒的亮眼睛。她丝毫不怀疑那女孩儿一定认识她，定是与她有什么私人交道，而且很极端，超越了时间、地点和条件。"你要对我说什么？"她用嘶哑的声音问，屏住了呼吸，似乎在等待某种启示。

女孩儿抬起头，目光锁住了特平太太的目光。"回你的地狱去，你这头疣猪。"她轻声说。她的声音低沉，却很清晰。一团火焰在她眼中燃烧了片刻，好像她很开心看到她的话命中目标。

特平太太坐回到椅子上。

俄顷，女孩儿的眼闭上了，头无力地倒向一侧。

医生站起身，把空针管交给护士，弯腰双手扶住那位母亲颤抖的肩头，稍停片刻。她坐在地板上，双唇紧闭，拉着玛丽·格瑞思的手放在自己的腿上。女孩儿的手指像婴儿的手指般紧紧抓着母亲的大拇指。"送医院吧,"他说,"我会打电话安排的。"

"现在让我看看脖子怎么样了。"他以欢快的语调对特平太太说。他伸出食指和中指检查她的脖子。气管上方,凹进两道小小的月牙痕,如粉色的鱼刺。他又用手指检查了她的眼睛上方,那里已开始红肿。

"别管我了,"她含混不清地说,推开他的手,"去看看克劳德。她踢了他。"

"我一会儿就去看他。"他数了数她的脉搏。医生是个头发灰白的瘦削男人,喜欢说笑。"回家去,今天好好给自己放个假。"他拍了拍她的肩膀。

拍什么拍,特平太太暗自生气。

"在那只眼上敷个冰袋。"说完他走到克劳德身边蹲下,看了看他的腿。过了一会儿,他把克劳德拉起来,克劳德一瘸一拐地跟着他进了办公室。

救护车来之前,屋里唯一的声响就是女孩儿的母亲那颤抖的呻吟,她仍然坐在地上。白人垃圾的眼睛一直盯着女孩儿。特平太太双目直视前方,什么都没看。救护车很快到了,窗帘外长长的暗影。医护人员进来,将担架放在女孩儿身边,很专业地将她移到担架上,抬走了。护士帮那位母亲收拾起她的物品。救护车的影子默默地走了,护士往办公室走去。

"那姑娘怕是要疯了吧,是不?"白人垃圾问护士,护士没回答,继续往里走。

"是的,她是要疯了。"白人垃圾对剩下的人说。

"可怜的东西。"老太太喃喃道。孩子的脸还埋在她的腿里,眼睛却漫无目的地从她的膝盖上方望着外面。骚乱中,他除了把一条腿收到身下就没动过。

"感谢上帝。"白人垃圾热切地说,"我不是疯子。"

克劳德一瘸一拐地从办公室里出来了,特平夫妇回了家。

他们的皮卡转到了自家土路上,开上了坡顶,特平太太抓着窗框,犹疑地看着外面。路随地势优雅地向下倾斜,穿过一片淡紫色野草装点的田野。在下一个坡底,他们那黄色的小木屋端坐在它已熟悉的两棵巨大的山核桃树之间,小小的花圃在周围散开,如一条漂亮的围裙。如果看到的是一片烧毁的废墟,夹在两个黑烟囱之间,她也不会感到惊讶。

他们两人都没胃口,便换上家居服,拉上卧室窗帘,上床躺下了。克劳德的腿下垫了只枕头,她则在眼睛上方盖了块湿毛巾。她刚在床上躺平,一头脸上长疣、耳后长角、脊背尖削的疣猪就哼唧着闯进她的脑子里。她轻轻发出一声低低的呻吟。

"我不是,"她含泪说道,"疣猪。地狱跑出来的。"但这种否认毫无效力。那女孩儿的眼神和话语,甚至她说话的语调和声音,低沉而清晰,就冲着她一人,不容否认。她被单拎出来,受着这话,而房间里可是有人渣的,给那位才恰当。她这才意识到此事给她的打击有多大。那房间里有个根本不管自己孩子的女人,但没人理会她。这话却扔给了鲁比·特平,一位受人尊敬、努力工作,去教堂的女人。泪水已干。她的眼睛燃起了怒火。

她用肘支起身体,毛巾掉在了手心里。克劳德平躺在床上,打着呼噜。她想把那女孩儿说的话告诉他。可她又不想让自己在他的想象中变成一头地狱跑出来的疣猪。

"嗨,克劳德。"她咕哝着推了推他的肩膀。

克劳德睁开一只淡蓝色眼睛。

她小心翼翼地看向那只眼睛的深处。他什么都没想,只是随性而已。

"怎,怎么啦?"说着他闭上了那只眼。

"没什么,"她说,"你的腿疼吗?"

"疼死了。"克劳德说。

"一会儿就不疼了。"说着她便又躺下了。没多久,克劳德又打起了呼噜。他们就这样躺了一下午。克劳德睡着。她则愤怒地盯着天花板,偶尔举起拳头,轻轻戳向胸口,好像在向一些隐身客为自己的清白辩护,那些客人就像安慰约伯Ⅰ的那些人一样,貌似有理,实则谬误。

大约五点半,克劳德起来了。"得去接那些黑鬼了。"他叹了口气,没动。

她直勾勾地盯着上方,好像天花板上有看不懂的字迹Ⅱ,肿起的眼睛上方变成了青紫色。"听着。"她说。

"什么?"

"吻我。"

克劳德俯身在她嘴上响亮地一吻,捏了一把她的体侧,俩人的手指

Ⅰ《旧约·约伯记》记载,上帝同意撒旦考验义人约伯,约伯失去了财富、子女和健康。他的朋友们(以利法、比勒达、琐法)以及年轻人以利户前来看望他,却指责他罪有应得。

Ⅱ《旧约·但以理书》第五章记载,巴比伦王伯沙撒举办宴会,忽有人的指头在墙上写字,无人能识。从犹大国掳来的先知但以理受召解读文字,其讲解为:"神已经数算你国的年日到此完毕","你被称在天平里,显出你的亏欠","你的国分裂,归与米底亚人和波斯人。"(5:26—28)

交扣在一起。她仍是一副直眉瞪眼专注的神情。克劳德站起身,哼哼唧唧,龇牙咧嘴,一瘸一拐地出去了。她继续研究天花板。

听到接黑人的皮卡回来,她才起身。她把脚塞进棕色牛津鞋里,没系鞋带,踢踢踏踏地走到后面的门廊,拿起红色塑料桶,将一盒冰块倒在桶里,接了半桶水,走到后院。每天下午,克劳德把雇工接回来后,一个男孩儿帮他卸干草,其余人就在车斗里等着克劳德送他们回家。皮卡就停在胡桃树的树荫里。

"嗨,晚上好啊。"特平太太沮丧地说,拿着桶和勺子走了出来。车里有三个女人和一个男孩儿。

"我们挺好,"年纪最大的女人说,"您咋样?"她的目光立刻锁定了特平太太前额的紫色淤肿。"您这是摔着了吧?"她关切地问。老太太皮肤黑黑的,几乎没了牙,后脑勺上戴着克劳德的旧毡帽。另外两个女人要年轻些,肤色也浅些,都有着翠绿色簇新的遮阳帽,一个戴在头上,一个已摘掉,那男孩儿正在帽子底下笑。

特平太太把桶放在车斗里。"你们自便吧。"说着她左右看了看,确信克劳德已经走了。"不,我没摔跤,"她将双臂交叠在一起,"比摔跤惨多了。"

"您没遇到什么倒霉事吧!"老太太问,那语气就好像她们都知道特平太太是受上天庇佑的,"您就是摔了个小跟头。"

"我们今天去城里看医生,检查一下特平先生被母牛踢的伤,"特平太太那淡淡的语调似在说她们别犯傻了,"那儿有个女孩儿,满脸痤疮、胖胖的大块头。我一见她就知道她不太对劲,但又看不出哪里不对劲。我跟她妈妈正聊着天儿,突然,哇!她把她正在读的那本大厚书猛地朝我扔了过来……"

"不！"老太太喊道。

"之后她越过桌子，就来掐我的脖子。"

"不！"她们全都喊了起来，"不！"

"她为啥那么做？"老太太问，"她有啥毛病啊？"

特平太太只是怒冲冲地看着前方。

"她肯定是有病。"老太太说。

"他们把她抬上了救护车，"特平太太接着说，"不过在那之前，她在地板上挣扎，他们试图按住她给她打针，那时她对我说了句话。"她顿了顿，"你们知道她对我说了什么吗？"

"她说啥？"她们问。

"她说——"特平太太刚欲开口，又停下，脸色极其凝重阴沉。太阳越来越白，刷白了头顶的天空，在其映衬下，山核桃树的叶子变得黑乎乎的。那些话她说不出口。"真的很难听。"她咕哝道。

"她当然不该对您说难听的话，"老太太说，"您这么善良。您是我见过的最善良的太太。"

"她还漂亮。"戴帽子的女人说。

"而且结实，"另一个说，"我没见过比她更善良的白人太太。"

"耶稣做证都是实话啊，"老太太说，"阿们！您最善良，最漂亮。"

特平太太很清楚黑人的恭维话有几分价值，这让她更愤怒了。"她说，"她再次开口，这回她一努劲，一口气说了出来，"我是地狱跑出来的老疣猪。"

沉默，震惊。

"她在哪儿?"最年轻的女人尖声叫道。

"让我会会她。我要杀了她!"

"我跟你一起杀了她!"另一个喊道。

"她该被关进疯人院,"老太太强调说,"您是我知道的最善良的白人太太。"

"她还漂亮,"另外两个说,"最结实,最善良。耶稣对她很满意!"

"他肯定满意。"老太太宣布。

一群傻瓜!特平太太暗自生气。黑鬼真是什么都听不懂。你可以对他们讲话,却不能跟他们交谈。"你们还没喝水哪,"她简短地说,"喝完水,就把桶留在车里。我还有事要做,没工夫一直站在这儿磨时间。"她回到房里。

她在厨房中间稍站片刻。眼睛上方的黑紫色淤肿仿佛一小片龙卷风云,随时可能扫过眉毛的天际线。她的下嘴唇危险地向前噘出。她放平自己那宽阔的肩膀,然后大踏步走到房子前部,出侧门,沿路朝养猪间走去,就像一个手无寸铁,却要单人独骑奔赴战场的女人。

深黄色的太阳仿佛金秋满月,越过远处的林线,迅速西沉,似乎要赶在她之前抵达猪群那里。路上车辙散乱,她大步流星,踢开了几块大石头。养猪间在小径尽头的小山丘上,小径另一端连着牲口棚。养猪间是块正方形水泥地,面积如一个小房间,四周围着约四英尺高的木栅。水泥地微微倾斜,以便洗猪水能流进沟槽,再顺着沟槽流进田里做肥料。克劳德站在水泥地的木栅外,扶着最上方的木板,拿着水管冲洗地板。水管连接着旁边水槽的龙头。

特平太太爬到他身旁,沉着脸看着下面的猪群。七只长着刚毛的长嘴小猪崽儿——棕色，带着肝紫色斑点——还有一头老母猪，几周前才下了崽儿。老母猪侧身躺在地上，呼噜呼噜。小猪崽儿到处乱跑，像一群傻孩子抖动着身体，狭长的小猪眼寻摸着地板上漏掉的东西。她记得书上说猪是最聪明的动物。她很怀疑。据说它们比狗聪明，甚至还有头猪当了宇航员。那头猪完美执行了任务，后来却死于心脏病，因为人们给它体检时，一直让它穿着电热飞行服坐得笔直，自然状态下的猪本应四蹄着地。

呼噜呼噜，拱来拱去，哼哼唧唧。

"把那根水管给我，"她说着便从克劳德手中抢过了水管，"去吧，送那些黑鬼回家，然后歇歇那条腿。"

"你看上去像是要吞掉一条疯狗。"克劳德看了看她说，不过他还是下去了，一瘸一拐地走开，没理会她的情绪。

等他走远听不到声音了，特平太太站在猪栏旁，手握水管，看到哪头小猪要躺下，就对着它的臀部冲水。估摸着时间差不多，他应该已经翻过了小山丘，特平太太微微转过头，恼怒的眼睛扫视着小径，他已不见踪影。她回过头来，似乎是打起了精神，耸起肩，深吸一口气。

"你为什么要对我说那样的话？"她的声音不高，却很凶，比耳语的音量高不了多少，积聚起的愤恨却比咆哮更有力，"我怎么可能既是猪又是我自己？我怎么可能得到了拯救，又来自地狱？"她一只手攥拳，青筋暴露，另一只手紧握水管，胡乱朝老母猪的眼里喷射，根本没听到老母猪愤怒的嚎叫。

从猪栏可以俯视后面的草场，他们牧养的那二十头菜牛就在克劳德和那男孩儿堆起的干草周围。刚刚剪过的草场向下倾斜至公路。公路那边是他们的棉花地,再过去是一片灰蒙蒙的深绿色树林,也归他们所有。夕阳已没入林后,红彤彤的,俯视着根根树木,如农场主审视他的猪群。

"为什么是我?"她咕哝道,"这一带的垃圾哪个我没接济过,不管是黑的还是白的。我每天辛苦劳作,还为教堂做事。"

她的身材似乎正适合统领眼前的场子。"我怎么就是猪了?"她质问道,"我到底哪里像它们?"她用水流猛击那些小猪崽儿,"那么多垃圾在那儿。凭什么是我。

"你要是喜欢垃圾,就给自己搞些垃圾呀,"她抱怨道,"你本可以把我造成垃圾的。或者黑鬼。如果你想要的是垃圾,为什么不把我造成垃圾?"她晃了晃攥着水管的拳头,一条水蛇登时出现在空中。"我可以不再工作,不努力,就那么脏兮兮的,"她嚷道,"整天在便道上晃悠,喝着根汁汽水,含着唇烟,朝每个小水坑吐唾沫,唾沫星子溅满脸。我可以很恶心的。

"你也可以把我造成黑鬼啊。我是成不了黑鬼了,太晚了,"她的语气里含着深深的嘲讽,"但我可以表现得像个黑鬼啊。在路中间一躺,阻断交通。在地上打滚儿。"

暮色渐浓,一切都蒙上了神秘色彩。草场现出奇异的透明般的绿色,公路变成一带淡紫。她鼓足劲儿准备发起最后一击。这一次,她的声音滚遍了草场。"说去吧,"她喊道,"说我是猪!再叫我一声猪。从地狱来的。说我是地狱跑出来的疣猪。就算是底层栏杆翻到了顶,底还是底,顶还是顶!"

她听到了含混不清的回声。

她胸中涌起最后一股怒潮，战栗着咆哮道："你以为你是谁？"

一切之色彩，包括田野和火红的天空，都在那一刻燃烧起来，烧得透明而彻底。那个问题越过草场，穿过公路和棉花地，清晰地回到她这里，仿佛树林后面传来的答案。

她张开嘴，却没有声音。

一辆小卡车，克劳德的卡车，出现在公路上，迅速不见了踪影。齿轮发出尖细的摩擦声。看上去就像孩子的玩具，可能随时被大卡车碾压，克劳德和那些黑鬼的脑浆将迸裂四散在公路上。

特平太太站在那儿，目光紧盯着公路，全身肌肉紧张，直到五六分钟后，卡车重又出现，回来了。她等待着，等卡车转到他们的土路上。之后就像一尊获得了生命的雕像，她慢慢低下头看着猪栏里的猪。它们都挤在一个角落里，围着微微呼噜的老母猪。一道红光弥漫在猪群四周。它们喘息着，似乎有种隐秘的生命。

特平太太就这样一直看着猪群，如在汲取某种来自深渊的、能赋予生命的知识，直到林线后的夕阳彻底沉没。终于，她抬起头。空中只剩一道紫云穿过一片绯红，如公路的延长线般，滑向垂垂暮色。她的双手离开围栏，伸向天空，如牧师般庄严肃穆。幻象之光落入她的眼中。她看见那道紫云仿佛一座宽阔的吊桥，从地上腾起，穿过燃烧的田野。桥上衮衮诸灵熙熙攘攘地走向天堂。他们当中有成群结队的白人垃圾，这辈子总算干净了一回，有一队队穿白袍的黑鬼，还有一列列怪人疯子，叫喊着鼓掌，青蛙似的跳来跳去。走在队尾的那群人，她立刻就认了出来，那是像她自己和克劳德这样的人，他们什么都有一些，上帝还给了他们才智以便正确使用财富。她探身向前想仔细观察他们。他们走在其他人的后面,尊贵而体面,像往常一样保持着良好秩序、常识以及受人尊敬的举止。只有他们走起路来有节奏。但是看到他们那震惊、扭曲的面容,她明白就连他们的美德也要被烧成灰了。她放下手,抓住猪栏木栅,眯着眼,一眨不眨地盯着前方。幻象迅即消失,她却仍站在那里,纹丝不动。

终于,她下来了,关上水龙头,沿着越来越暗的小径朝房子慢慢走去。周围树林里,看不见的蟋蟀已开始合唱,她听到的却是灵魂们向着星辰之野出尘高蹈,口中呼喊着哈利路亚[1]。

---

[1]《新约·启示录》第十九章中,代表邪恶的巴比伦大城(即巴比伦大淫妇)倾倒后,约翰在幻象中听到"好像群众在天上大声说:'哈利路亚(就是要"赞美耶和华"的意思)!救恩、荣耀、权能都属乎我们的神!他的判断是真实、公义的,因他判断了那用淫行败坏世界的大淫妇,并且向淫妇讨流仆人血的罪,给他们伸冤。'又说:'哈利路亚!烧淫妇的烟往上冒,直到永远永远。'那二十四位长老与四活物就俯伏敬拜坐宝座的神,说:'阿们!哈利路亚!'"(19:1—4)

帕克的背

Parker's Back

帕克的妻子坐在前门廊的地板上剥豆角。帕克坐在台阶上，离得不远，愠怒地看着她。她相貌平平，平平。她脸上的皮肤薄而紧绷，洋葱皮似的，灰色的眼睛冰锥尖儿般锐利。帕克明白为什么会娶她——不娶就得不到她——但他不明白为什么现在还和她在一起。她怀孕了，怀孕的女人可不是他喜欢的类型。可他仍然留在她身边，仿佛被她施了魔法。他迷惑不解，为自己感到羞惭。

他们租的房子孤零零地矗立在公路旁高高的路堤上，与之相伴的只有一棵高大的美洲山核桃树。不时有汽车在下方驶过，妻子的目光便会犹疑地追随汽车的声响，之后又回到腿上堆满豆子的报纸。汽车是她所不喜的事物之一。她有诸多缺点，其中一条便是她总在捕捉罪恶的气息。她不抽烟，也不含唇烟，不喝威士忌，不说脏话，不化妆，上帝知道，化化妆还能让她好看些，帕克心想。她反对色彩，嫁给他后，这一点尤为突出。有时他觉得她嫁给他是为了拯救他。有时他又怀疑她其实很喜欢那些她说她不喜欢的东西。他可以多多少少解释她的言行；他无法理解的是他自己。

她扭头看向他这一边，说道："你不能给男人干活，这说不通。你用不着非给女人干活呀。"

"啊，你就不能闭嘴吗。"帕克咕哝道。

如果他能确定她是嫉妒他的女雇主，他会感到开心，但很有可能她不过是担心若他和那女人相互吸引就会导致罪恶。他跟她说那女人是个身材高挑、金发碧眼的年轻姑娘；其实，她都快七十了，欲望已干涸，只想让他尽可能多干活，别无其他兴趣。倒不是说老女人不会偶尔对青年男子产生兴趣，特别是有魅力的男子，就像帕克眼中的自己，但这位老太太看他的眼神就跟看她那辆旧拖拉机似的——不得不受着，因为没别的可用。帕克开上那辆拖拉机的第二天，它就坏了，她马上支使他去砍灌木，撇着嘴对黑鬼说："他碰什么，什么就坏。"她还叫他干活时穿上衬衣；天气倒是没那么闷热，但帕克已经脱了上衣，现在只得不情愿地穿上。

帕克以前没结过婚，这丑女人是他的第一任。他之前有过其他女人，不过他的计划可是永远不在法律上被套牢。第一次见到她时是一个上午，他的车在路上抛锚了。他勉强把车开下公路，进到一间扫洒整洁的院子里，一栋两室的房子坐落在院中，墙皮斑驳。他下车打开引擎盖，检查发动机。帕克有第六感，能察觉到附近有女人在观察他。他低头检查发动机，几分钟后他的脖子有了一种刺痒的感觉。他看了看空空的院落和房子的门廊。一个他看不到的女人要么是在附近那丛忍冬的后面，要么是在房子里透过窗户在看他。

突然，帕克上蹿下跳地甩起手，好像手被机器伤到了似的。他弯下腰，手捧到胸前。"遭天杀的！"他吼道，"地狱的耶稣基督啊！该诅咒的！真是该死！"他扯着嗓子，喊出一连串的咒骂，一遍又一遍。

一只可怕的粗刺刺的爪子猛地扇到他的一侧脸颊，没有任何预警，他向后倒在了引擎盖上。"在这儿不许说脏话！"一个声音在他身旁尖叫。

帕克的视线模糊了，有那么一瞬间，他以为他是被上面的什么东西袭击了，一位长着鹰眼的巨大天使挥舞着某件古老兵器。视线清晰后，他看到面前站着一个瘦骨嶙峋的高个儿姑娘，手中拿着扫帚。

"我的手伤着了，"他说，"我的手**伤着**了。"他愤怒极了，忘了自己的手根本没受伤，"我的手怕是断了。"他发出低沉的怒吼，声音还在颤抖。

"我看看。"姑娘命令道。

帕克伸出手，她凑近前检查那只手。手心没什么伤痕，她握住手翻转过来。她自己的那只手干巴巴，热乎乎的，很粗糙，在她的碰触下，帕克感到一震，恢复了生命力。他愈加仔细地看了看她，心想，我可不想跟这位有什么瓜葛。

姑娘锐利的目光审视着手中红扑扑又短又粗的手背。手背上，红蓝两色刺出了一只停歇在大炮上的白头鹰。白头鹰的上方，有蛇盘桓于盾牌之上，鹰蛇之间是几颗心，有几颗被利箭刺穿了。蛇上方，是一把摊开的纸牌。帕克的袖子卷到了肘部。从手腕到肘部，手臂上的每一寸肌肤都刺上了艳丽的图案。姑娘愣愣地看着，脸上浮现出一丝惊呆的微笑，好像不慎抓到一条毒蛇；她丢开了那只手。

"我的文身大多是在国外做的，"帕克说，"但这些基本上是在美国做的。我的第一个文身是十五岁时做的。"

"别跟我说,"姑娘说,"我不喜欢。听了也没用。"

"你该看看那些你看不到的。"帕克挤了挤眼。

两朵红晕如两只苹果浮现在姑娘的面颊上,柔和了她的相貌。帕克迷惑了。他从来没想过她会不喜欢文身。他还没遇到过不为之着迷的女人呢。

十四岁时,帕克在集市上见到了一个从头到脚刺满文身的男人,那男人只在腰间围了张豹皮。帕克站在一条长凳上,靠近帐篷后部。从他的位置望去,那男人的肌肤看似一幅构图精巧、绚烂多彩的完整图画。男人五短身材,健壮结实,在舞台上走来走去,活动着筋骨,他皮肤上那些交缠纷杂的人物、动物和花朵便自行微微舞动。帕克很激动,旗子通过时,他也像在场的一些人一样心潮澎湃。他是个体格笨重、热切而认真的男孩儿,嘴总是微微张开,普通得像块面包。表演结束后,他仍站在长凳上,盯着刚才那个文身男所在的地方,直到帐篷里的人几乎走光。

帕克头一次被震撼到了。那天在集市上遇见那人之前,他从未对自己的存在感到有什么不同寻常之处。即便在那时,他也仅仅有某种不安,好像盲童被缓缓引向了另一个方向,而他自己并不知晓他的方向已然改变。

不久他有了第一个文身——大炮上停歇的白头鹰。是当地一位艺术家给他做的。不怎么疼,只是微微有一点,恰到好处,让帕克觉得值得一做。这也挺奇怪,因为此前他认为只有那些不疼的才值得一做。第二年他辍学了,因为他十六了,而且他可以辍学。他上了一段时间职业学校,后来也退了,在一家汽车修理厂干了六个月。他工作的唯一原因就是他想要更多的文身。他的母亲在洗衣房工作，可以供养他，但她不愿给他的文身出钱，除非他去刺一个心上写着她的名字的图案。他去刺了，嘟嘟囔囔的。反正她的名字是贝蒂·简，谁知道那是他母亲的名字。他发现那些以前他喜欢人家而人家并不喜欢他的女孩儿觉得这些文身很有魅力。他开始喝啤酒、打架。母亲为他沦为这样的人而哭泣。一天晚上，她拖着他去参加一场信仰复兴会，事先没告诉他要去哪里。当他看见灯火通明的大教堂时，他挣脱她的手跑掉了。第二天，他谎报年龄，参加了海军。

水手的紧身裤对于帕克来说太瘦了，不过压在脑门儿上的傻兮兮的白帽子倒让他的脸看起来有种若有所思，甚至严峻的样子。在海军待了一两个月后，他的嘴不再老是张着了，身姿也硬朗得有了男人样儿。在海军服役五年，他与那艘灰色机舰艇似乎融为了一体，除了眼睛；他的眼睛还是淡淡的蓝灰色，如海洋般反射着四周的无垠宽广，似乎他的双眼就是微缩版的神秘大洋。到了港口，帕克就四处闲逛，拿那些他去过的破败地儿与亚拉巴马州的伯明翰相比。每到一处，他都要刺一个新文身。

他不再刺静物，比如锚或交叉的来福枪之类。他在双肩各刺了虎豹一头，胸前有蟒蛇绕火炬，两条大腿上刺着鹰隼，胃部和肝脏部位分别是伊丽莎白二世和菲利普亲王。他不太在乎文身内容，只要颜色漂亮；在腹部，他刺了些色情画，不过只是因为那地方似乎正适合。一个文身大概可以满足帕克一个月，之后吸引力就消退了。每当有面大些的镜子，他就会在镜前端详自己的整体样貌。他觉得他的文身效果并非色彩之错综交缠，反让人觉得芜杂纷乱，毫无章法。他会大为不满，接着便去找文身师,填上肌肤的一处空白。帕克的身体正面几乎全都刺了文身,后背却什么都没有。他不想在他不方便看到的地方弄什么文身。随着他身体正面的空白越来越少,他的不满也越来越强烈,没有一处让他满意。

一次休假后,他没归队,也没请假,待在陌生城市的出租房里,喝醉了酒。他的不满,本来是缓慢发展的、潜在的,却突然变得强烈,令他狂躁不安,就好像那豹子、那狮子、那些蛇和鹰隼都刺穿了他的皮肤,在他体内卷入了一场恶战。海军找到他,关了他九个月的禁闭,就将他开除了,真是颜面尽失。

那以后,帕克决定去乡下,只有那里的空气才适合呼吸。他在路堤上租了个棚子,买了辆旧卡车,感觉合适就打些零工。遇到未来妻子的那段时间,他的营生是卖苹果,以蒲式耳买入苹果,再以同样的价格按磅[I]卖给偏僻地区的农场主。

"所有那些,"女人指着他的胳膊说,"跟愚蠢的印第安人所做的没什么两样。全是虚荣。"她似乎找到了她想说的词:"虚空的虚空[II]。"

好吧,我干吗在乎她怎么想呢?帕克自问,但他显然感到困惑。"我觉得总有你比较喜欢的吧。"他慢腾腾地说,心中盘算着哪处文身可能打动她。他再次把胳膊伸到她面前。"你最喜欢哪一个?"

"哪个都不喜欢,"她说,"不过那只鸡倒不像别的那么糟。"

"什么鸡?"帕克几乎喊了起来。

[I] 蒲式耳为容量单位,磅为重量单位,1 蒲式耳的苹果大概有 48 磅。

[II]《旧约·传道书》第一章第二节:"传道者说:虚空的虚空,虚空的虚空,凡事都是虚空。"

她指了指白头鹰。

"那是白头鹰,"帕克说,"哪个傻瓜会在身上弄只鸡?"

"哪个傻瓜会把这里的任何一样弄到身上?"姑娘说着转身便走。她慢慢走进房子,任他自行离开。帕克又在那儿站了几乎有五分钟,呆呆地看着她走进去的那道黑乎乎的门。

第二天,他带着一蒲式耳苹果回来了。他可不会被她那种相貌的人击垮。他喜欢身上肥嘟嘟的姑娘,这样就不会感到她们的肌肉,更不会感到她们的老骨头。他进院时,她正坐在最高一层台阶上,院子里全是孩子,都像她一样又瘦又穷;帕克记得那天是礼拜六。他向女人示好时不喜欢有孩子在旁边,还好他把那筐苹果从卡车上拿了下来。孩子们围过来看他带来了什么,他给他们一人一只苹果,让他们去别处玩,就这样打发了那群孩子。

姑娘没任何反应,仿佛不认识他。他感觉自己就像一头走失的猪或山羊,闯进了这院子,而她都懒得拿扫帚赶它走。他把那筐苹果放在她旁边的台阶上,自己坐在了下一层台阶。"吃吧。"他冲着篮子点点头,陷入了沉默。

她迅速拿起一只苹果,好像不抓紧,那筐子就会消失似的。饥饿的人会让帕克紧张。他总是有足够多的东西吃。他变得很不自在,觉得无话可说,可为什么要说话呢?此刻他想不起来自己为什么要来,以及为什么不趁那些孩子还没干掉第二筐苹果以前赶紧走掉。他猜他们是她的弟弟妹妹。

她慢慢咀嚼着苹果,专心致志地享受,微微弯着腰,看向前方。从门廊看过去,长长的斜坡上点缀着紫苑草,公路那边,丘陵连绵,还有一座小山。空旷的视野总令帕克有沮丧之感。看着那样的旷野,总会觉得有人在追踪你,海军或政府或宗教。

"那些孩子是谁的,你的吗?"他终于开口了。

"我还没结婚,"她说,"他们是妈妈的。"她那语气就好像结婚已是指日可待。

看在上帝的分儿上,谁会娶她呀?帕克心想。

帕克身后的门口出现了一个身材高大的光脚女人,一张大脸,露着大齿缝。显然她已在那儿待了几分钟。

"晚上好。"帕克说。

女人穿过门廊,拿起还有些苹果的筐子。"谢了。"说着便拿着筐回屋了。

"那是你老妈?"帕克咕哝道。

姑娘点点头。帕克想到了许多他可以说的刻薄话,比如"我很同情你",但他只是闷闷地沉默着,坐在那里看风景。他觉得自己定是病了。

"我明天要是买了桃子,就给你带些来。"他说。

"非常感谢。"姑娘说。

帕克根本不想带什么桃子回到那里,不过,第二天,他这么做了。他和姑娘几乎没什么可谈的。他倒是讲了一件事,"我的背上没有文身。"

"你的背上有什么?"姑娘问。

"我的衬衣,"帕克说,"哈。"

"哈,哈。"姑娘有礼貌地说。

帕克觉得他真是疯了。他完全无法相信自己竟会被这样的女人吸引。在他带着两只香瓜第三次出现之前,她似乎只对他带来的东西感兴趣。"你叫什么名字？"

"O.E. 帕克。"他说。

"O.E. 代表什么？"

"你可以就叫我 O.E.，"帕克说，"或者帕克。没人叫我的名字。"

"代表什么？"她继续追问。

"别管啦。"帕克说，"你叫什么？"

"你告诉我那是什么的缩写，我就告诉你我的名字。"她说。她的语调里只有那么一丝调情的味道，却立刻钻进了帕克的脑袋里。他从未跟任何男人或女人说起过他的名字，只是在海军和政府部门的档案上填写过，还有就是他一个月大时的洗礼记录上；他的母亲是卫理公会教派的。这个名字从海军档案泄露后，他差点把用这个名字称呼他的人杀死。

"你会到处宣扬的。"他说。

"我发誓不跟任何人说，"她说，"我以上帝的圣言起誓。"

帕克默默地坐了几分钟，然后搂住姑娘的脖子，将她的耳朵靠近他的嘴，低声说出了那个名字。

"俄巴底亚[1]。"她轻声说。她的脸渐渐焕发出光彩，似乎这个名字对她预示着什么。"俄巴底亚。"她说。

帕克仍然觉得这个名字散发出臭味。

"俄巴底亚·以利户。"她以崇敬的声音说。

"你要是大声叫这个名字，我会把你的脑袋敲碎。"帕克说，"你叫

---

[1]《旧约·俄巴底亚书》于公元前 586 年耶路撒冷沦陷后写成，先知俄巴底亚在书中预言与外族一同劫掠圣城的以东人将受到惩罚，以色列民将回归应许之地。

什么？"

"撒拉·路得·凯茨。"她说。

"很高兴见到你，撒拉·路得。"帕克说。

撒拉·路得的父亲是正福音教派的牧师，他不在家，在佛罗里达传播福音。她母亲似乎不介意他对姑娘的关注，只要他每次都带来些什么就行。至于撒拉·路得本人，帕克来过三次后就很清楚她迷上他了。她喜欢他，虽然她坚持说皮肤上的画是虚空中的虚空，虽然她听到了他的咒骂，虽然当她问他，他是否已得拯救时，他回答说他不觉得他需要什么拯救。后来帕克曾突发奇想说道："要是你吻我，我就得到了拯救。"

她生气地说："那不是拯救。"

不久之后，她同意坐他的卡车兜兜风。帕克把车停在废弃的路边，提出跟她一起躺在车斗里。

"我们结婚之后才可以。"她说——就那个样子。

"哦，没必要。"帕克说着便伸手去摸她，她将他一把推开，劲儿很大，车门都撞开了，帕克躺在了地上。彼时彼地，帕克决定不再跟她有任何瓜葛。

他们是在县教区长办公室结婚的，因为撒拉·路得认为教堂是偶像崇拜之所。帕克对如何结婚无所谓。教区长办公室里摆着一排排的硬纸壳档案盒和记录簿，灰扑扑的黄色纸条夹在记录簿里，尾端悬在外面。教区长是位红发老太太，担任这一职务已有四十个年头，像她的那些书一样灰头土脸。她站在一张立式桌后面，隔着铁栏杆为他们证婚。结束后，她很夸张地说："三美元五十美分，直到死亡将你们分开！"然后从机器里拽出几张表格。

婚姻丝毫没有改变撒拉·路得，却使帕克陷入未曾有过的忧郁。每天早晨他都想他受够了，晚上不回家了；可每天晚上他都回家。每当帕克受不了时，就会去刺一个文身，但现在他身上唯一空着的地方就是后背了。要想看到后背的文身，他需要两面镜子，站在镜子中间合适的位置，帕克觉得这可真是凸显其愚蠢的好办法。撒拉·路得要是有些品位，倒还可以欣赏他背上的文身，可她连他身上其他地方的文身都不屑一看。每次他想给她指出一些文身的特别之处，她就闭紧双眼，背过身去。除非是漆黑一片，否则她希望帕克能穿好衣服，还得把袖子放下来。

"在上帝的审判席上，耶稣会问你，'你这辈子都做了些什么，就只是在全身上下绘满图画吗？'"她说。

"你骗不了我，"帕克说，"你就是怕雇我干活的那位高个儿美女太喜欢我，会对我说，'来吧，帕克先生，你我……'"

"你是在招惹罪恶，"她说，"在上帝的审判席上，你也会因此事受审。你应该像以前一样，卖地里出产的水果。"

帕克在家没什么事可做，就是听她唠叨如果他不改变，在上帝的审判席上他会怎么怎么样。一有机会，他就插入雇他干活的那位高个儿美女的事。"'帕克先生，'"他说她是这样说的，"'我是冲着你的脑子雇你的。'"（其实她后面还有一句："你干吗不用呢？"）

"你该看看她第一次见到我没穿衬衣时的表情，"他说，"'帕克先生，'她说，'你就是行走的风景啊！'"这的确是她的话，只不过她是撇着嘴说的。

帕克心中的不满越来越强烈，唯有文身才可以平复。只能刺在背上了，别无他法。他的脑子里渐渐有了个不成熟的想法。他想象着刺一个撒拉·路得无法抗拒的图腾——宗教主题。一本打开的书,下面写着《圣经》,书页上有一节真实的经文。这个念头也就持续了一会儿;然后他就听到她说:"我不是已经有一本真正的《圣经》了吗?既然我能读整本书,你觉得我为什么要一遍又一遍读同一节经文呢?"他需要比《圣经》还好的东西!他冥思苦想,夜不成寐。他已经掉了不少肉啦——撒拉·路得只会把食物往锅里一扔,白煮。他不确定他为什么要跟一个丑陋的、怀了孕的,还不会做饭的女人在一起,这种不确定令他紧张烦闷,脸上开始微微抽搐。

有一两次他突然转过身,好像觉得有人在跟踪他。他有位祖父,最终进了州立精神病院,不过那时他已经七十五岁了。他迫切地需要刺一个文身,他同样迫切地需要找到合适的图案以使撒拉·路得就范。心里惦记着这事儿,眼神便显得空洞、心不在焉。他的雇主,那位老太太跟他说,他要是不能专心做事,她知道去哪儿能找个十四岁的黑人男孩儿为她专心干活。帕克的心思不在这儿,甚至没觉得被冒犯。搁着以前,他会当场甩手就走,干巴巴来一句:"行啊,那你就去找他干吧。"

两三天后的上午,他在一块大田里,用老太太那可怜的压捆机和破旧的拖拉机打包干草,那块田已经清理干净,只在中间留了一棵年头久远的巨大的树。老太太不砍有年头儿的大树,仅仅因为那是一棵有年头儿的大树。她指着树对帕克说,开着机器收拾树周围的干草时,小心不要撞到它,就跟帕克是瞎子似的。帕克从田地周边开始,以树为中心转着圈靠近。他得不时从拖拉机上下来,解开缠在一起的打包绳,或者把石块踢开。老太太跟他说过要把石块拿到田边去,他是那样做的,当她在一旁看着时。她若不在,要是觉得还行,他就直接压过去。他在田里打转,心中想着后背做什么图案合适。高尔夫球大小的太阳有规律地在他前后交替,但他好像同时在前后都看到了太阳,好像他的脑后也长着眼睛似的。突然,他看到那棵树向他倒过来要抓住他。重重的撞击将他抛向空中,他听到自己用难以置信的大嗓门喊道:"上帝啊!"

他仰面摔在了地上,拖拉机被树撞得翻了个儿,燃起了火焰。帕克看到的第一件东西就是他那双迅速被火焰吞没的鞋;一只鞋在拖拉机下面,另一只在稍远的地方,孤零零地燃烧着。他没穿鞋。他可以感觉到燃烧的树喷在他脸上的热浪。他坐在地上,东倒西歪地向后退,眼睛瞪得如黑洞,他要是知道怎么画十字肯定就画了。

他的卡车在田边土路上。他朝卡车挪去,还是坐在地上,还是倒退着,只是越来越快;退到一半,他起身弓着腰往前跑,两次跪倒在地。他的两条腿就像两条生锈的排水管。终于他上了卡车,七扭八歪地开上了路。他路过了堤上自家的房子,径直朝城里开去,五十英里远。

进城的路上,帕克不允许自己思考。他只知道他的生活发生了重大改变,一跃而入更糟糕的未知,而且他还无能为力。宿命所指。

画师有两间凌乱的大房间,位于一条后街,楼下是足科医生诊室。下午刚过三点,帕克一言不发地闯到画师面前,仍然光着脚。画师和帕克年纪相仿,二十八岁,却形容瘦削,还秃顶,他正在一条小画案后用绿色墨水勾勒图案。他抬起头,不满地瞧着面前这个眼窝深陷的家伙,并没有认出帕克来。

"让我看看你那本全是上帝纹样的书,"帕克气喘吁吁地说,"那本宗教书。"

画师继续用他那睿智、高傲的目光盯着帕克。"我不给醉鬼文身。"

他说。

"你认识我呀！"帕克生气地喊道，"我是 O.E. 帕克！你以前给我刺过文身，我可都付了钱的！"

画师又看了他一会儿，似乎不能完全确定。"你的气色不如以前啊，"他说，"肯定是蹲过大牢了。"

"结婚了。"帕克说。

"哦。"画师说。画师借助几面镜子在自己的头顶刺了一只迷你猫头鹰，纤毫毕现，和五十美分硬币差不多大，那是他的炫技之作。城里有便宜的画师，但帕克一向只要最好的。画师打开房间后部的一只柜子，开始翻找画册。"你对谁感兴趣？"他说，"圣人、天使、基督，还是别的什么？"

"上帝。"帕克说。

"圣父、圣子，还是圣灵？"

"就是上帝，"帕克不耐烦地说，"基督。无所谓。是上帝就行。"

画师拿着一本书回来，把另一张桌上的一些纸张挪开，将书放在桌上，让帕克坐下看喜欢什么。"后面的纹样比较新。"他说。

帕克拿着书坐下，舔了舔拇指。他开始翻阅，从后面较新的纹样开始。他认出了一些纹样——《好牧羊人》《不要禁止他们》《微笑的耶稣》《耶稣——医生的朋友》，他继续快速往前翻，图片越来越令人不安。有一张画的是消瘦发绿的死人脸，脸上有道道血痕。还有一张是黄脸上耷拉着一双紫眼睛。帕克的心脏越跳越快，到后来简直就像一台巨大的发动机在他身体里怒吼。他快速翻动着画页，觉得翻到命定那张时，自会有征兆出现。他继续翻，快要翻到画册开头了。在某页上，一双眼睛瞟了他一眼。帕克继续翻，停下。他的心似乎被剜掉了；彻底的静默。似乎静默本身就是一种语言，明明白白地告诉他，"往回翻。"

帕克翻回到那张图——拜占庭风格的扁脸基督，头顶光轮，表情严肃，眼神苛刻。他坐在那里颤抖着；心脏重又慢慢跳动，似乎某种微妙的力量使之恢复了生命力。

"找到你喜欢的了？"画师问。

帕克的喉咙干得说不出话来。他站起身把翻开的书塞给画师，正是有着那张图片的那一页。

"这张很贵的，"画师说，"不过你倒不需要那些小方块，只要个轮廓，面部特征再精致些。"

"就要原样，"帕克说，"原样，要么就不刺了。"

"不关我的事，"画师说，"不过这样的活儿我可不白干的。"

"多少钱？"帕克问。

"大概需要两天。"

"多少钱？"帕克说。

"按工时付还是一次付清现金？"画师问。帕克的其他文身都是按工时付的，不过他都付清了。

"十美元定金，每做一天再付十美元。"画师说。

帕克从钱包里掏出十美元纸币；还剩三美元。

"你明天上午来，"画师说，把钱装进了衣兜里，"我得先把书里的纹样勾勒出来。"

"不不！"帕克说，"现在就勾，要么就把钱还给我。"他的眼睛闪着凶光，跟要打架似的。

画师同意了。他觉得，若是一个人傻到要在后背刺个基督，很有可能下一分钟他就改了主意，可一旦开始做了，他就不能反悔。

画师让帕克趁他勾图的工夫，去水池那儿用特制的香皂洗一洗后背。帕克洗了后背回来，在房间里来回踱步，紧张地活动着肩膀。他想再看看那张图，同时又不想看。画师终于站了起来，让帕克趴在桌上。他用沾了氯乙烷的棉签擦拭他的后背，然后用碘笔在他的背上勾勒头部。一小时过去了，他拿起了电动工具。帕克并不觉得怎么疼。在日本，他让人用象牙针在他的大臂上刺了幅佛陀像；在缅甸，一个棕色人种的小个儿男人用削尖的小木棍在他的两膝上各文了一只孔雀，棍子有两英尺长；还有业余画师用大头针和烟灰给他刺过文身。在画师的手下，帕克通常都很放松很舒适，常常会睡着，但这一回他很清醒，每块肌肉都是紧张的。

午夜时分，画师说他要收工了。他在靠墙的桌上支起一面镜子，四英尺见方，又从盥洗室墙上摘下一面小镜子塞到帕克手中。帕克背对桌镜站着，移动手中的镜子，直到看见后背闪现出一片色彩。他的背上几乎布满了红色、蓝色、象牙色以及藏红色的小方块；他从那些小方块中分辨出了一张脸的轮廓——嘴、刚刚起笔的两道浓眉、直挺挺的鼻子，不过面颊还是空的；也没有眼睛。他当时的印象是上当了，画师给他刺了幅《医生的朋友》。

"没有眼睛。"帕克喊道。

"会有的，"画师说，"到时候会有的。我们还要再刺一天呢。"

帕克在"基督使命光之港"的小床上睡了一晚。他觉得在城里过夜，这种地方最好了，因为是免费的，还有些饭菜。他得到了最后一张床,他还光着脚,便接受了一双二手鞋,糊里糊涂地竟穿着鞋上了床。他躺在床上整宿未眠,长长的宿舍里摆着一张张小床,床上压着块块身体。屋里唯一的光亮便是房间尽头的十字架发出的磷光。那棵树又伸手来抓他了,接着就燃起了大火;鞋子静静地兀自燃烧;书里的眼睛清清楚楚地对他说"翻回去",同时又一声不吭。他希望自己不是在这个城市里,不是在"使命光之港",不是独自一人躺在床上。他心中难过,渴求撒拉·路得。她那刻薄的舌头和冰锥般的眼睛是他能想起来的唯一安慰。他认为自己正在失去那安慰。与书中的眼睛相比,她的眼睛倒显得柔和而迟缓。虽然他想不起来书中那双眼睛的样子,却仍能感受到其穿透力。他觉得在那双眼睛的注视下,他就像苍蝇翅膀般透明。

文身师跟他说上午十点后再来,但当文身师十点钟到那里时,帕克正坐在漆黑的走廊地板上等他。帕克一起床就决定,刺好文身后,他是不会看的,昨天的种种感觉,不论是白天的还是晚上的,都是疯子所有,今后他还是要像以前一样,靠自己健全的理智行事。

画师接着昨天的活儿开始干。"有件事我想知道,"他在帕克的背上工作了没多会儿就说,"你为什么想在背上刺这个?你是去了什么地方,获得了信仰吗?你是得到了拯救吗?"他以嘲讽的口吻问。

帕克感觉喉咙又咸又干。"没有,"他说,"信仰对我可没啥用。一个不配获救的人是救不了自己的,他可不值得我同情。"这一串话如鬼魅般从他嘴里跑出去,迅速消失得无影无踪,好像他从没说过。

"那你为什么……"

"我娶了一个已获拯救的女人,"帕克说,"我就不该娶她。我应该离开她。她完了,怀孕了。"

"太糟了,"画师说,"这么说是她让你刺这个文身的。"

"不,"帕克说,"她什么都不知道。这是给她的惊喜。"

"你觉得她会喜欢这个,会放过你一段时间?"

"她没招儿了,"帕克说,"她不能说她不喜欢上帝的样子。"他觉得他跟画师说的已经够多了。画师们在自己的领域还行,但他不喜欢他们打听常客的隐私。"我昨晚没睡,"他说,"现在我得睡会儿。"

这句话让画师闭了嘴,却没让他睡着。他躺在那儿,想象着撒拉·路得看到他背上这张脸如何惊得目瞪口呆,不过这一场景时常被打断,他会看到那棵燃烧的树,以及树下燃烧的他那只空鞋子。

画师不间断地干到了下午快四点,午饭都没吃,电动工具几乎没停,除了擦掉帕克背上滴落的颜料。终于他的工作完成了。"现在你可以起来看看了。"他说。

帕克坐了起来,然后就在桌边坐着没动。

画师对他的活儿很满意,想让帕克马上看到。而帕克却继续坐在桌边,微微弓着腰,目光呆滞。"你怎么了?"画师说,"去看看呀。"

"我没怎么,"帕克突然挑衅地说,"文身又跑不掉。我在哪儿,它就在哪儿。"他伸手去拿衬衣,颤巍巍地开始穿衣服。

画师粗鲁地抓住他的胳膊,把他拽到两面镜子之间。"现在**看**。"作品被忽视令他很生气。

帕克看了看,脸色变得煞白,走开了。镜中那张脸上的眼睛继续盯着他——静静地、直勾勾地、严苛地,被寂静笼罩着。

"这是你的主意,记住了,"画师说,"我是会建议你文别的图样的。"

帕克什么都没说。他穿上衬衣,走出门,画师喊道:"一分钱都不能少啊！"

帕克去了街角的一家瓶装酒庄，买了一品脱威士忌，到旁边的小巷一饮而尽，只用了五分钟。之后他去了附近的台球厅，进城时他总要去那儿玩玩。台球厅仿佛一个谷仓，采光良好，一侧有吧台，另一侧有赌博机，后部是几张台球桌。帕克刚进去，一个穿红黑格子衫的大个儿男人就拍了一下他的背，跟他打招呼，喊道："嘿——小子！O.E. 帕克！"

帕克的背还拍不得。"别碰我，"他说，"我刚在那儿刺了文身。"

"这次文了什么？"那人问，又对赌博机那儿的几人喊道："O.E. 又文身了。"

"这次没什么特别的。"帕克说着便溜到了空着的赌博机旁。

"好啦，"大个儿男人说，"让我们看看O.E. 的文身。"众人抓住帕克，任他扭来扭去，他们还是七手八脚地撩起了他的衬衣。帕克感到众人的手唰地松开了，衬衣仿佛一块面纱又盖在了那张脸上。台球厅里一片寂静，帕克觉得那寂静如涟漪般以他为中心散开，延伸到地基，又向上穿过房梁直达房顶。

终于有人开口道："基督啊！"众人即刻七嘴八舌地喧嚣起来。帕克转过身，脸上露出迟疑的微笑。

"那是 O.E. 干的事！"穿格子衫的男人说，"这家伙可真不一般！"

"或许他受到感召，信了教。"有人喊道。

"绝无可能。"帕克说。

"O.E. 信教了，为耶稣做见证，是吧，O.E. ？"一个叼着雪茄的小个儿男人揶揄道，"这可是我见过的最独特的方式。"

"就让帕克想个新点子吧！"胖子说。

"耶——好家伙！"有人喊道。他们都开始吹口哨，夹枪带棒地奉承他，直到帕克说："啊，闭嘴。"

"你干吗文那个？"有人问。

"好玩，"帕克说，"关你什么事？"

"那你为什么不笑？"有人喊。帕克冲向他们中间，仿佛一阵夏日旋风卷起了争斗，桌子掀翻，拳头挥舞，直到两个人抓住他，跑向门口，将他扔了出去。随后台球厅一片寂静，令人神经崩溃的寂静，那谷仓似的房间就像是条船，人们将约拿[1]从船上扔进了大海。

台球厅后面的小巷里，帕克在地上坐了良久，审视自己的灵魂。他觉得自己的灵魂就是一张事实与谎言交织成的蛛网，对他来说毫不重要，但不论他怎么想，灵魂却貌似是必需的。那双眼睛被永远刺在了他的背上，那是他必须服从的眼睛，对此他确定无疑。他这一生，抱怨着，有时咒骂着，时常害怕着，一度狂喜着，不论哪种本能，他都会服从——在集市上看到那个文身男时，他心潮澎湃，感到狂喜，参加海军时则感到害怕，与撒拉·路得结婚时则在抱怨。

想到她，帕克慢慢站起身。她会知道他该怎么办。她会帮他想明白剩下的事，至少她会开心。他觉得一直以来，他想要的就是让她开心。他的卡车还停在画师的楼下，不过并不远。他上了车，驶离城市，驶入乡村的黑夜。他的酒劲儿几乎过去了，不再感到不满，但他觉得自己与往昔不同。好像他是他自己，却又是个陌生人，正开车去往新地方，尽

---

[1]《旧约·约拿书》中的先知。上帝命令约拿前往敌国亚述首都尼尼微，警告其居民需弃恶从善。约拿不愿前往，登船逃跑。船遇风暴。约拿告知船上人风暴因他而起，只需将他抛入海中，海就可平息。船上人欲将船靠岸，未果，遂将约拿抛入海中，风浪止息。

管一切所见都是熟悉的,哪怕是在夜里。

他终于抵达了路堤上的房子,他把车停在山核桃树下,下了车。他尽量鼓捣出响动来,以表明这地方仍是他做主,没跟她打招呼就夜不归宿没什么大不了,这就是他的行事风格。他嘭地关上车门,噔噔踏上两层台阶,穿过门廊,晃动着门把手。门没有开。"撒拉·路得!"他喊道,"让我进去。"

门上并没有锁,她定是用椅背顶住了门把手。他一边砸门一边晃动着把手。

他听到床的弹簧吱呀作响,弯腰把头凑近钥匙孔,钥匙孔被纸堵住了。"让我进去!"他吼道,再次砸门,"你把我关在外面干什么呀?"

门旁一个尖厉的声音问道:"谁呀?"

"我,"帕克说,"O.E.。"

他等了一会儿。

"我,"他不耐烦地说,"O.E.。"

里面还是没有声音。

他又试了一次。"O.E.,"他又砸了两三次门,"O.E. 帕克。你认识我。"

沉默。之后那声音慢慢说道:"我不认识什么 O.E.。"

"别闹了,"帕克央求道,"你干吗这么对我。是我,老 O.E.,我回来了。你用不着怕我。"

"谁呀?"还是那冷冷的声音。

帕克转过头,好像指望身后有什么人能告诉他答案。天色已有些许发白,地平线上飘着两三道黄云。他站在那儿,一棵光之树突然照亮了天际线。

帕克靠在门上,像被一根长矛钉在了上面。

"谁在那儿?"里面的声音说,那语气似乎在说这是最后一次。门把手晃动了几下,那声音强硬地说道:"谁在那儿?我问你呢。"

帕克弯腰把嘴凑近堵住的钥匙孔。"俄巴底亚。"他轻声说,突然他感到一束光涌动着,穿过他的身体,将他的蛛网灵魂变幻为色彩交织的花园,有树,有鸟,有野兽。

"俄巴底亚·以利户!"他轻声说。

门开了,他踉跄着进了门。撒拉·路得现身在那里,双手叉在胯上。她立刻说道:"雇你干活的不是什么身材高挑的金发女子,你毁了她的拖拉机,得一分不少地赔给她。她没有给车上保险。她到这儿来了,跟我谈了很久,我……"

帕克颤抖着去点煤油灯。

"你怎么回事,天都快亮了,还要浪费煤油?"她斥责道,"我可不想看你。"

黄光笼罩着他们。帕克放下火柴,开始解开衬衣纽扣。

"都快早晨了,你别想要我。"她说。

"闭嘴,"他轻轻说,"看看这个,看过之后我可就不想再听你唠叨了。"他脱下衬衣,把背转向她。

"又是文身,"撒拉·路得生气地说,"我早该知道你是去把更多的垃圾往身上弄。"

帕克的膝盖发软。他猛地转过身喊道:"你看看啊!别光说!**看啊!**"

"我看过了。"她说。

"你不知道那是谁吗?"他痛楚地喊道。

"不知道,谁啊?"撒拉·路得问,"我不认识。"

"是他啊。"帕克说。

"他是谁?"

"上帝!"帕克喊道。

"上帝?上帝不长那个样子!"

"你怎么知道他长什么样子?"帕克嘟嘟囔囔,"你又没见过他。"

"他没有**样子**,"撒拉·路得说,"他是灵。没有人会见到他的脸。"

"啊,听着,"帕克叹了口气,"这不过是他的一张画像。"

"偶像崇拜!"撒拉·路得尖叫道,"偶像崇拜!你们在橡树中间,在各青翠树下欲火攻心![1]我可以忍受谎言和虚荣,但我不能容忍这所房子里有偶像崇拜!"她抓起笤帚,猛击他的肩膀。

帕克惊得忘了反抗,坐在那儿任由她打,直到被打得几乎失去知觉,文身基督的脸上鼓起来一条条长长的瘀痕。之后他踉跄着站起身,冲向门口。

她又用笤帚拍打了两三次地板,然后走到窗前,在窗外抖了抖笤帚,祛除他的气味。她看着那棵山核桃树,目光愈发冷酷,手中依然拿着笤帚。他就在那儿——那个自称俄巴底亚·以利户的人——倚着树干,哭得像个婴儿。

---

1 《旧约·以赛亚书》第五十七章第五节:"你们在橡树中间、在各青翠树下欲火攻心。"

审判日

Judgement
Day

坦纳正在为回家的旅程养精蓄锐。他的打算是能走多远走多远，剩下的路就交给上帝。那天早晨，还有前一天早晨，他都由着女儿帮他穿衣服，以便积攒更多力气。此刻他坐在窗边的椅子上——蓝色衬衣的纽扣一直扣到领口，外套搭在椅背上，帽子戴在头上——等着她离开。她不走，他就没办法逃离。窗外是一堵砖墙，下面是条小巷，充盈着纽约的空气，适合野猫和垃圾的空气。几片雪花飘过窗前，太薄，太散，而他已老眼昏花。

女儿在厨房洗盘子。她干什么事都慢吞吞的，还自言自语。他刚来时，还回答她的话，但她并不想让他回答。她怒气冲冲地瞪着他，好像在说虽然他是个老傻瓜，也该明白女人自言自语时，是不需要他回答的。她用一种声音自问，用另一种声音作答。昨天是她帮他穿的衣服，他省下力气写了张便条，别在了兜里。"若此人已死，将尸体运送给佐治亚州科林斯城的科尔枚·帕拉姆，货到付款。"在这行字下面，他又写道："科尔枚将变卖我的资产，以支付我的运送费及丧葬费。剩下的钱归你。你真诚的 T.C. 坦纳。又：别搬家。不要听信别人的话搬去北方。这里不怎么样。"写这张便条花了他将近半小时的时间；字迹七扭八歪，不过耐心些，还是看得懂的。他用一只手压住握笔的手，才能控制自己的手写字。等他写好便条，她已经买完食品杂物，回到公寓了。

今天他准备好了。他要做的就是一步一步挪到门口，下楼。下了楼梯，他就可以离开这个街区。一俟离开街区，他就叫辆出租车去货运场。会有流浪汉帮他上货运车厢。上了货运车厢，他就可以躺下休息了。晚上，火车会驶向南方。第二天，或第三天早晨，不论死活，他就到家了。不论死活。重要的是到那里；死活无关紧要。

他要是明事理，来这儿的第二天就该走；要是再明些事理，根本就不该来。他是在两天前才绝望了，他听到了女儿和女婿吃过早饭告别时的交谈。当时他们站在前门，他要外出三天，她送他出门。他是长途搬家货车的司机。她肯定是把他的皮制便帽递给了他。"你该买顶帽子，"她说，"真正的帽子。"

"然后就天天戴着帽子坐着，"女婿说，"就像坐在那儿的那位似的。没错！他每天就是戴着帽子坐着。成天坐着，戴着那顶该死的黑帽子。在屋里！"

"你连帽子都没有呢，"她说，"就那么一顶护耳便帽。有身份的人戴的是礼帽。没身份的才戴你那种皮便帽。"

"有身份的人！"他喊道，"有身份的人！太伤人了！真是太伤人了！"女婿那张愚蠢的脸上满是横肉，正好配他的北方口音。

"我爸是来这里暂住，"他女儿说，"他不会住很久的。在他那个年代，他可是有身份的人。他这辈子只为自己工作，还有人为他干活——其他人。"

"是吗？为他干活的都是些黑鬼，"女婿说，"不过如此。我也雇过一两个黑鬼。"

"你雇的不过是北方黑鬼，"她突然压低了声音，坦纳得往前探着身子才听得见，"要想使唤真正的黑鬼得有脑子。你得知道怎么对付他们。"

"好吧，我没脑子。"女婿说。

坦纳心中突然涌起一股对女儿的亲热感，这很少见。她说的一些话偶尔会让你觉得她还存着那么点理智以备不时之需。

"你有脑子，"她说，"就是不常用。"

"他看到楼里有个黑鬼，就中风了，"女婿说，"她跟我说……"

"闭嘴，别那么大声，"她说，"那不是他中风的原因。"

沉默。"你打算把他埋在哪儿？"女婿问，换了个话题。

"埋谁？"

"里面那位。"

"就埋在纽约，"她说，"你以为我会把他埋哪儿？我们有片墓地。没人陪我，我可不会再去南方。"

"好。我只是想确认一下。"他说。

她回到屋里时，坦纳双手紧握椅子扶手，眼睛死盯着她，仿佛一双愤怒的尸体的眼睛。"你答应过把我埋在那边，"他说，"你的保证不算数。你的保证不算数。你的保证不算数。"他的声音干干的，几乎听不清。他开始发抖，他的手，他的头，他的脚。"把我埋在这儿，让我在地狱里被火烧！"他大喊着跌靠在椅背上。

女儿打了个激灵。"你还没死哪！"她长长地吐了口气，"你还有很多时间操心那件事。"她转身捡起散落在地板上的报纸，灰白的头发垂到双肩，一张圆脸现出憔悴之色。"我为你尽心尽力，"她咕哝道，"你却这样表现。"她把报纸夹在腋下说道："别跟我说什么地狱。我不信。那都是些浸礼会教派食古不化的胡言乱语。"接着她便去了厨房。

他的双唇仍然紧闭，上排假牙夹在舌头和上颚之间。可眼泪还是顺着脸颊流了下来；他偷偷用肩膀擦去颊边的泪水。

厨房里响起她的声音。"跟养了个孩子似的那么麻烦。是他想到这儿来，现在来了，他又不喜欢。"

他没想来这里。

"他假装不想来，但我看得出来。我说你要是不想来，我不会强迫你。如果你不想活得像个体面人，我也没办法。"

"至于我，"她的高嗓门儿说，"等我死了，我可不会挑剔。就近把我埋了就行。离开这世界时，我会为还留在这世上的人考虑。不会只想着我自己。"

"当然不会，"另一个声音说，"你从来不会那么自私。你是那种顾全他人的人。"

"是呀，我尽量，"她说，"我尽量。"

他把头靠在椅背上待了会儿，帽子一歪遮住了他的眼睛。他养了三个儿子还有她。三个儿子都不在了，两个死在了战争中，一个去见了魔鬼，现在除了她，没人觉得有责任照顾他。她结婚了，没孩子，像个有身份的夫人似的生活在纽约。她回到南方，看到他过的那种日子，就盘算着带他一起去北方。那天，她把头伸进棚屋门，面无表情地盯了一会儿，突然大叫一声，向后一跳。

"地上是什么？"

"科尔枚。"他说。

在坦纳的床头,那老黑人正蜷缩在一张草垫上睡觉,臭烘烘的皮包骨,勉强有个人形。科尔枚年轻时,看起来就像头熊;现在他老了,像只猴子。坦纳却正相反;年轻时像只猴子,老了倒像只熊。

女儿退回到棚屋的门廊。两个藤椅座面斜靠在外墙上,但她不想坐。她与房子拉开了大约十英尺的距离,似乎必须得隔开那么远才闻不到臭味。这时她方才开始讲话。

"你没有自尊,我有,我也知道我的职责,我从小就是这样被教育的。即便你没教,我母亲也是这样教我的。她家世平平,却也不会和黑鬼住在一起。"

老黑人这时起身溜到了门外,一个弓着腰的黑影,恰巧被坦纳看到。

她令他蒙受折辱。为了让他俩都能听到,他喊道:"你觉得是谁做饭?你觉得是谁为我劈柴,为我倒便盆?他获假释后就来我这儿了。那个一无是处的骗子在我手下三十年了。他不是个坏黑鬼。"

她没被打动。"到底是谁的棚子?"她问道,"你的还是他的?"

"他和我一起建的,"他说,"你回北边去,我不会跟你走的,不论是给我几百万,还是几袋盐都不会跟你走。"

"看起来倒像是你和他一起建的。那么是建在谁的土地上?"

"住在佛罗里达州的什么人。"他模棱两可地说。那时他已知道这片地要卖了,但他以为地太差,不会有人买。当天下午,他发现事情并非如此。还好发现得及时,他还能跟她一道回去。若晚一天发现,他可能还在那儿,蹲在医生的土地上。

那天下午，他看到那个鼠海豚似的棕色人影大步走过田地，马上就明白了发生了什么事；不需要别人告诉他。那黑鬼走过田地的模样，就好像除了一小片贫瘠的坑洼豆子地，他坐拥整个世界。他把杂草打到一边，鼓着粗脖子，金表和金表链稳坐在肚腩宝座上。福理医生。他只有部分黑人血统，还有印第安和白人血统。

黑鬼们什么事都找他——他是药剂师、殡葬人、法律总顾问、房产经纪人，有时他为他们除掉邪恶之眼，有时将邪恶之眼加在他们身上。看着他走近，他对自己说，准备被洗劫吧，虽说他是个黑鬼。准备好吧，你拿什么来抵抗他，除了爹妈给的这张皮，你什么都没有了，这张皮对你也没什么用，跟蛇蜕下的皮没啥两样。跟政府对抗，你赢不了。

当时他坐在门廊上的一把直背椅上，靠着棚屋外墙。医生走近，在空地边缘突然停下脚步，好像才看到他，尽管他穿过田地时显然已瞧见他了。他冲医生点点头说："晚上好，福理。"

"我来这儿看看我的产业，"医生说，"晚上好。"他说话快，调门儿高。

也就刚刚成了你的产业，他心说。"我看到你来了。"他说。

"我最近才买下这片地。"说着医生没瞧他第二眼，就绕到棚屋一侧去了。他很快回来，站到了他面前，然后大着胆子朝棚屋门口走去，探头看了看。科尔枚那时也在里面，在睡觉。他看了一会儿，头转向一边说："我认识那个黑鬼。"他说："科尔枚·帕拉姆——你觉得喝了你们酿的那种劣质酒，他要睡多久，酒劲儿才过？"

坦纳攥住椅子座面上的凸起，攥得紧紧的。"这棚子不是你的财产。只是在你的地上，是我的错。"他说。

医生把雪茄从嘴里拿下来,"不是我的错。"他微笑着说。

而他只是坐在那儿,望着前方。

"犯这样的错误可没好处。"医生说。

"我就没见过有好处的事。"他咕哝道。

"任何事都有好处,"黑人说,"只要你知道如何搞到好处。"他微笑着,上下打量这个违法住在他的土地上的人。之后他转身绕到棚子的另一侧。寂静。他在找酒坊。

那时就该杀了他。棚子里有枪,杀死他很容易,可他打小就没有勇气使用这等暴力,他怕下地狱。他从未杀过人,他总是靠才智和运气与人打交道。大家都知道他对付黑鬼有一套。这需要艺术。秘诀就是让他看到他的脑子敌不过你的;然后他就会跳到你的背上,认为他这辈子都交了好运。科尔枚已在他的背上待了三十年。

坦纳第一次见到科尔枚时,雇了六个黑鬼在松树林里的锯木厂干活,那片松林距离最偏的地方还有着十五英里。那帮人是他雇过的最糟糕的,那是一帮周一不来干活的人。他们感觉到了空气中的某种变化。他们以为又一位林肯当选了总统,即将废除工作。他是凭借一把极锋利的折刀来管束他们的。那时他的肾出了些问题,手总是抖,他靠削木头来掩盖这个毫无意义的动作。他不想让他们看到他的手不由自主地抖动,他自己也不想看,也不想接受。折刀在他颤抖的手里不断地猛烈地移动,一个个粗糙的小雕像随处掉落——他不会再看那些雕像一眼,他也说不出那些雕像是什么。黑人们把雕像捡起来带回家;他们和最黑的非洲之间没隔着多少岁月。折刀在他手中寒光闪闪。不止一次,他会突然停下,不经意地对半躺着、扭过头去的黑人说:"黑鬼,现在这把刀是在我手里，如果你继续浪费我的时间和金钱，它很快就会到你的肚子里去。"不等他把话说完，那黑人就会起身——很慢，但是在起身。

一个松松垮垮、身材是他两倍的大个儿黑人开始在锯木厂周边晃悠。他看着别人干活，不看时就睡觉，众目睽睽之下，像只大熊似的四仰八叉地躺着。"那是谁？"他问，"他要是想干活，就让他到这儿来。他要是不想干活，就让他走。这里不让闲人晃悠。"

没人知道他是谁。他们只知道他不想干活，其余一无所知。不知道他从哪儿来，不知道为什么来，也许他是他们中谁的兄弟，也许跟他们都是亲戚。第一天他没管他；他们有六个人，而他只是个面黄肌瘦手发抖的白人。他想等麻烦来了再说，但不能一直等。第二天，那陌生人又来了。坦纳雇的那六位看他闲逛了小半日，也都不干活了，吃起东西来，距离正午还有整整三十分钟。他没有冒险命令他们起来干活，而是去找了麻烦的源头。

那陌生人正靠在空地边的一棵树上，半闭着眼睛，脸上的不屑几乎掩饰不住他的谨慎。那神情似在说，这个白人也不咋样嘛，为啥趾高气扬地走过来，他要干吗？

他本想说："黑鬼，现在这把刀是在我手里，如果你不从我眼前消失……"但走近后，他改了主意。那黑人的眼睛小小的，布满血丝。坦纳觉得他身上什么地方可能藏着刀，随时会拿出来用。他自己的那把折刀，完全被手上某种僭越的智慧所掌控。他根本不知道自己在刻些什么。待他走近黑人时，他已在那张树皮上戳出来了两个五十美分大小的洞。

黑人的目光落在他的手上，便定在了那里。他的下巴松开了，目不转睛地盯着那把刀无所顾忌地撕着树皮,仿佛看到什么隐秘的力量作用在木头上。

然后他自己也看了看,吃惊地看到了一副眼镜架的相连的两个圆圈。

他把眼镜架拿得离自己远些,通过那两个洞看到了一堆刨花,再过去看到树林,看到了他们养骡子的牲口栏的边缘。

"你的眼睛不好,是吧,小子?"他边说边用脚在地上蹭,寻找着铁丝。他捡起一小根捆干草用的铁丝;很快又找到一根,要短一些,也捡了起来。他把这两根铁丝和树皮连接在一起。知道要做什么,他就不着急了。做好眼镜后,他递给那黑人。"戴上,"他说,"我不愿见到别人看不清楚。"

有那么一刻,他觉得黑人可能会接过眼镜在手中捏碎,也可能抢过折刀捅向他。他在那浑浊的喝酒喝肿了的眼睛里明明白白地看到了那一刻,是要刀捅白人肚子的快感,还是要别的,他不清楚黑人在掂量什么。

黑人接过眼镜,小心翼翼地把眼镜腿固定在耳后,看向前方。他很夸张地看看这里,又看看那里,一脸严肃。之后他直视着坦纳,咧嘴一笑,也许是做了个鬼脸,坦纳看不出来是哪一种。刹那间,他觉得眼前正是他自己的照片底版,似乎滑稽与束缚是他们共同的命运。他还没看明白,那幻象就消失了。

"牧师,"他问,"你在这里晃悠什么?"他又捡起一块树皮,看都不看就削起来,"今天又不是礼拜日。"

"这里今天不是礼拜日?"黑人问。

"今天是礼拜五,"他说,"你们这些牧师就是这个样子——一个礼拜都醉醺醺的,不知道什么时候是礼拜日。你戴着眼镜看到了什么?"

"看到了一个男人。"

"什么样的男人?"

"做这个眼镜的男人。"

"白的还是黑的?"

"他是白的!"好像直到那时他的视力才好起来,看清了这一点。"是的,先生,他是白人!"他说。

"好吧,那你就得把他当白人来对待,"坦纳说,"你叫什么名字?"

"叫科尔枚。"黑人说。

自那时起,他就摆脱不掉科尔枚了。你把他当猴子,他就会跳到你的背上,在那儿待上一辈子,但你若是让他把你当猴子,你就只能杀死他,要么就消失。他可不想因为杀死一个黑鬼下地狱。他听到棚子后面,医生踢翻了一只桶。他稳坐在前廊等待。

过了一会儿,医生又出现了,在房子另一侧,拿着手杖打开一丛丛的石茅高粱草,给自己开路。他在院子中间停住脚步,差不多就是那天上午女儿给他下最后通牒的地方。

"你不属于这儿,"他开始了,"我可以起诉你。"

坦纳待在原地,一声不吭,视线越过田地。

"你的酒坊在哪儿?"医生问。

"这儿要是有酒坊,也不是我的。"说完他闭紧了双唇。

黑人轻轻笑了笑。"运气不太好,是吧?"他咕哝道,"你以前不是有河那边的一小块地嘛,后来给搞丢了?"

他继续看向前方的树林。

"你要是想替我经营酒坊,可以另说,"医生说,"要是不愿意,就收拾东西走人吧。"

"我没必要替你干活,"他说,"政府还没有强迫白人给黑人干活。"

医生用拇指肚摩擦着戒指上的宝石。"我并不比你更喜欢政府。"他说,"那你去哪儿?你是要进城,在比尔特莫酒店给自己租个套房吗?"

坦纳什么都没说。

"那一天快来了,"医生说,"白人就要给黑人干活了,你还不如赶在众人前先干起来。"

"我赶不上。"坦纳简短答道。

"你已经赶上了,"医生说,"别人还没赶上。"

坦纳的目光向更远处看去,越过最远处的蓝色林线,看向下午空荡荡的苍白天空。"我有个女儿在北方,"他说,"我用不着为你干活。"

医生从表袋里掏出表看了看又放回去,又盯着自己的手背看了会儿。他似乎已在心中偷偷算好,知道还要多久这世界就会彻底颠倒。"她可不想要你这样的老爹,"他说,"也许她说她愿意,但那是不可能的。即便你很有钱,"他说,"他们也不想要你。他们有自己的主意。他们养着黑人,又把他们丢开。我自己挣钱,"他说,"我不干那事。"他再次看向坦纳。"我下个礼拜回来,"他说,"如果你还在这儿,那你就是打算给我干活。"他又待了一会儿,前后晃动着身体,等待回复。终于,他转身离开了,打开小径上丛生的杂草。

坦纳继续望向田地,似乎他的灵魂已被吸出他的身体,留在椅子上的只是具空壳。如果他早知道是这样一种选择——要么整天坐在这鬼地方看着窗外，要么给黑鬼经营酒坊，他宁愿给黑鬼经营酒坊。早知如此，他随时都愿意成为黑鬼的白鬼。他听到身后，女儿从厨房进来了，心跳一阵加速，但马上就听见她重重地坐在了沙发上。她还没打算出门。他没有转身看她。

她静静地在那儿坐了会儿，说道："你的问题是，你整天坐在那个窗前，可外面没什么可看的。你需要些刺激，需要排解。如果你能让我帮你把椅子转过来，看看电视，你就不会去想那些病态的事了，什么死亡、地狱，还有审判。上帝啊。"

"审判就要到了，"他咕哝道，"绵羊与山羊将要分开。[1]那些守诺的人与不守诺的人将要分开。那些尽其所能做到最好与那些没有这样做的人将要分开。那些孝敬父母的人与诅咒父母的人将要分开。那些……"

她长叹一声，叹息几乎要把他淹没。"浪费我这好口舌有什么用？"她说。她起身回到厨房，叮叮咣咣地摔着东西。

她可真是高高在上啊！在家里，他得住棚子里，但至少周围还有空气，他还可以把脚放在地上。在这儿，她住的地方连房子都算不上。她住在鸽子楼里，形形色色的外国人住在这儿，说着些稀奇古怪的话。有理智的人是不会住在这儿的。到这里的第一个上午，她带他去观光。十五分钟，他就看明白了是怎么回事。自那以后，他就没出过公寓。他再也不想踏足地铁，或那种你站着不动，却在你脚下移动的台阶，也不想坐电梯到三十四层。安全回到公寓后，他曾想象着与科尔

---

[1]《新约·马太福音》第二十五章第三十一至三十三节："当人子在他荣耀里，同着众天使降临的时候，要坐在他荣耀的宝座上。万民都要聚集在他面前。他要把他们分别出来，好像牧羊的分别绵羊、山羊一般；把绵羊安置在右边，山羊在左边。"

枚一起逛。每隔几秒他就得回头看看，确保科尔枚跟在他后面。靠里边走，这些人会把你撞倒的，跟紧我，别落下，戴着你的帽子，你这该死的傻瓜，他这样说着。科尔枚弓着腰，跟着他跟跟跄跄地跑，喘着粗气，咕咕哝哝，我们来这儿干什么？你怎么有这么蠢的念头，跑到这儿来？

我是来指给你看，这不是什么好地方。现在你知道你待的地方有多好了吧。

我本来就知道，科尔枚说。是你不知道。

在这儿待了一周后，他收到了一封科尔枚寄来的明信片，是火车站的胡滕帮他写的。绿色墨水："这是科尔枚——X——你好吗，老板。"[1]下面是胡滕自己的话，"别去那些夜店了，回家吧，你这个骗子，你真诚的，W.P.胡滕。"他给科尔枚回了一张明信片，由胡滕转交，是这样写的："如果你喜欢，这地方还行。你真诚的，W.T.坦纳。"他要靠女儿帮他寄明信片，所以他没在卡片上写只要他的养老金支票一到，他就回家。他不打算告诉她，只想走时给她留张字条。收到支票后，他就叫辆出租去长途车站，然后上路。她会很高兴的，就跟他一样高兴。她已对他的存在感到厌倦，也厌烦了她的责任。如果他悄悄溜走，她会开心，因为她本打算赶他走，更令她开心的是，她还可以指责他不知感恩。

至于他，他就可以回去蹲在医生的土地上，听命于一个嚼着十美分雪茄的黑鬼。他也不像以前那么介意了。可他却被一个黑鬼演员击败

---

[1] 文盲签名时常用 X 代替。

了,或一个自称演员的人。他才不相信那黑鬼是什么演员。

这栋楼每层有两户。他跟女儿住了三个礼拜后,旁边那个鸽子笼里的人搬走了。他站在走廊里,看着他们搬家。第二天,又看着一家人搬进来。走廊又窄又黑,为了不碍事,他站在角落里,只是偶尔给搬家的人提点建议,他们要是照他的话做了,还能轻省些。家具是新的,而且廉价,所以他估计新搬来的恐怕是对新婚夫妇,他就等着他们来,向他们道喜。没多久,一个穿浅蓝色西装的大个儿黑人提着两只帆布箱大步走上楼来,低着头铆着劲儿。后面跟着一位年轻女子,褐色皮肤,古铜色的头发闪着光泽。黑人在隔壁公寓门前将箱子重重地放在地上。

"小心点,亲爱的,"女人说,"我的化妆品在里面。"

他这才意识到发生了什么。

黑人咧嘴笑着,拍了一下她的屁股。

"别闹,"她说,"那儿有个老头儿在看着呢。"

他俩都转身看着他。

"你们好。"他点点头,转身进了自家门。

女儿在厨房里。"你猜是谁租了隔壁公寓?"他问道,脸上放着光。

她狐疑地看着他。"谁?"她咕哝道。

"一个黑鬼!"他欢快地说,"肯定是南方亚拉巴马的黑鬼。还娶了个大嗓门,花枝招展的红发女子,他们就住在你的隔壁!"他拍了下膝盖。"是的,绝对是!"他说,"不是才怪呢!"自从到北方来,他还是头一次大笑呢。

她立刻板起脸。"好吧,现在你听我说,"她说,"离他们远点。别凑到他们跟前,交什么朋友。在这里,他们不一样。我可不想招惹黑鬼，听见了吗？如果必须住在他们的隔壁，那么你管你的事，他们管他们的事。在这世上，这才是人们的相处之道。如果每个人都只管自己的事，大家才能相安无事。自己活，也让别人活。"她像只兔子似的皱了皱鼻子，看起来很蠢。"在北方，每个人都只管自己的事，这样都能好好相处。你要做的就这么简单。"

"你出生之前，我就跟黑鬼相处得很好了。"他说。他回到走廊接着等。他敢打赌，那黑鬼肯定想跟能够理解他的人聊一聊。他激动地等待着，竟两次忘乎所以地将烟草沫吐在了踢脚板上。约莫过了二十分钟，那套公寓的门又开了，黑人走了出来。他系上了一条领带，戴上了角质框架眼镜，坦纳才注意到他还留着一小撮很不明显的山羊胡。真时髦啊。他给人的感觉是，他根本没去看走廊里是否有人。

"你好啊，老弟。"坦纳点了点头。黑人从他身边经过，没听见，咯噔噔迅速走下楼梯。

也许是聋子，或者哑巴，坦纳心想。他回到公寓里坐下，但每次听到走廊里有响动，他就会到门口探出头去，瞧瞧是不是那黑人。下午三四点钟，这一回他看到黑人瞧见他了。当时黑人正走过楼梯转角，但没等他说句话，那人就进了自己的公寓，重重地关上了门。他还没见过谁的动作能这么迅速，后面又没警察追。

第二天一大早，他就站在了走廊里，女人踩着金色高跟鞋，独自开门出来。他想对她说早上好或者就只是点点头，但直觉告诉他要当心。她与他以前见过的女人都不一样，无论黑白，他就只是靠墙站着，害怕至极，假装自己是隐形人。

那女人面无表情地瞥了他一眼，扭头走开了，还尽量绕着他走，就好像他是只敞口的垃圾箱。他一直屏住呼吸，看不到她了才松了口气。然后他便耐心地等待那个男人。

大约八点，黑人出来了。

这次坦纳直接走上前去。"早上好，牧师。"他说。凭他以往的经验来看，如果一个黑人表情严肃，这个称呼通常可以解释。

黑人突然站住了。

"我看到你搬进来了，"坦纳说，"我自己搬到北方也没多久。要让我说，这地方不怎么样。我猜你更希望回到南亚拉巴马去。"

黑人没有向前走，也没回答。他的眼珠开始移动。先是看着最上面的黑帽子，然后向下看到无领蓝衬衫，扣子一直系到领口，再沿着褪色的背带向下看到灰色的裤子，高帮鞋，之后又向上看去，非常慢，与此同时，某种深不可测、死寂而冰冷的愤怒似乎令他僵紧了。

"我想你可能知道这附近哪儿有池塘，牧师。"坦纳的声音虽变得细弱，不过听得出来他还是抱着很大希望的。

黑人还没开口，强压的怒火就已经呼呼往外冒了。"我不是从南亚拉巴马来的，"他喘着粗气说，"我是纽约人。我也不是牧师！我是演员。"

坦纳咯咯笑道："牧师大多有点演员天赋，不是吗？"他挤了下眼，"我想当牧师是你的副业吧。"

"我不宣道！"黑人大喊一声快步从他身边走过，好像一群不知打哪儿来的蜜蜂对他展开了突袭。他冲下楼梯，消失了。

坦纳又在那儿站了会儿，才回公寓。这一天他都坐在椅子上，纠结着要不要再试试，跟他交个朋友。每次听到楼梯上有动静，他都会到门口向外张望,但那黑人直到黄昏时分才回来。黑人上楼时,他正站在走廊里等他。"晚上好,牧师。"他忘了黑人自称演员。

黑人停下脚步,抓住栏杆,上半身一阵战栗。之后他慢慢走近,到坦纳身前,冲上去一把抓住了他的双肩。"我可不想听什么废话,"他低声说,"你这个戴羊毛帽的红脖子白鬼婊子养的杂种,穷光蛋。"他喘了口气,之后用深沉得有些夸张的声音,几乎大笑着说道:"我不是什么牧师!我连基督徒都不是。我才不信那些鬼话。没有耶稣,也没有上帝。"那声音高亢、尖厉,而又虚弱。

老人感觉自己身体里的那颗心变得坚硬而粗糙,仿佛橡树的树结。"你的肤色还不是黑的呢,"他说,"我也不是白人!"

黑人将他推到墙上,把老人的黑帽子向下一拽,遮住了他的眼睛,然后揪住他的衬衣前襟,推着他倒退到敞开的房门,一把将他推了进去。女儿从厨房看到他瞎子似的撞上了门厅的门边,跟跟跄跄跌倒在客厅里。

好几天他的舌头像是冻在了嘴里。舌头化开后,比先前大了一倍,他没法儿让她听懂他说的话。他想知道的是政府的支票到了没有,他想用那钱买张长途汽车票回家。过了几天,他终于让她明白了。"支票到了,"她说,"只够付前两个礼拜大夫的诊费,请你告诉我你怎么回家,你说不清,走不了,也想不明白,一只眼睛还歪斜着?就请你告诉我你怎么回家?"

他这才慢慢意识到他现在的处境。至少他得让她明白,他的遗体必须运回家安葬。他们可以把他的遗体放在冷藏车厢里,这样就可以保存一段时间。他可不想让这里的殡仪人员胡乱摆弄他。他一死,他们就得立刻把他的遗体运回去,可以赶一大早的火车,他们可以给胡滕拍电报,让他去找科尔枚,科尔枚会接手剩下的事;她都不用自己跑一趟。争执许久,他迫使她许下了诺言,保证将他的遗体运回。

自那以后,他睡得踏实了,身体也好了些。在梦里,他可以感受到回家路上,从松木棺材缝隙里透进来的清晨凛冽的空气。他可以看到科尔枚在站台等他,红红的眼睛,胡滕也站在那儿,戴着绿色眼罩,穿着带黑色羊驼毛袖子的外衣。胡滕会想,这老傻瓜如果就待在家里,在他该待的地方,就不会在六点零三分被装在盒子里运回来。科尔枚将借来的骡车掉了个头,方便他们把棺材从月台滑进敞开的车斗。一切就绪,他们俩紧闭双唇,一点点将装着他的棺材挪到车上。他开始从里面抓木板。他们丢下棺材,仿佛棺材着了火。

他们站在那儿面面相觑,又看看棺材。

"是他,"科尔枚说,"他在里面,他自己。"

"不,"胡滕说,"肯定有只老鼠跟他一起在里面。"

"是他。这是他的鬼把戏。"

"如果是老鼠,他还是待在里面吧。"

"是他。拿根棍子来。"

胡滕叽叽咕咕地走了,拿了根棍子回来,开始撬棺材盖儿。没等他把一头撬开,科尔枚已激动地跳来蹿去,呼哧喘着粗气。坦纳双手用力一撑,从棺材里跳了起来。"审判日!审判日!"他喊道,"你们这俩傻瓜不知道今天是审判日吗?"

现在他清清楚楚地知道了她的许诺值几个钱。他还不如相信别在衣兜里的字条,相信发现他死在了街上或车厢里或管他什么地方的陌生人。什么都不要指望她，她只会照她的意思办。她再次从厨房出来，拿着她的帽子、外套和橡胶靴。

"听着，"她说，"我得去买东西了。我不在的时候，不要试图站起来走动。你已经去过卫生间了，不会又要去。等我回来时，我可不想看到你躺在地板上。"

等你回来时，根本不会见到我，他心说。这是他最后一次看到她那张无精打采、愚蠢的脸。他感到内疚。她待他不错，而他总给她添麻烦。

"我走之前，你想来杯牛奶吗？"她问。

"不想。"他说。然后他深吸一口气说道："你这里不错。在这个国家，这儿是块好地方。对不起，因为生病给你添了这么多麻烦。还想跟那黑鬼交朋友，是我的错。"我还是个该死的骗子，他心说，这是为了消除这种话在他嘴里留下的可怕的味道。

她盯着他看了一会儿，仿佛他疯掉了。之后她似乎往好处想了。"看看，是不是偶尔说点好听的能让你感觉好一些？"她边说边坐在了沙发上。

他急着要伸直膝盖站起来。快点，快点，他暗自恼怒。赶紧的，走吧。

"有你在这儿真好，"她说，"我可不想让你去别的地方。我的亲爹呀。"她给了他一个大大的笑容，抬起右腿，开始拉上靴子。"这种天儿，狗都不该在外面，"她说，"但我得走了。你可以就坐在这儿，祝我不要摔倒，扭断了脖子。"穿好靴子的那只脚在地板上跺了跺，她开始折腾另一只。

他看向窗外。雪开始冻结在外窗上。回头再看她时，她站在那儿，像一个大洋娃娃，塞进了帽子和外套里。她戴上一双绿色毛线手套。"好了，"她说，"我走了。你确定不需要什么？"

"不需要，"他说，"你去吧。"

"好吧，再见。"她说。

他抬起帽子，将将露出有着淡淡色斑的秃头。女儿出去关上了公寓门。他激动得开始颤抖。他向后伸手，将外套拿到腿上。穿上外套，歇了会儿，等不喘了，才抓住椅子扶手，把自己撑起来。他觉得自己的身体就像一只沉重的大钟，钟锤左右摇摆，却没发出任何声音。站起身后，他稍停片刻，摇摇晃晃直到找到平衡。他感到一阵恐惧和挫败感。他永远都做不到。不论是活还是死，他永远到不了那里。他将一只脚推向前，没倒，他的自信回来了。"耶和华是我的牧者，"他咕哝道，"我必不致缺乏。"[1] 他开始向沙发挪动，到那儿就有支撑了。他到了。他上路了。

等他到门口，她应该下了四层楼梯，在楼外了。他走过了沙发，手扶着墙一点点往前蹭。没人能把他埋在这儿。他很自信，仿佛楼梯底端便是家乡的树林。他到了公寓门，开门，向走廊里张望。自从演员推倒他后，他这还是第一次往走廊里看。走廊里有股阴湿的味道，空荡荡的。薄薄的油地毡发了霉，延伸到隔壁公寓的门口，公寓门关着。"黑鬼演员。"他说。

他站的地方距离楼梯口有十到十二英尺远，他想直接走过去，不

---

[1]《旧约·诗篇》第二十三章第一节："耶和华是我的牧者，我必不致缺乏。"

想手扶墙一点点地绕远道。他把双臂从体侧向前伸出一些,径直朝前挪去。走到一半,他的双腿突然消失了,也许是感觉消失了。他朝下看,感到迷惑,腿还在。他向前倒去,双手抓住了楼梯扶手。他撑着身体,盯着下面陡峭的没有灯光的楼梯,似乎以前从未这么长时间地看过一个地方;然后他闭上眼,向前栽倒,头朝下停在了楼梯中段。

他立刻感到棺材倾斜了,他们正将棺材从火车搬到行李车上。他还没弄出什么声响。火车震动一下,缓缓开走了。过了一会儿,他下面的行李车隆隆动了起来,将他运到了车站一侧。他听到啪嗒啪嗒的脚步声越来越近,估计是有一群人围了过来。等着瞧吧,等他们看到这个会有什么反应,他想。

"那是他,"科尔枚说,"是他的鬼把戏。"

"是一只该死的老鼠在里面。"胡滕说。

"是他。拿棍子来。"

稍后,一道绿光照在他身上。他朝光推了一把,用微弱的声音喊道:"审判日!审判日!你们这些傻瓜不知道今天是审判日,对吧?"

"科尔枚?"他喃喃说道。

俯身对着他的黑人有一张气哼哼的嘴和一双愤愤的眼。

"我也不是卖煤的。"他说。肯定是搞错了车站,坦纳想。那些傻瓜提前把我放下了。这黑鬼是谁?这儿天都没亮。

黑人旁边是另一张脸,一个女人的脸——苍白,顶着一堆闪着铜光的头发,她的脸是扭曲的,仿佛刚刚踩了一坨屎。

"哦,"坦纳说,"是你。"

演员靠近些,抓住他的衬衣前襟。"审判日,"他嘲讽道,"没有什么审判日,老头儿。接受吧。也许今天是你的审判日。"

坦纳想抓住栏杆把自己撑起来,却只抓到了空气。那两张脸,一张黢黑一张惨白,似在晃动。他靠意志使那两张脸定格在眼前,同时轻如呼吸般抬起手,用他最欢快的声音说:"扶我起来,牧师。我要回家了。"

女儿从杂货店回来后,发现了他。他的帽子被拉下来盖在脸上,头和双臂卡在栏杆里;双脚悬在楼梯井上,仿佛戴着足枷。她疯狂地拉扯他,又飞奔去找警察。他们锯断了栏杆,将他弄了出来,说他已经死了大约一小时了。

她把他葬在了纽约市。自那以后,她晚上就睡不着了。夜夜辗转,脸上出现了明显的皱纹。于是她请人挖出他的遗体,运到了科林斯。现在她晚上睡踏实了,气色也基本恢复从前。